二月河 大河歷史小說

帝王三部曲

개혁군주 옹정황제

【일러두기】

· 번역 원본은 1999년 4월 중국 하남문예출판사가 펴낸 제2판 1쇄본을 사용하였습니다.
· 본문에 나오는 인명과 지명 중 만주어를 제외한 모든 한자는 한글발음대로 표기하였으며, 독특한 관직
  명은 이해하기 쉽도록 의역한 부분도 있습니다. 그리고 소설 진행상 불필요한 부분은 축역하였습니다.

(개혁군주)옹정황제. 10 / 이월하 저 ; 한미화 옮김. --
서울 : 산수야, 2005
320p. ;22.4cm.

판권기관칭: 二月河 大河歷史小說
원서명: 雍正皇帝
ISBN 89-8097-123-0   04820 ₩ 8,000
ISBN 89-8097-113-3(세트)

823.7-KDC4
895.1352-DDC21   CIP2005001228

二月河 大河歷史小說

帝王三部曲

改革君主

옹정황제

雍正皇帝

10

산수야

二月河 大河歷史小說

개혁군주 옹정황제 ⑩

초판 1쇄 발행 2005년 9월 30일
초판 3쇄 발행 2013년 2월 28일

지은이 이월하
옮긴이 한미화
발행인 권윤삼
발행처 도서출판 산수야

등록번호 제1-1515호
등록일자 1993년 4월 30일
주소 서울시 마포구 망원동 472-19호
우편번호 121-826
전화 02-332-9655
팩스 02-335-0674

값 8,000원

ISBN 89-8097-123-0 04820
ISBN 89-8097-113-3(세트)

10 雍正皇帝

제3부 한수동서(恨水東逝) | 4권

39. 고육계(苦肉計)

장희(張熙)가 고향인 호남성(湖南省) 영흥(永興)으로 돌아왔을 때는 중양절(重陽節)이 가까워오는 때였다. 벌써 첫서리가 내려 겨울나기에 바쁜 북경과는 달리 호남은 위도상 남쪽에 있는지라 아직은 푸른 기운이 무성했다.

그는 곧장 집으로 돌아가 오랜만에 가족들과 상봉하여 회포를 풀었다. 그런 뒤 사나흘 더 머물다가 홍시가 노자에 보태라며 준은 3백 냥 가운데서 2백 냥을 노모의 손에 꼭 쥐어주고는 스승 증정(曾靜)의 집을 찾아 떠났다.

"잘했어, 잘했어!"

장희에게서 이번에 북경에 다녀온 자초지종을 들은 증정은 광청행(曠淸行)이 자신에게 보낸 편지를 태워 없애며 희색이 만면하여 말했다.

"내가 잘못 가르치진 않았군. 자네도 헛걸음한 게 아니고! '현자는 성패로 영웅을 논하지 않는다[賢者不以成敗論英雄]'고 했는데, 하물며 이 일은 얼마든지 팔을 걷어붙여 볼 만한 가능성이 있는 일이 아닌가!"

증정이 대단히 기뻐하며 마누라더러 밥상을 차려오게 했다. 나이가 쉰 네 살인 증정은 겉으로 보기에는 훨씬 더 늙어 보였다. 머리카락은 온통 은빛이 되어 출렁거렸고, 희고 긴 수미(壽眉)가 작은 삼각눈을 살짝 덮고 있었다. 가슴까지 내려온 턱수염은 한 올 한 올 셀 수 있을 정도로 정갈하게 빗겨져 있어, 금방이라도 바람을 타고 하늘로 두둥실 날아오를 것만 같은 인상을 풍겼다.

그사이 사모(師母)가 차려온 밥상을 받아 허겁지겁 먹고 있는 장희를 대견스레 바라보며 증정이 입을 열었다.

"나돌아다니는 바보가 집안에 처박혀 있는 똑똑한 아들보다 낫다고 하더니, 그 말 그른 데 하나도 없군. 자네, 이번에 북경에 다녀오더니 훨씬 깊이가 있어 보이는데?"

"역시 고향밥이 맛있네요! 형세는 방금 말씀드린 대로입니다. 나중엔 셋째패륵이 너무 바빠 저랑 광청행 어른 둘이서만 몇 차례 얘기를 나누었습니다. 다만 스승님께서 어떻게 계획하고 계신지 몰라 깊은 얘기는 나누지 못했습니다."

"깊은 얘기까지는 할 거 없지."

증정이 웃으며 책 두 권을 건네주며 말했다.

"내가 쓴 책이야. 시간이 있으면 읽어 봐. 광청행은 셋째황자를 보좌하여 보위에 올려놓는 것이 목적이고, 난 봉기를 일으켜 천하의 색깔을 바꿔보는 것이 목적이네. 그러니 엎어버리자는 데는 뜻이 같지만 지향하는 바가 같다고는 할 수 없지."

장희는 후루룩후루룩 남은 국을 마저 마신 다음 이마의 땀을 닦으며 책을 펼쳐보았다. 책의 이름은 각각 〈지신록(知新錄)〉과 〈지기록(知幾錄)〉이었다.

증정이 수염을 쓸어 내리며 미소를 지었다.

"〈지신록〉에는 삼척동자도 다 아는 사실을 내 나름대로의 견해를 가미하여 적은 내용이 담겨 있네. 오랑캐들이 화하(華夏) 대지를 어지럽게 만들 때의 백성들과 정가의 반응과 대응책이 대부분이지. 〈지기록〉에서는 하늘과 인간의 감응(感應)에 대해 적어보았네. 한마디로, '오랑캐들 중에서 군주가 나오느니, 이 나라가 망하는 것이 나으리다'라는 사상을 피력했어."

장희가 머리를 끄덕이며 두 책을 뒤적거렸다. 그러자 증정이 담배연기를 길게 내뿜으며 말했다.

"수십 만 자에 달하는 책을 언제 다 읽나? 집에 가서 천천히 음미하며 읽어보게. 자네가 떠날 때 말했듯이 대청(大淸)은 이미 그 수명이 벼랑 끝에 와 있어. 나라가 망할 조짐이 있을 때는 혼미한 폭군이 대세를 역행하여 기승을 부리는 법이네. 자네, 옹정이 하는 짓거리를 좀 보게. 칠 척 사내가 치사하게 보위를 찬탈한 것도 부족해서 형제를 괴롭히고, 공신에다가 어미까지 죽이는 걸 보면 망할 징조가 아니고 뭔가? 그의 정령(政令)을 보면 한 손으론 전문경(田文鏡), 어얼타이, 이위(李衛)와 같은 혹리(酷吏)들을 키워주고, 한편으론 양명시(楊名時), 손가감(孫嘉淦)과 같이 목에 칼이 들어와도 할 말은 하는 정신(正臣)들은 물밑으로 꾹 눌러버리고 있지 않은가! 백성들은 관신일체납량(官紳一體納糧)이니 황무지 개간이니 해서 고향 땅을 등지고 떠나게 만들어 놓고 자기는 나 몰라라 뒷짐만 지고 있으면서, 그러고도 이 나라의 인주(人主)야? 이치(吏治)를 쇄신합네 하며 개나 소나 한 몽둥이로 때려잡는 걸 보면 폭군의 전형이 따로 없어."

증정의 얘기는 길게 이어졌다.

"연갱요(年羹堯)는 옹정이 민심을 안정시키는데 결정적인 역할을 한 대장군이지. 커룽뒤는 위망(威望)이 하늘을 찌르는 탁고중신(託孤重臣)이고. 둘 다 인간이니 실수를 할 수도 있겠지. 그렇다고 하나는 죽음을 주고, 하나는 차라니 죽여주는 것이 나을 법한 저 모양 저 꼴로 방치해 둔다는 것이 얼마나 가혹한 행위인가? 멀리서 이들의 비극적인 종말을 지켜보는 악종기(岳鍾麒)는 또 얼마나 섬뜩하겠어?"

증정이 의자에 비스듬히 기댄 채 창 밖에 펼쳐진 푸른 산봉우리를 바라보며 곰방대를 뻑뻑 빨아댔다. 그리고는 사색에 잠겨 말했다.

"자네 말이 맞네. 수재(秀才)들처럼 힘없는 무리들을 종용해서는 자네처럼 쫓겨다니다 보면 볼장 다 보겠네. 자네가 이번에 운좋게 셋째패륵의 신임을 얻었으니, 우리는 이 관계를 잘 이용하여 악종기에게 거사를 권유하는 것이 상책일 것 같네."

"학생이 직접 서녕(西寧)으로 다녀오겠습니다."

악종기가 병사를 일으켜서 파죽지세로 쳐들어오는 모습을 그려보며, 독부(獨夫)가 된 옹정이 갈팡질팡하여 고립무원에 빠져 백기를 드는 장면을 상상하며 장희는 피가 거꾸로 치솟는 흥분에 사로잡혔다. 그는 벌떡 일어나 다소 쉰 목소리로 말했다.

"소문대로 악종기가 감히 북경으로 들어가지 못한다는 것은 그가 여러 가지 수를 놓고 고민하고 있다는 증거입니다. 그가 마음을 잡지 못하고 우왕좌왕하고 있을 때 얼른 가서 선수를 쳐야 합니다!"

"너무 성급하면 일을 그르치는 수가 있네!"

증정이 곰방대를 발뒤축에 대고 툭툭 털며 자리에서 일어났다. 그리고는 방 안을 서성이더니 입을 열었다.

"지피지기(知彼知己)면 백전백승(百戰百勝)이라고 했거늘, 악종기의 의중을 제대로 모르고 섣불리 조반(造反)을 종용하고 나섰다가 자칫 불나방이 되는 수가 있네. 그가 자네 목덜미를 잡고 조정으로 끌고 가면 어쩔 셈인가?"

"설마 그럴 리가 있겠습니까? 그는 악비(岳飛)의 후예입니다!"

"자고로 충신(忠臣)에게서 역자(逆子)가 나온다고 했네. 그런 걸 너무 믿진 말게. 애당초 자기가 한인충신(漢人忠臣)의 후예라는 점을 상기했더라면 그는 지금 관직에 있지 않았을 거네."

증정의 이마에 주름살이 물결쳤다.

"내 생각엔 이해득실의 측면에서 착수하여 그에게 의로운 반란을 권유하는 편지를 한 통 써보내는 것이 어떨까 하네. 그가 가장 걱정하는 것은 옹정이 공신들을 주살하는 것일 테니, 의리 없는 옹정에 의해 도마 위에 올려지기 전에 현명한 판단을 하라고 말일세."

"스승님의 뜻에 따르겠습니다."

증정이 아래위로 장희를 훑어보며 한참 후에야 한숨을 지으며 말했다.

"아무튼 잘 생각해 보고 나서 떠나게. 이번 길은 흉다길소(凶多吉少)라고 할 수 있네. 난 흙에 반쯤 묻힌 몸이니 그렇다고는 하지만 자넨 노모를 비롯하여 동생들까지 챙겨야 할 사람이 많은 몸이네!"

"깊이 생각해 보았습니다."

장희가 감개에 젖어 말했다.

"이미 가족들의 양해를 구했습니다. 어머니께서도 대단히 사리에 밝으신 분이라 아들의 행동을 이해해 주셨습니다!"

그로부터 일주일 후, 장희는 스승 증정과 눈물의 작별을 고했다. 날짜를 꼽아보니 서녕까지 가려면 호북, 하남, 섬서, 감숙 등 네 개 성을 경유하여 총 3천여 리를 꼬박 가야 했다. 장희는 죽어도 길에서 죽는다는 비장한 각오를 다지고 나서 노자로 은 40냥만 남겨놓고 나머지는 기어이 스승에게 맡겼다. 장희는 비록 눈물을 뿌리며 떠났지만 길에 오르고 나서는 곧 씩씩하게 박차를 가했다. 배가 고프면 건빵을 물에 적셔서 먹고, 밤이 되면 야숙(野宿)을 해가면서 밤낮이 따로 없이 걷고 또 걸어 마침내 옹정 7년 정월에 서녕에 도착할 수 있었다.

서녕은 이미 병사들의 성곽으로 변해 있었다. 윤제와 연갱요에 이어 수 차례나 적들과의 대규모 유혈전이 벌어진 곳으로서, 백성들은 떠나가거나 죽고 성 안에는 이제 라마교 사원과 중원(中原)에서 차나 말을 사러온 상인들밖에 없었다. 텅 빈 민가들은 병영으로 변해 있었고, 황토가 누런 먼지를 일으키며 종횡무진하는 길엔 군량과 건초를 나르는 낙타무리들만 뚜벅뚜벅 움직이고 있었다……

장희는 겨우 남은 은 다섯 냥을 차 상인에게 주고는 그 집에서 목욕하고 하룻밤을 묵었다. 이튿날 증정이 자신에게 선물한 가죽 장포(長袍)를 입고 길을 나선 그는 대장군의 행원이 있다는 방향을 향해 성큼성큼 걸어갔다. 행원 앞에 도착한 그는 대문을 지키는 친병에게 말했다.

"난 악 장군에게 편지 한 통을 전달하기 위해 특별히 호남으로 부터 심부름 온 사람이오. 악 장군을 한번 뵈었으면 하오."

"죄송합니다만 존함을 여쭤봐도 되겠습니까?"

"아, 난 장희라는 사람이오."

장희가 흐리멍텅한 하늘 아래 우뚝 솟아 있는 행원의 정문을 바라보며 말했다.

"대단히 중요한 서찰이니 반드시 대장군을 직접 뵙고 드려야겠소."

친병은 더 이상 묻지 않고 장희의 명자(名刺, 신분증)를 들고 들어갔다. 담배 한 대 태울 정도의 시간이 흘렀을까. 다시 나온 친병이 웃으며 말했다.

"대장군께서는 몇몇 장군들과 회의중이십니다. 저를 따라 오십시오."

친병을 따라나선 장희가 쪽문으로 들어가니 열병장(閱兵場)이 보였다. 다시 그 측문으로 들어가니 커다란 안뜰이었다. 널찍한 방 안으로 장희를 안내한 친병이 말했다.

"여긴 저희 대장군님의 공문결재처입니다. 대장군께선 지금 의사청에서 군무를 의논하고 계시니 조금만 기다리십시오. 주전자에 따끈한 차가 있습니다. 자, 그럼 앉아 계십시오."

친병이 나가고 홀로 악종기의 공문결재처에 남은 장희는 문득 이상한 느낌이 들었다. 북경, 호남을 거쳐 서녕까지 숨가쁘게 달려온 자신이 불가사의하게 느껴졌고, 지금 전혀 생면부지의 악 장군을 찾아와 있다는 사실이 다소 믿어지지가 않았다!

방 한가운데는 허름한 공안(公案)이 비치되어 있었고, 벽쪽엔 긴 나무걸상이 있었다. 공안 위엔 한 무더기, 한 무더기씩 문서가

가득 쌓여 있었고, 북쪽으로 큰 온돌이 있었다. 출입구 쪽에 난로
가 있어 주전자에서는 한창 열기가 뿜어져 나오고 있었다.

그 밖에 달리 눈에 들어오는 물건은 없었다. 다만 서쪽 벽면에
걸려 있는 액자에 담겨 있는 두 글자가 이 방 안의 주인을 말해주
고 있는 것 같았다.

氣靜

제목도 낙관도 없는 두 글자가 보는 이로 하여금 마음을 차분하
게 가라앉혀 주는 안도감을 주었다.

"고 막료를 불러. 그래, 고응천(高應天)! 알겠어?"

밖에서 무거운 장화발 소리와 함께 중후한 목소리가 크게 들려
왔다.

"어젯밤 불침번을 서던 두 명이 얼어죽었다고 하니 군수사(軍
需司)에 명령을 전하여 털외투며 가죽장포…… 아무튼 겨울을 무
사히 날 수 있는 옷가지가 남아 있으면 모두 보내라고 전해. 창고
에도 없으면 화급히 감숙성 장군과 감숙성 순무에게 발문(發文)
하여 7일 내에 보내오도록 해!"

말소리와 함께 묵직한 면렴(綿帘)이 걷히더니 체격이 다부진
중년 사내가 성큼 들어섰다. 아홉 마리 맹수 무늬의 가죽장포에
선학보복(仙鶴補服)을 껴입고, 무릎까지 오는 쇠가죽 장화를 받
쳐 신고, 눈썹은 마치 빗자루 같고, 얼굴이 대추처럼 검붉은 건장
한 사내였다. 그리 크지 않은 두 눈에서는 예리한 빛이 뿜어져
나오고 있었다. 척 보기에도 옹정왕조의 제일가는 명장 악종기일
것 같은 느낌이 들었다. 장희가 엉거주춤 일어섰다.

악종기의 뒤를 따라 들어온 몇몇 군교들이 관(冠)을 벗겨주고, 관복을 벗기고 평상복으로 갈아 입히는 동안 악종기는 내내 표정이 굳어 있었다. 그 모습을 보며 장희는 긴장이 엄습해오기 시작했다. 잔뜩 충전해 있던 자신감이 일순간에 어디론가 증발해 버리는 것 같았다.

"자네가 장희라는 사람인가?"

자주색 시라소니 가죽장포로 갈아입은 악종기가 넋이 나간 듯 어정쩡한 표정으로 있는 장희를 향해 웃으며 말했다.

"눈매가 부리부리한 것이 사내답게 생겼군! 이 날씨에 그 먼 호남에서 편지를 나르느라 수고가 많았네."

장희가 그제서야 화들짝 놀라며 무릎을 꿇었다. 그리고는 머리를 조아렸다.

"소인은 호남성 생원인 장희라고 합니다. 대장군께 문후올립니다. 스승이신 석개수(石介叟) 어른의 명을 받고 긴히 대장군을 뵙고 아뢸 말씀이 있어서 왔습니다!"

이에 악종기가 적이 놀라는 표정을 짓더니 안색을 바꾸면서 말했다.

"편지를 전하러 왔다고 하지 않았나?"

장희가 대답 대신 방 안의 다른 사람들을 힐끔힐끔 쳐다보자 악종기가 웃으며 말했다.

"아, 저네들? 모두 수십 년 동안 날 믿고 따라준 사람들이네. 아무리 기밀일지라도 이네들은 따돌릴 필요가 없네. 하고 싶은 말이 있으면 해 보게. 편지가 있으면 꺼내 놓고. 자네들처럼 먹물 좀 먹었다는 사람들은 동작이 너무 굼떠 갑갑하네!"

그 말에 장군들은 모두 웃음을 터뜨렸다. 이럴 때 어떻게 입을 열까 잠시 고민하던 장희가 장포 자락을 쳐들더니 쭉 찢었다. 그리고는 그 속에서 조심스레 편지 한 통을 꺼내 두 손으로 공손히 악종기에게 받쳐 올리며 말했다.

"대장군께 드리는 서찰입니다."

"명필이로군!"

악종기가 겉봉의 글씨를 잠시 눈여겨보며 편지지를 뽑아들었다. 깨알같은 글씨가 장장 수천 자는 될 것 같았다. 악종기의 선조 악비(岳飛)가 금(金)나라에 항거하여 용맹하게 싸워 불굴의 투지를 보여준 사실을 간략하게 열거했고, 그 당시 송(宋)나라의 고종(高宗)이 조금만 결단력이 있어 악비 장군을 밀어 주었더라도 천추의 유감은 없었을 거라고 했다. 그에 이어 역대 공신들이 공고진주(功高震主, 공로가 너무 커서 주인이 경계함)의 참화(慘禍)를 당한 질펀한 피비린내의 현장도 섬뜩하게 재현시켜 놓았다…….

악종기는 시선이 밑으로 내려갈수록 표정이 심각하게 굳어졌다. 깨알같은 글씨들이 어느 순간부터 지독한 벌레가 되어 온몸을 콕콕 찌르기 시작했던 것이다. 머리 속이 갑자기 멍해지는 가운데 편지 내용도 반전을 하는 것 같았다.

그 옛날의 '금(金)'은 여진족들에 의해 세워졌고, 중원에서 유린당하고 낭패를 본 끝에 장백산(長白山) 흥안령(興安嶺) 쪽으로 도망가 무리를 이루면서 '만(滿)'이라 개칭하게 되었다는 건 주지하는 바입니다. 이들이 만주족의 시조이고, 악 장군을 비롯한 우리 한인들의 철천지원수입니다. 그런데 어찌 우리 위대한 한인의 걸출한 후예인 악 장군 같은 분이 원수들 편에 서 계실 수가 있단 말씀입니까! 그렇게 하고도 어찌 구천에 계신 선인들에게 효를 다했다고 할 수가 있겠습니까! 오랑캐들 중에서 군주가 나오느니 화하(華夏) 땅이 망해버리는 것이 나을 거라고 했습니다. 이리떼의 포악함과 사갈(蛇蝎)의 성정을 지닌 오랑캐들이거늘 어찌 그것들에게 우리의 명운을 맡기고 발을 편히 뻗고 잠을 잘 수가 있겠습니까? 내 안에 미움과 분노가 가득하거늘 그 오랑캐 군주에게 충성한다는 것은 있을 수도 없는 일입니다. 연갱요가 아무리 오만불손했다고 하지만 그래도 자기의 기반을 공고히 하는데 일조한 영웅인데, 하루아침에 죽음을 주다니 그리 비정한 군부(君父)가 어디 있단 말입니까? 악 장군도 그 전철을 밟지 말라는 법이 없습니다. 나와 다른 무리들은 다른 마음을 품고 있기 마련입니다. 악 장군이 아무리 몸부림쳐도 어쩔 수 없는 '다른 무리'입니다. 위정자에게 미련을 버리지 못하고 있는 악 장군의 운명은 저 아침이슬과도 같이 위태롭기 짝이 없습니다! 그대의 충량과 영명함을 우리 한가(漢家)의 복원을 위한 성스러운 위업에 헌신하여 억만 한가의 아들딸들이 궐기하여 오랑캐들에게 유린당하고 있는 우리 중원(中原)을 되찾는데 수령(首領)이 되어 주십시오!

　　　－송곳으로 가슴을 찌르는 아픔을 느끼며 석개수 올림

악종기가 간신히 다 읽고 났을 때 그의 온몸은 이미 땀에 흠뻑 젖어 있었다. 금세 튀어나올 것만 같은 가슴을 부여잡고 악종기가 미간을 찌푸리며 무서운 음성으로 내뱉었다.

"평생 이토록 가슴 떨리는 편지를 받아본 적이 없네. 석개수라……누군가의 호인 것 같은데, 이 사람을 믿고 안 믿는 것을 떠나 일단 한 번 만나볼 순 없을까?"

악종기가 편지를 읽는 내내 긴장한 나머지 안색이 창백하게 질려 장희는 감히 그 얼굴을 똑바로 쳐다보지도 못했다. 그러던 터라 장희는 숨죽여 긴긴 안도의 한숨을 토해냈다. 차라리 그 순간만은 육체적인 혹형을 받는 것이 차라리 나을 것만 같았던 장희였다. 일단 악종기가 발끈하며 거부반응을 보이지 않는다는 것에 적이 안도한 장희가 가슴을 눅자쳐 숨을 고르게 한 뒤 악종기를 향해 공손하게 읍하며 말했다.

"대단히 죄송합니다만 대장군께서 저희와 더불어 깃발을 올리실 뜻을 분명히 하시지 않는 한 지금으로선 만나실 수가 없습니다. 이 분은 천지간의 모든 학문과 지리를 관통하신 대단한 학문가이시고, 저의 스승이십니다. 대장군께서 우리들의 수령이 되어주실 의향이 있으시다면 스승께서는 조석으로 달려오실 것입니다."

그러나 악종기는 머리를 세차게 저었다.

"편지 한 장으로 믿을 순 없네."

"저 장희도 칠 척의 사내입니다. 제가 인질로 이곳에 남아 있겠습니다."

장희가 의연한 표정을 지으며 말했다.

"대장군께서 거사하시기 직전까지 스승님이 나타나시지 않으면 대장군께서 저의 목을 치십시오!"

"거사가 무슨 애들 장난인가? 한두 사람의 욱하는 성미에 판도가 바뀔 정도로 세상이 호락호락하지만은 않다네."

"우린 천명을 받은 몸입니다. 하늘이 굽어 살펴주시고, 만백성이 따라줄 것인데, 뭘 그리 우려하십니까!"

"젊은 친구라서 역시 겁나는 구석이 없군."

악종기가 오리무중에 빠져 있던 자신의 군교들을 향해 웃으며 말했다.

"나더러 조반(造反)의 수령이 되어 줬으면 하잖아. 그러면서도 믿진 못하고. 병사들을 이끄는 사람도 나름대로 철학이 있다네. 내가 뭐 동네 꼬마들의 골목대장인 줄 아나 봐!"

악종기의 말에 몇몇 부하 장수들이 와! 하고 웃음을 터뜨리고 말았다.

순간 농락당하는 듯한 모멸감과 수치심을 느낀 장희가 벌떡 일어서더니 말했다.

"대장군께서 절 못 믿으시겠다면 엉덩이를 걷어차서 내쫓으면 그만일 테고, 이 놈의 목을 따 한 건 올리고 싶으면 그것 또한 식은죽 먹기일 텐데, 사람을 앞에 두고 조롱하시다니 웬 말씀입니까?"

"한 건 올리고 싶다? 왜 조롱하느냐고?"

악종기가 장희의 말을 곱씹으며 냉소를 터뜨렸다.

"이봐! 이마에 피도 안 마른 것이 어느 면전이라고 감히 발을 들여놓고 허튼 소리를 하는 건가! 어서 까놓고 말하지 못해? 누가 보내서 왔어? 지금 어디서 오는 길이야?"

편지를 막 읽고 났을 때와는 180도로 돌변한 악종기의 태도에 그제야 악종기의 진면모를 알게 된 장희는 이곳에서 살아나간다는 것은 이미 불가능하다는 생각에 고개를 젖히고 껄껄 웃으며 대꾸했다.

"악비의 후예가 알고 보니 종자가 이렇게 썩었구만. 하하하 ...."

"여봐라!"

악종기의 섬뜩한 고함소리가 연신 울려퍼졌다.

"끌어내!"

"예!"

"끌고 가서 대나무 막대기로 곤장 40대를 똥구멍이 빠지도록 내리쳐!"

"예!"

방금 전까지 의연한 모습을 보이던 장희는 어느새 바깥 낭하로 끌려가 기둥에 포박당한 채 한바탕 살점이 떨어져 나가도록 얻어맞았다.

"후당으로 끌고 가서 죽지 않을 만큼만 고문을 안겨!"

끝까지 장희의 신음소리가 들리지 않자 악에 받친 악종기가 이같이 명령했다. 찻잔을 집어들던 악종기는 찻물이 식어 있자 다시 내어오란 말도 없이 다짜고짜 찻잔을 땅바닥으로 던져 박살을 내버렸다. 이때 때마침 방안으로 들어서던 막료 고응천이 흠칫 놀라며 말했다.

"밖에선 곤장질이고, 안에선 찻잔을 내던지다니, 대체 웬 일이십니까, 대장군?"

그러자 악종기는 거친 숨을 몰아쉬며 손가락으로 책상 위에 놓여져 있던 편지를 가리킬 뿐 아무 말도 없었다.

고응천이 성큼 다가가 편지를 집어들었다. 두어 줄 읽어 내려가던 고응천이 스르르 의자에 내려앉더니 편지지를 집어삼킬세라 가까이에 대고 읽었다. 악종기가 입을 열었다.

"안 그래도 멀쩡한 사람 바보 만드는 낭설 때문에 골치 아픈데, 별 게 다 와 가지고 정신사납게 구네!"

천천히 편지를 접으며 고응천이 물었다.

"대장군, 어찌할 셈입니까?"

"형부에 넘기는 게 순서지."

악종기가 말했다.

"항쇄를 씌워 북경으로 압송해!"

그러자 고응천이 말했다.

"그건 절대 안 됩니다. 이 사건은 수면 위로 끌어올리면 계란 속에서 뼈를 찾아내지 못해 안달나 하는 어사들의 속성상 악 장군을 가만히 놔둘 리가 없습니다. 원흉을 놓쳤다는 식으로 문제삼아 탄핵안을 올릴 게 분명합니다. 이 일을 대장군께서 직접 깨끗하게 처리한다면 어사들이 감히 왈가왈부할 건더기가 없을 뿐더러 은근히 대장군을 '금'에 항거한 악비 장군의 후예라 하여 똥바가지를 씌우려 들던 세력들에게도 한 주먹 안기는 격이 될 것이고, 폐하를 위해 커다란 모반의 음모를 강보에서 요절시킨 공훈도 세우는 겁니다. 공로에 좌지우지하는 대장군이 아니지만 수중에 들어온 공로를 고스란히 형부의 그 인간들에게 넘겨줄 이유는 없지 않겠습니까?"

고응천은 사실 악종기가 키우는 막료들 중에서 가장 눈에 띄지 않던 인물이었다. 그를 부른 것은 군량과 건초의 조달에 차질을 빚은 것에 대해 한바탕 훈계하기 위해서였다. 그런 그가 이토록 '영양가' 있는 조언을 해 줄 줄은 전혀 뜻밖이었던 악종기가 훈계는 까마득히 잊은 채 흡족해마지 않는 표정을 지으며 연신 엄지를 내둘렀다.

"이봐 고응천, 이제부턴 괄목상대해야 할 것 같은데! 대단히 유용한 조언이었어! 자네 생각엔 이 일을 어떻게 처리하는 것이 바람직할 것 같은가? 저놈이 입을 다물어버릴까 봐 걱정이네."

그러자 고응천이 몇 가닥 안 남은 누런 수염을 만지작거리며 생각하더니 말했다.

"고육계(苦肉計)를 써야 합니다."

"고육계라?"

"숨이 간신히 붙어 있을 정도로 온갖 고문을 다 안기는 겁니다."

고응천이 웃으며 말했다.

"가장 좋기는 고문 끝에 입을 여는 것이지만 그래도 이 놈이 입을 열지 않는다면 그때 가선 자연스레 접근하여 살살 어루만져 주는 수도 있겠죠. 처음부터 상처를 쓰다듬어 주고 나서면 괜히 의심하여 미끼를 물지 않을 수도 있다 이 말입니다."

악종기가 고응천의 말을 되새김질하며 머리를 끄덕였다.

한편 장희는 온몸에 피멍이 들도록 얻어맞은 뒤 정신이 혼미한 채로 어둡고 침침한 작은 방에 내팽개쳐졌다. 예전에 가끔씩 순무 아문에서 범인들을 심문하는 장면을 보긴 했지만 그에 비하면 이번 형벌은 가혹하기 이를 데 없었다…….

몸에 소금물을 발라놓고 채찍질을 해댔다. 그것도 채찍 자국이 '미(米)'자를 만들어내야 하는 고도의 기술을 요하는 만큼 전문적으로 훈련받은 고문 기술자들이 채찍질을 해대는 통에 깜빡깜빡 기절하곤 했다. 이상하게도 채찍이 할퀴고 간 자리엔 피 대신 누런 물이 스며 나왔다.

한편 다른 군교들은 술을 마시면서 쇠막대기를 달구었다. 그리고는 빨갛게 단 막대기를 들어 '미(米)'자 모양의 상처를 따라 '그림'을 그리며 즐겼다…….

한밤에 장희는 온몸이 갈기갈기 찢기는 듯한 고통을 느끼며 천천히 혼수상태에서 깨어났다. 깨어나고 보니 더 고통스러운 것은 목구멍부터 심장까지 다 타버릴 듯한 심한 갈증이었다. 무거운 눈꺼풀을 겨우 올리고 둘러보니 자신은 흙으로 벽을 도배한 자그마한 방에 누워 있었다. 등허리가 뜨끈뜨끈한 것이 온돌방에 누워 있는 게 분명했다.

어렴풋이 방 한 쪽에 주전자가 놓여 있는 게 보였다. 소리쳐 누군가를 불러 물이라도 한 모금 얻어 마시고 싶은 생각이 굴뚝같았으나 그는 다시 단호히 입을 다물어버렸다. 이때 갑자기 병풍으로 가린 건넌방에서 귀엣말을 주고받는 듯한 나지막한 말소리가 들려왔다.

"이봐…… 깼어?"

"아니. 뉘시오……?"

"쉿! 물이라도 좀 먹이지 그랬어?"

"정신을 차렸을 땐 죽어라 안 마시려고 해서 혼수상태일 때만 조금 먹였소."

"군의관은 다녀갔소?"

"다녀갔소. 약을 발라주었소. 내상(內傷)은 전혀 없으니, 대장군님더러 안심하시라고 전하오. 물론 가죽은 아프다 뿐이겠어? 마 군의관이 그러는데, 며칠만 잘 요양하면 곧 괜찮아질 거라고 했소."

"쉿! 지금 자는 틈을 타 물 좀 더 먹이고 오라고. 내가 대장군님을 뵙고 올 테니."

이어서 가벼운 발걸음 소리와 함께 희미한 기름등잔을 받쳐든 늙은 병사 하나가 들어왔다. 장희는 급히 눈을 감고 자는 척했다. 메말랐던 입술이 차갑게 적셔지는 상쾌한 느낌과 함께 물이 약간 벌어진 입술 사이로 조금씩 흘러들기 시작했다. 그는 일부러 인사불성인 척하며 더 이상 거부하지 않고 물을 받아 마셨다. 거의 한 대접을 다 마시고 난 장희는 얼마 안 지나 다시금 반 혼수상태에 빠져들었다.

"장희! 장 선생……."

갑자기 약간 울먹이는 듯한 쉰목소리가 귓전에 들려왔다. 이어 등불히 훤히 밝았다. 장희가 애써 눈을 떠 보니 보기만 해도 소름 끼치는 그 악귀 같은 악종기가 눈 앞에 서 있는 게 아닌가. 흥! 하고 코웃음을 치며 돌아누우려 했다. 그러나 몸이 말을 들어주지 않았다.

"장 선생, 내가 자네를 보기 위해 왔네."

악 종기의 두 눈엔 부드러운 빛이 감돌았다. 고응천이 곁에서 호롱불을 치켜들고 있었고, 장희의 상처를 들여다보며 말했다.

"이 정도면 며칠이면 나을 겁니다. 대장군님! 골병 드는 내상은 아니니 걱정하지 않으셔도 좋다고 마 군의가 말했습니다."

갑자기 섬뜩할 만큼 차가운 물방울이 장희의 목덜미에 떨어졌다. 고개를 한 쪽으로 꼬고 있던 장희가 흠칫하며 천천히 고개를 돌려보니 그것은 놀랍게도 악종기의 눈에서 흘러내린 눈물이었다. 고응천이 옆에서 위로의 말을 건넸다.

"대장군님, 지나치게 상심하지 마십시오…… 장 선생이 건강을 회복하는 대로 다시 마주앉으면 되지 않겠습니까."

그러자 장희가 눈물을 흘리는 악종기를 노려보더니 냉랭한 음성으로 말했다.

"당신은 만가(滿家)의 대장군이고 난 한가(漢家)의 원혼이거늘, 우리 사이에 더 이상 마주 앉을 일이 뭐가 있겠소?"

그 말에 악종기가 핏기 하나 없는 창백한 얼굴에 한 줄기 눈물을 머금은 채로 천천히 뒷걸음치더니 의자에 털썩 내려앉았다. 그리고는 머리를 두 팔 사이에 묻고 주체할 수 없는 고통에 시달리는 듯 어깨를 들썩이며 흐느끼기 시작했다.

"악 대장군은 악비 장군의 21대 자손이오."

고응천이 여전히 차가운 표정이었다.

"자네, 다시 한 번 불경스런 혓바닥을 놀렸다간 내가 당장 끌고 나가 미친개를 풀어버릴 거야! 반청(反淸)은 곧 일문구족이 멸하는 대화(大禍)를 자초하는 일이고, 복명(復明)은 천고에 길이 빛날 사업이거늘 자네가 달랑 종이 한 장 들고 와서는 우리더러 뭘 믿으라고 이러는 거야?"

그러자 장희가 갑작스런 우렛소리에 놀란듯 흠칫하며 더듬거리며 물었다.

"그렇다면…… 그대들은…… 날 떠봤던 거요?"

그러자 악종기가 다가와 장희의 머리를 쓰다듬으며 말했다.

"이보게, 아우! 작년에 내가 크게 봉변을 당할 뻔해서 그러네. 누군가가 주삼태자(朱三太子)의 유령(諭令)이라며 들고 왔길래 난 아무 생각없이 받아들였지. 그랬는데 나중에 알고 보니 그 자는 결국 옹정이 파견한 점간처(粘竿處)의 간첩이었어! 옹정은 지금 나의 일거수일투족을 유심히 지켜보고 있다고. 한 번 눈밖에 났으니 나로서도 바짝 긴장하는 수밖에 없지 않겠나!"

장희가 다소 믿어지지 않는다는 눈빛으로 악종기를 바라보았다. 그러나 그 얼굴, 그 표정, 그 눈빛, 그 눈물 모두가 그렇게 진실해 보일 수가 없었다.

한참 후, 장희가 한숨을 토해냈다.

"그래서 대체 누가 날 파견했는지가 그렇게 궁금했군요."

"그러니 자네더러 아직 어리다고 하지!"

고응천이 웃으며 말을 이었다.

"대장군께서 아무리 서부의 군사 명맥을 한 손에 잡고 있다고 해도 여기 저기에 친병을 몇 만 명씩 거느린 부하들이 두 눈 시퍼렇게 뜨고 있는데, 어찌 하루아침에 거사한다고 하여 당장 들고일어날 수가 있겠나? 대사를 공모하자고 우릴 설득하러 왔으면 진실하게 마음을 열고 무릎을 맞대고 앉아야지 그쪽부터 마음의 문을 꼭 닫아버리면 뭘 어쩌겠다는 건가?"

장희는 점점 악종기와 고응천의 연극에 빨려드는 것 같았다. 눈빛도 한결 맑아지고 입술도 많이 부드러워진 것 같았다.

"힘든 사람 앞에 두고 너무 하는 것 같네."

악종기가 자리에서 일어나며 말했다.

"고응천, 그러지 말고 오늘 저녁이라도 푹 쉬게 해서 내일 수레에 태워 조용히 떠나가게끔 배려하게. 노자에 보태게 은 백 냥을 쥐어주게."

"잠깐만요!"

장희가 어디서 그런 기운이 났는지 자리에서 벌떡 일어나 앉았다. 그리고는 단호한 어투로 말했다.

"그렇다면 두 분은 저랑 생사를 같이 하는 의형제를 맺을 수 있겠습니까?"

"못할 것도 없지!"

고응천이 잠시 어리둥절한 표정을 짓고 있는 사이 악종기가 먼저 대답했다.

"자자자, 우리 서로 마음에 있는 것 같으니 괜히 유감으로 남기지 말고 지금 당장 여기 이 자리에서 금란지호(金蘭之好)를 맺자고!"

그리하여 두 사람은 장희를 부축하여 온돌에서 내려서게 했다. 꺼질 듯한 기름등잔 밑에서 서사(誓詞)를 작성하여 남쪽 방향을 향해 무릎 꿇은 세 사람은 큰소리로 함께 읽었다.

오늘 악종기, 고응천, 장희 세 사람은 뜻을 같이 하여 천하의 중생을 구제하기 위한 한가(漢家)의 위업을 복원하는 데 앞장설 것을 천지신명께 아뢰는 바입니다. 살아서 뜻을 같이하고, 죽어서 그 마음 변치 않고 영원한 형제로 남을 것을 서약합니다. 만약 누구 하나 뜻을 어기는 자가 있으면 형제를 배신한 대가로 목을 쳐야 마땅하며 영영세세(永永世世) 지옥에서 헤어나지 못하도록 할 것임을 분명히 한다!

한 줄기 경풍이 불어와 창문에 모래를 뿌리고 지나갔다. 드디어 장희가 나지막이 입을 열었다.
"사실 저를 보낸 스승님은……."

힘들고 긴 연극을 마치고 공문결재처로 돌아온 악종기와 고응천은 말없이 서로의 얼굴을 마주보며 웃었다. 악종기가 먼저 말했다.
"이제부터 난 저 자를 볼일이 없으니 증정을 붙잡을 때까지만 자네가 나서서 끝까지 연극을 이어가도록 하게! 그 자는 우리한테 완전히 속았어!"
"폐하껜 어떻게 아뢰는 것이 좋을는지……."
고응천이 붓을 들고 말했다.
"함께 서약을 한 사실도 아뢸까요?"

"그래."

악종기가 잠시 생각하더니 단호한 어투로 말했다.

"있는 그대로 가감없이 아뢰게. 우리가 궁여지책으로 이런 하책 (下策)까지 생각할 수밖에 없었던 절박함을 소상히 아뢰게. 서약 서 내용 그대로를 옮길 필요는 없겠네. 반만복한(反滿復漢) 같은 말은 들어봤자 감정만 격해져 현명한 판단엔 도움이 안 될 테니 말일세."

날이 어렴풋이 밝아오자 악종기의 팔백리 긴급 주장(奏章)은 곧 창춘원으로 향했다.

그로부터 4일 후, 군기처에선 증정이 있는 호남성(湖南省) 영흥 (永興)으로 팔백리 긴급 정유(廷諭)를 발송했다.

다시 5일 후, 영흥현의 아역들은 전부 출동하여 쾌마로 달려가 증정의 집을 덮쳤다…….

40. 문자옥(文字獄)

　증정과 장희의 사건은 경화(京華)를 진동시키기에 충분했다. 평범하기 이를 데 없는 시골의 수재(秀才)가 불원수천리(不遠數千里)하여 대장군의 군영을 찾아가서 감히 조반(造反)을 권유하고 나섰다는 것은 전례없는 충격이었다.

　제풀에 꺾여 사그라들던 요언(妖言)은 또다시 바람을 타고 난무하기 시작했다. 증정이 호남에서 10만 대군을 키우고 있어 악종기와 손잡고 양방향에서 진격을 해올 거라는 둥 악종기가 이번에 주장을 올린 것은 조정의 뜻을 염탐하기 위한 계산된 음모라는 둥 별의별 해괴망측한 요언이 마치 전염병처럼 술집이나 찻집을 통해 무서운 속도로 퍼져 나갔다.

　북경성 전체가 눈을 부릅뜨고 촉각을 곤두세우고 있었다. 그러나 곧이어 내려진 지의는 다분히 의외였다.

　정월 대보름이 막 지난 어느날, 홍시가 직접 형부로 나와 지의를 전달했다.

 "이불(李紱), 사제세(謝濟世), 채정(蔡珽) 등은 사사로이 무리를 만들어 정인(正人)을 공격였는 바 그 저의가 불순하다. 이에 이불은 즉각 혁직(革職)하여 북경에 압송한 다음 부의(部議)에 넘겨 그 죄를 물을 것이다. 형부 원외랑 진학해(陳學海)도 함부로 국가의 중신인 전문경(田文鏡)에 대한 비난과 훼방을 일삼았으니, 그 죄 또한 피해갈 수 없는 바 즉각 혁직한다. 나머지 범인들은 전부 대리사(大理寺)로 넘겨 각기 죄질에 따라 죄를 정하도록 한다!"

 지의 낭독을 마치자 형부의 대당은 죽은 듯한 정적에 사로잡혔다. 이불과 전문경 사이가 불공대천(不共戴天, 같은 하늘을 이고 살 수 없는 사이)인 것은 주지하는 바이나 워낙 입 간수를 제대로 못하여 아무 데서나 주절대는 것이 특징인 진학해가 말을 조금 흘렸다고 하여 혁직까지 한다는 것은 좀 지나친 게 아니냐는 것이 이들의 일반적인 견해였다.

 그리고 채정으로 말할 것 같으면 강희황제가 삼번의 난을 평정하는 데 있어 공훈이 뛰어난 노장(老將)이었다. 40년 동안 묵묵히 서남 쪽의 변방을 지켜온 공신이 이불과 조금 가까이 지냈다 하여 이같이 큰 죄를 묻는다는 것 또한 설득력이 떨어지기는 마찬가지였다.

 한참 동안의 질식할 것 같은 침묵이 흐른 뒤에야 형부상서인 가영(柯英)이 먼저 머리를 조아려 아뢰었다.

 "신 지의를 받들겠사옵니다!"

 "지의를 받들었으면 다들 일어나지."

 홍시가 얼굴에 미소를 머금고 말했다.

"자고로 밤고양이가 집안에 들어와 좋은 일이 없다고 했네. 내가 바로 밤고양이지."

모두들 자리에서 일어났다. 하지만 유독 진학해만은 그대로 바닥에 엎드려 있었다.

이를 본 홍시가 다가가 웃으며 말했다.

"이봐, 진학해! 자네 무슨 죄를 지었는지 아는가?"

그러자 진학해가 홍시를 힐끗 훔쳐보더니 무겁게 머리를 조아렸다.

"신이 무슨 죄를 지었는지 잘 알고 있사옵니다!"

그는 허리를 펴고 마치 뺨에 앉은 모기를 때리듯 힘껏 자신의 따귀를 때렸다.

"요, 구정물통 같은 주둥아리!"

그 우스꽝스러운 모습에 얼굴을 일그러뜨리고 화를 내려던 홍시가 픽 웃어버리고 말았다. 그리고는 물었다.

"그래, 그 구정물통 같은 주둥아리로 전문경에 대해 누구한테 뭐라고 씹고 다녔나?"

그러자 진학해가 대답했다.

"전문경은 좋은 사람인데 쓸만한 인간들만 못 살게 구는 것이 못된 버릇이라고 했사옵니다. 사실 하남성에서 날개 꺾인 관원들을 보면 하남에 가기 전에는 다들 유능하다고 평판이 자자하던 사람들이옵니다. 전문경도 안 됐지, 유일하게 아낀다는 장구(張球)라는 자가 하필이면 묵리(墨吏)의 딱지를 달고 다니니 말이옵니다! 전문경은 가족들도 부임지로 데리고 다니지 않을 만큼 청렴하고 일밖에 모르는 사람으로 알려져 있는데, 어찌하여 멀쩡한 사람을 잡지 못해 안달인지 모르겠사옵니다. 이를 지켜보는 소인의 마음이 하도 답답하여 여기저기 다니며 쫓고 까불었사옵니다. 그것이 화근이 됐나 보옵니다."

홍시는 속으로 내내 웃었지만 지의를 받고 묻는 만큼 지의에 없는 내용은 함부로 물을 수가 없었는지라 태도를 엄숙히 하며 다시 물었다.

"자네, 사제세에게도 말했었나?"

"예, 폐하!"

진학해가 당연하다는 듯이 대답했다.

"아무튼 신은 만나는 사람마다 일일이 붙잡고 그렇게 말했사옵니다."

이에 홍시가 잠시 생각하더니 물었다.

"그럼 사제세가 자네한테서 들은 말을 정리하여 폐하께 주장을 올리면서 미리 자네랑 상의한 적이 있었나?"

"그런 건 없었사옵니다."

진학해가 동정심을 유발하는 듯한 표정을 지으며 말을 이었다.

"사제세는 절강성에 있고 신은 형부에 있어 수천 리씩이나 떨어져 있는데, 별로 친하지도 않은 사이에 만날 일은 더더욱 없고 편지 왕래조차 없었사옵니다!"

"요즘 북경에 와 있는 것 같던데, 만난 적은 없나?"

"셋째마마, 신은 그가 북경에 와 있다는 사실조차도 금시초문이옵니다. 요즘은 증정네 사건 때문에 호남성 동향에만 촉각을 곤두세우느라 솔직히 마누라 근처에도 못 가본 지 오래 됐사옵니다. 게다가……."

"됐어, 시끄러워!"

홍시가 손사래를 쳤다.

"안 만났다면 대답이 끝나는 건데, 하나를 물어보면 대체 몇 마디를 대꾸하는 거야?"

진학해를 혁직시키라던 지의를 떠올린 홍시가 다시 엄숙한 표정을 지으며 외쳤다.

"여봐라! 진학해의 정자(頂子)를 떼어내거라!"

홍시의 말이 떨어지기 바쁘게 진학해가 달려드는 관원을 제지하며 직접 모자를 벗었다. 그런 다음 붉은 정자를 직접 떼면서 실실 웃으며 말했다.

"돈주고 산 정자가 아니니 그래도 본전 생각이 안 나서 다행이옵니다. 요즘 세상엔 어찌된 일인지 전 중승처럼 돈을 주고 정자를 산 사람들은 더 잘 나가더군!"

관원에게 정자를 건네주고 머리를 조아려 사은을 표하고 난 진학해가 떠나가려는 홍시를 향해 덧붙였다.

"셋째마마, 세상에 공짜는 없다는 건 알고 계시죠? 술 한잔 빚진 걸…… 언제 갚으실 예정이옵니까? 아무쪼록 살펴 가시옵소서!"

홍시가 창춘원 쌍갑문에 도착하여 수레에서 내려서니 미리 대기하고 있던 꼬마태감이 다가와 아뢰었다.

"폐하께오서 담녕거로 셋째패륵마마를 부르셨사옵니다."

홍시가 머리를 끄덕여 보이고는 발걸음을 재촉했다.

담녕거로 들어서자마자 홍시는 곧 분위기가 심상치 않음을 느꼈다. 옹정은 동난각이 아닌 정전의 수미좌(須彌座)에 앉아 있었다. 그리고, 주식, 방포, 장정옥, 어얼타이, 윤지, 윤록, 윤례와 홍력이 몸을 비스듬히 기울인 채 그 옆에 시립하고 있었다. 백로보복

(白鷺補服)을 입은 6품관이 정자를 땅에 내려놓은 채 흥분한 표정으로 뭔가를 아뢰고 있었다.

"한 무제(漢武帝)가 태자를 포학(暴虐)한 것은 천고의 제왕들이 교훈으로 삼아야 할 바이옵니다. 황자들은 부지런히 덕을 쌓고, 학문을 닦아 폐하의 만년 후는 이들의 보좌를 받아야 하는 것이옵니다!"

홍시가 다소 놀라는 표정을 지으며 말없이 옹정을 향해 예를 갖추고는 홍력의 옆으로 가서 자리를 잡았다. 그리고는 목소리를 낮춰 물었다.

"저자는 또 누군가?"

"공부(工部) 주사(主事)인 육생남(陸生楠)이에요."

홍력이 속삭이듯 대답했다.

"폐하께 저렇게 꼬박꼬박 말대꾸한 지가 한참 됐어요."

홍시가 고개를 들고 살펴보니 옹정은 안색이 붉으락푸르락하여 육생남을 노려보며 말했다.

"자네, 그 말이 용사받을 수 없는 죄를 저질렀다는 걸 모르진 않겠지! 태자(太子)를 세우지 않기로 한 것은 성조(聖祖)께서 정하신 제도네. 짐이 태자를 두지 않아서 천하가 뒤집혀지기라도 했단 말인가? 자넨 성조께서 태자를 폐위시키지 말았어야 했다고 주장하는 것인가, 아니면 짐이 태자를 두지 않은 것이 치명적인 실수라는 뜻인가?"

"성조께서 태자를 두지 않으시기로 결정하신 바로 그 순간부터 이미 황자들간의 골육상잔(骨肉相殘)은 예고됐다고 할 수 있사옵니다!"

육생남이 고개를 들어 옹정의 시선을 똑바로 받으며 말을 이어나갔다.

"성조의 천종예지(天縱叡智)로도 후임자를 결정한다는 것이 그리 용이하진 않으셨거늘, 후세의 자손들더러 모두 폐하를 닮으라고 강요할 순 없지 않사옵니까?"

홍시가 보니 육생남은 서른 살 가량 되어 보이는 젊은이였다. 목이 약간 비뚤어진 모습이며, 싸움닭 같은 두 눈으로 미루어 볼 때 성정이 예사롭지는 않을 것 같았다. 황제의 면전에서 아뢰는 태도가 이러할진데 공부아문에서 주사 자리까지 맡고 있다는 것이 신기할 정도였다.

다시 옹정을 슬쩍 쳐다보니 이마에 시퍼런 혈관이 푸들대는 빈도가 점차 잦아지고 있었다. 말투도 곧 날벼락이 떨어질 것 같이 소름이 끼쳤다.

"성조까지도 안중에 두지 않는 자네가 그러고도 인신(人臣)이라 할 수 있는가! 짐은 여러 신하들과 더불어 수십 년 동안 성조를 모셨어도 성조께서 '후임자 결정이 용이하지 않았다'는 설은 금시초문이네!"

육생남은 이에 전혀 아랑곳하지 않고 머리를 쿵! 한 번 조아려 보이고는 다시 말을 이었다.

"성조께서 말년에 태자를 두지 않으신 것은 유감스런 일임에 틀림없사옵니다. 아키나와 싸쓰헤 등이 감히 보위를 넘보고, 급기야 비극적인 종말을 고하게 된 것도 태자라는 견제자가 없었기 때문이옵니다. 선제께서 미리 저위(儲位)를 정하셨더라면 군신들도, 황자들도 사이가 훨씬 원만했을 것이고, 골육간의 상쟁(相爭)으로 조정이 이토록 원기를 크게 상하지는 않았을 게 아니옵니까?"

그러자 옹정이 몸을 앞으로 숙이더니 냉소를 터뜨렸다.

"이제 보니 자넨 지금 아키나 등을 대신하여 억울한 하소연을 하는 거로군! 오, 그리고 보니 생각나네. 그 당시 아키나가 팔왕의 정제도의 복원을 가장 크게 떠들고 있을 때 열 몇 명의 경관들이 적극 호응하는 모습을 보이던데, 그 중 하나가 자네였지?"

육생남은 이미 죽고 사는 것에는 초연한 듯 고개를 번쩍 쳐들면서 대답했다.

"그렇사옵니다, 폐하! 그 당시 폐하께오서 조유(詔諭)를 내리시어 직언을 구하신 것이 결코 그냥 해 본 말씀은 아니었으리라고 믿고 있사옵니다. 이렇게 큰 땅덩어리에 봉건제도를 도입하여 황자들을 분가시켜 다스리게 하고, 폐하께서는 구중궁궐에서 부감(俯瞰)하시며 만방을 두루 통치하셨더라면 폐하께오선 지금처럼 무리한 조건석양(朝乾夕惕, 밤낮 없이 몰아치다)은 피할 수 있지 않았겠사옵니까? 자고로, 주(周)나라 이래로 한 나라의 수명이 5백 년을 넘어선 적은 없었사옵니다. 진시황이 지나친 탐념 때문에 군현제(郡縣制)를 실행했기 때문이옵니다. 인주(人主)는 위망이 높아질수록 더 큰 재화(災禍)에 노출돼 있기 마련이옵니다. 그만큼 생사를 좌우할 수 있는 권한이 커진 반면 그 행동을 제어할 수 있는 세력이 없기 때문이옵니다. 사람들은 인주의 행동에 분노하면서도 감히 아뢰지 못하고, 보복을 하고 싶어도 감히 행동하는 사람이 없사옵니다. 모든 것은 쌓이면 폭발하기 마련이옵니다. 또한 폭발하면 독소를 내뿜게 되옵니다. 그러니 어찌 경계하지 않을 수가 있겠사옵니까?"

말을 마친 육생남은 연신 머리를 조아렸다.

일이 점점 걷잡을 수 없게 되자 사람들은 저마다 얼굴이 흙빛이 되고 말았다. 육생남을 불러들인 건 장정옥의 건의에 의해서였다. 악종기가 6천 대에 달하는 전차(戰車)를 제조하는 데 대한 사관(司官)의 의견을 들어보고자 했던 것이다. 그런데 육생남이 엉뚱하게도 자리하자마자 민간에서 떠도는 악종기에 대한 험담부터 쏟아놓는 바람에 옹정이 대노하며 동난각 회의를 취소하고 어좌에 올라 정식적으로 접견을 하게 됐던 것이다.

그 정도만 하고 육생남이 머리를 조아려 잘못을 빌었더라면 사태가 이 지경에까지 이르지는 않았을 것이다. 하지만 육생남은 작심한 듯 윤사의 죽음까지 거론하고 나서며 붙는 불에 키질을 했다.

"입담은 당해낼 사람이 없겠군!"

옹정의 입가에 소름끼치는 웃음이 번졌다.

"진시황 이래의 2백여 명의 황제에 대해서 자넨 하나도 눈에 차지 않는 눈치야! 성조마저도 안중에 없는 자가 짐같이 평범한 황제에 대해선 더 말해 무엇하겠나! 이토록 천지를 꿰뚫어 보고 타의 추종을 불허하는 재주를 가진 자네가 어쩌다가 사제세와는 동향(同鄉)이고, 이불에 의해 중용된 것은 또 웬 말인가! 군주를 모해하고 나라를 말아먹는 '여덟째당'을 겨우 뽑아 내치니 이젠 이불이라는 자가 무리를 만들어 짐의 '붕당론'을 무색하게 짓밟고 있어. 자기네들은 제갈량이고, 짐은 유비의 못난 아들 아두로 본단 말인가! 짐은 45년 동안 황자로 있으면서 봉록이나 축내고 언동이 주체성 없이 남의 입김에나 불려 다니는 그런 못난 황자는 아니었다는 것을 명심하게! 짐은 필요에 따라서는 물에도 뛰어들고 불 속에도 드나들며, 육부에서 일하고 지방의 민생현장에서 잔뼈가 굵어온 강철의 사나이라네! 짐이 황하 물에 바짓가랑이를 적셔가며 하공(河工)을 시찰하고 있을 때 자네 따윈 아직 똥오줌도 못 가리는 갓난애였어! 자네가 충군(忠君)의 의리가 없는 신하인데, 짐이 어디서 사랑하는 마음이 생기겠는가? 여봐라!"

"예, 폐하!"

"저자의 관복을 벗겨버리게."

옹정이 음흉하게 웃으며 몰려든 시위들에게 명령했다.

"옷을 벗겨 양봉협도(養蜂夾道)에 있는 옥신묘(獄神廟)로 데려가서 사제세, 황진국 등과 한 방에 처넣게. 그동안 쌓인 회포나 실컷 풀게. 이불과 채정이 북경으로 압송해온 뒤에 형부 대리사에서 그 응분의 죄를 물을 것이네!"

그러자 육생남이 급히 머리를 조아리며 아뢰었다.

"폐하, 부디 마지막으로 진언(盡言)을 올리고 죽게 해 주시옵소서!"

그러나 옹정은 그에 아랑곳없이 손사래를 쳤다.

"아직도 다 못한 말이 남아 있으면 형부 대당(大堂)에 가서 하게나!"

시위들이 달려들어 거칠게 육생남을 잡아끌었다. 그러자 육생남이 끌려가면서 몸을 뒤로 뻗어 옹정을 돌아보며 내뱉듯 말했다.

"죽이고 싶으면 통쾌하게 목을 치지 그러시옵니까?"

그리고는 고개를 뒤로 젖히고 껄껄 웃었다.

"영웅의 목을 치고, 영웅의 껍질을 바르니 천고의 쾌사가 아닐 수 없겠구만…… 하하하하……."

궁전 안에 남은 사람들은 아연 실색하지 않은 이가 없었다.

"제정신이 아니군!"

옹정이 악에 받친 웃음을 터뜨리며 말했다.

"저런 자들에겐 〈사서(四書)〉보다 칼이 더 필요하지. 저렇게 되다 만 인간을 이부(吏部)에선 '청재(淸才)'라고 보고 올렸으니, 이부의 상서와 시랑, 고공사(考功司) 주사의 봉록을 일년 동안 지급 정지한다! 그리고 처벌받은 사실을 기록에 남기라!"

지시를 마친 옹정은 곧 어좌를 내려와 동난각으로 발걸음을 옮기며 물었다.

"홍시, 형부에 지의를 전하고 왔는가?"

홍시가 옹정을 따라 동난각으로 들어가며 지의를 전달한 과정을 소상히 아뢰었다. 기억력이 좋은 홍시는 진학해가 주절댔던 말들을 하나도 빠뜨리지 않고 복술해 냈다.

그러자 옹정은 방금 전 크게 화를 냈던 사람답지 않게 웃어버리고 말았다.

"세상이 워낙 넓고 크니 별의별 인간이 다 있군. 범시첩이 순천부 부윤으로 있을 때, 한 번은 우리 옹친왕부의 사람을 붙잡아 가뒀었네. 그 당시 짐은 부무(部務)를 관장하는 황자였지. 웬만하면 사람을 풀어달라고 그렇게 사정을 해도 들은 척도 하지 않더니, 자네 십삼숙이 가서 엉덩이를 걷어차고 귀를 비틀어 노새 울음소리를 흉내내게 하니 금세 낄낄 웃으며 사람을 풀어주는데는 정말 속수무책이더군."

옹정의 화가 거의 가라앉은 틈을 타 홍력은 웃으며 조심스레 아뢰었다.

"그러게 아랫것들도 주인이 요령 있게 부리기에 달려 있는 것 같습니다. 방금 그 육생남 같은 경우엔 죄를 물으려면 백 번 목을 쳐야 마땅합니다. 별볼일 없는 자이니 아바마마께선 그만 화를 푸십시오."

"자네들은 모르네."

옹정이 한숨을 지으며 말을 이었다.

"어제는 양명시가 장장 한 시간 동안 짐과 대화를 나누다 갔다네. 육생남과는 질적으로 다른 사람이지. 육생남은 구제불능의 미치광이일 뿐더러 다른 꿍꿍이속이 있는 자라네. 그래서 짐은 이 둘을 같은 선상에 놓고 보진 않는다네. 양명시는 정견이 아키나랑 거의 비슷했지. 다만 양명시는 순수한 충애심의 발로였기에 항상 짐과 충돌이 예상될지라도 피하지 않고 진솔하게 자신의 견해를 털어놓곤 했지. 그것이 아키나네와의 다른 점이었어. 이번에 짐은 양명시에게 말했네. 천하 18개 성 가운데서 자네 운귀(雲貴)만 빼고 17개 성은 짐의 신정(新政)을 성공적으로 실행하여 당초 예상했던 혼란과 부작용도 최소화하고, 고은(庫銀)도 훨씬 증가했다고 말이네. 이로 미루어 볼 때 짐의 신정은 시험대를 무사히 통과했다고 볼 수 있지 않겠느냐고 했더니, 양명시가 실로 처음으로 자기도 인정을 한다고 말하더군. 그래서 짐이 날 듯이 기뻤다네. 돌아가서 운귀총독 자리에 계속 있으면서 뒤늦게나마 짐의 신정을 적극 펴줄 것을 당부했지. 군자라면 결당(結黨)을 하지 않아야 하고, 결당을 했다면 결코 군자가 아니네. 양명시와 손가감은 당당한 군자이지. 그러나 이들과 같은 무리인 줄로만 알았던 이불은 뒤에서 호박씨를 까고 있었네!"

옹정의 장편대론이 이어지는 가운데 사람들은 그제야 옹정이 이불을 여덟째당의 잔여 세력으로 치부하여 처벌하려고 한다는 걸 알 수 있었다. 다소 지나치다는 느낌을 받았지만 흥분해 있는 옹정에게 어느 누구도 감히 나서서 자신의 견해를 밝히는 사람이 없었다.

한편 군기처에 산적한 공무가 많은 장정옥으로선 대화가 과거형으로만 흘러가는 걸 듣고만 있을 수 없었다. 그는 자세를 바로하고 목청을 가다듬으며 말했다.

"이불과 사제세 등은 이미 새장 속에 갇혀버린 새에 불과하옵니다. 현재로선 이보다 더 절박하게 해결해야 할 과제가 있사옵니다. 악종기의 십만 군사가 먹을 군량은 모두 사천성에서 조달하기로 했지 않사옵니까? 하온데 폭설로 인해 운송에 어려움을 겪으면서 식량 한 근을 나르는데 실제로 소요되는 경비는 17근에 해당되는 격이옵니다. 그래도 어쩔 순 없지만 유홍도는 이미 사천성의 곡창을 밑바닥까지 긁어서 보냈다고 하옵니다. 하오니 내년 봄에 먹을 식량과 씨앗을 서둘러 보내줘야겠사옵니다. 그리고 악종기에게 보낼 전차(戰車)는 육생남이 손을 놓는다고 하여 차질을 빚는 건 아니오니 예정일에 맞출 수 있을 것 같사옵니다. 문제는 '증정사건'을 빨리 매듭지어야 하겠사옵니다. 하루빨리 북경으로 압송하여 죄를 묻는 것이 시급하옵니다. 경사(京師)엔 요즘 이에 관한 갖은 소문 때문에 육부에서 경황이 없다고' 하옵니다. 아니면 증정을 곧 북경으로 압송한다는 사실을 관보에라도 내어 민심을 안정시켰으면 하옵니다."

"그래."

정무에 대한 얘기가 나오자 옹정은 번뇌를 잊은 듯했다. 육생남만 난동을 부리지 않았어도 오늘 신하들을 부른 김에 증정 사건에 대해서도 논의하려고 했던 옹정이 장정옥이 화제를 잘 끌어냈다고 생각하여 말했다.

"증정, 장희 사건은 이미 진상규명이 끝났다고 관보에 싣게. 그러나 이 사건은 형부나 대리사에 맡길 순 없네, 형부에선 이불

사건만 깨끗하게 처리하라고 하면 되겠네. 이 사건은 짐이 친히 심의에 참여할까 하네."

황제가 직접 범인의 죄를 묻는다는 것은 황제를 희화화한 연극에서나 볼 수 있었던 것이다. 그런데 연극엔 전혀 관심이 없는 옹정이 명당(明堂)에 앉아 친히 범인을 심문하려 한다는 것은 실로 파격적이지 않을 수 없었다. 그것도 시골바닥의 별볼일 없는 두 촌뜨기를 놓고 말이다! 홍력은 고개를 갸웃했지만 일단 옹정의 진의를 들어보고자 했다. 그러나 윤록은 신기하게 생각하면서 입을 열었다.

"이는 천고의 기안(奇案)이니 폐하께서 친히 단죄하시는 것은 실로 의미가 크다고 하겠습니다.이 아우는 천자가 명당에 앉아 계시는 풍채를 보고 싶습니다. 증정이 스승 여유량의 〈춘추대의(春秋大義)〉를 읽고 반역심이 생겨났다고 했사오니 아우 생각엔 죽은 여류량의 죄도 물어야 마땅할 것 같습니다. 역심(逆心)을 부추기는 이들 책들은 모조리 찾아내어 소각해야 하겠습니다."

"아우, 자넨 반 박자 늦었네."

옹정이 웃으며 말했다.

"여류량 일가는 벌써 구금당했고, 역서(逆書)들도 이미 절판을 시켰다네. 전명(前明)의 유로(遺老)라면 절개를 지켜 끝까지 우리 대청에 귀순하지 말았어야지, 비굴하게 대청의 수재시험까지 봐놓고선 이따위 짓이나 하고 다녔다니 하늘이 용서하지 않지. 그자의 신도들은 증정, 장희뿐만 아니라 산동성에도 엄홍(嚴紅)이라는 학생이 있다네. 짐이 보기엔 증정과 장희는 그저 우매하고 무지하여 여유량의 작당에 놀아난 것이고, 진정한 원흉은 절강성(浙江省)의 '동해부자(東海夫子)' 여유량과 산동(山東)의 엄홍인 것 같네. 엄홍 이 자는 일기장에 하이라얼 지진에서 만인들이 4천 명이나 매몰됐는데, 그 장면이 '가관'이었다고 표현했고, 열하가 범람하여 만주인 2만 명을 삼킨 것은 실로 '하늘이 내 맘을 이보다 더 잘 헤아릴 수가 없다' 라고 했다네! 죽었던 아버지가 살아서 돌아온다고 한들 이보다 더 기쁘랴며 노골적인 반만정서를 드러 낸 그자에게 짐은 직접 묻고 싶네. 우리 만인들이 대체 그자에게 어떤 해악을 끼쳤기에 그토록 극악스런 마음을 품고 있느냐고 말 일세!"

그사이 호남, 청해, 절강과 산동에서 날아든 밀주문을 뒤적이며 보던 옹정이 무섭게 용안(龍案)을 내리치며 말했다.

"멸문지화(滅門之禍)를 입지 못해 안달이 났던 놈들! 증정은 여유량의 종용을 받았으니 그렇다 쳐도 여유량과 엄홍이는 그 인 심을 현혹시키고 우리 대청의 재화를 몰래 즐겼던 결코 용사받지 못할 죄를 필히 물을 것이야. 절강 순무에 발문하여 즉각 엄씨 일가를 전부 감금시키고 지의를 대기하라고 하게!"

이 밀주문들은 워낙 특급으로 날아들었는지라 옹정 외엔 본 사 람이 없었다. 어얼타이와 방포, 장정옥은 증정과 장희가 분명히 정범임에도 옹정이 은근히 등뒤로 감싸주는 자세를 보이고 대신 총부리를 저세상에 살고 있는 여류량과 엄홍에게 돌리는데 크게 의혹을 품었다. 한편 '엄홍'이라는 이름 석 자를 듣는 순간부터 귀에 익어 고개를 갸웃하고 있던 주식(朱軾)은 순간 가슴이 철렁 내려앉고 말았다. 강희 연간에 자신이 국사관(國史館)으로 추천 하여 〈명사(明史)〉를 찬수(撰修)하게 했던 사람이었던 것이다. 애써 진정하며 주식이 입술을 움찔거리며 입을 열려고 할 때 홍력 이 말했다.

"증정과 장희는 이번 모역의 원흉이라는 사실이 백일하에 드러났는 바 이들은 능지처참형에 처함이 마땅합니다. 아들은 아직 방금 올라온 주장의 내용은 모르오나 아바마마의 훈회(訓誨)를 듣고 보니 여류량과 엄홍이는 따로 처벌하시겠다는 뜻으로 들립니다. 그렇게 하시는 것이 더 확실할 것 같습니다."

그러자 홍시도 맞장구를 쳤다.

"아들도 넷째의 말에 공감합니다."

이들의 말을 듣고 난 옹정이 고개를 돌려 이번에는 주식을 향해 물었다.

"주 사부도 할 말이 있는 것 같던데, 해 보게나."

이에 주식이 가볍고 짤막한 기침을 몇 번 하여 목청을 가다듬으며 말했다.

"이번 사건은 만천하가 다 알고 그 결과에 촉각을 곤두세우고 있는 만큼 공정한 법의 심판대에 올려져야 한다고 생각하옵니다. 물론 법외시은(法外施恩)을 하시는 것은 인주의 권한이옵니다. 하오나 신의 우견으로는 죄질이 무거운 이들을 '다른 사람의 고혹을 받았다'는 이유만으로 면죄부를 줄 수는 없다고 생각하나이다. 신은 폐하께오서 죽은 여류량의 죄를 물으시는 것에 쌍수를 들어 환영하옵니다. 죽은 자에게도 엄연히 법은 적용된다라는 사실을 만천하에 알림으로써 후세들에게 죄를 대물림받지 않게 하기 위해서라도 자신의 행실에 제동을 거는 사람들이 많을 것이라고 생각하옵니다. 신이 방금 아뢰어 말씀 올리고자 했던 것은 이뿐만이 아니옵고 신이 그 옛날 엄홍이를 추천하여 〈명사〉를 편수하게 했던 사실이 떠올랐기 때문이옵니다. 신에게는 실찰(失察)의 죄를 물으셔야 마땅하옵니다!"

이같이 말하며 주식은 곧 무릎을 꿇었다. 그러자 옹정이 홍력을 보며 말했다.

"홍력, 자네가 스승 어른을 부축하여 일으키게. 사실 이런 일은 자네가 고백하지 않으면 누구도 모르는 일일세. 자네의 그 정대광명한 심지(心地)를 치하해야 마땅할 것인데, 죄를 묻다니 웬 말인가? 짐은 모든 신하들이 자네를 본받았으면 하네. 짐이 여류량을 단죄한 것에 대한 자네의 견해도 짐의 의중과 딱 들어맞았네. 그래서 우리말에 '생강은 오래된 것이 맵다'라고 하는 거네. 책 읽은 군자의 심성이란 이래야 하는 건데! 그러나 짐은 증정을 엄히 처벌하는 데는 반대하네. 방금 얘기한 이유 외에도 더 중요한 이유가 있네. 장희가 혹형에도 불구하고 입을 다물고 있으니 악종기가 자백을 받아내기 위한 고육지책으로 무슨 일이 있어도 절대 서로를 배신하지 않는다는 서약을 맺었다고 하네. 짐이 하등 쓸모 없는 증정과 장희를 죽임으로써 우리 대장군 악종기에게 배신자라는 소리를 듣게 할 순 없지 않는가?"

사람들은 옹정이 자신의 주장을 정당화하기 위해 우는 아이 사탕주듯 자신들을 달래고 있다고 생각했다. 악종기의 거짓 서약이야 가짜라는 것은 애당초 주지하는 바인데, 그 서약을 못 지켰다고 하여 악종기에게 불명예스런 일이 있을 거라곤 아무도 생각하지 않았기 때문이다. 그러나 악종기와 관련된 이상 출전을 앞둔 사람을 왈가왈부하지 않는다는 원칙하에 사람들은 더 이상 반론을 제기하지 않았다.

"여기 증정이 악종기에게 보냈던 편지 사본이 있는데, 여러분들도 읽어보게."

옹정이 미리 여러 부 베껴 놓은 편지 사본을 홍시에게 건네면서 나눠주게 했다.

"증정은 짐의 죄를 열 가지로 열거했더군. 조야에서 떠돌고 있는 요언의 집대성이라 할 수도 있겠네."

서둘러 편지를 훑어보고 난 장정옥은 경악을 금치 못했다. 보위 찬탈에서부터 형제를 살육한 죄, 탐색죄(貪色罪) 등 별의별 당치도 않은 죄명을 다 덮어씌우고 있었다. 이 같은 악독한 비방을 일삼는 자를 옹정이 애써 용서하려는 의중이 무엇일까? 자신이 인덕하고 너그러운 군왕임을 과시하려는 것일까? 그러나 장정옥은 즉각 이를 부정했다. 옹정의 성격상 자신의 의지를 꺾어가며 남의 입에 맞게 자신을 '포장'하는 경우는 불가능했던 것이다. 그렇다면 갖은 요언에 대한 자신의 당당함을 이런 식으로 표현하려는 걸까? 기민하기 이를 데 없는 장정옥은 이미 옹정의 의중을 어느 정도 헤아렸지만 다른 사람들이 입을 열기만을 조용히 기다렸다.

"아니! 이거…… 이런 자를 용사하시려는 것입니까?"

홍시가 낯빛이 창백해지면서 어이없다는 듯이 말했다.

"아들은 우매하여 통 이해할 수가 없습니다."

홍시가 이같이 말하며 홍력을 훔쳐보니 홍력도 크게 흥분한 것 같았다.

이네들에게 자신과 의견일치를 보라고 강요할 순 없다고 생각한 옹정이 한참 동안 생각한 끝에 웃으며 말했다.

"짐도 처음엔 이 편지를 보고 몇 날 며칠 잠을 이루지 못했다네. 전혀 사실무근임에도 불구하고 마치 기정사실인 양 참기름을 뿌리고 양념하여 제법 맛깔스레 짐을 매도하는 데 대해 원통스럽기도 하고 분개하여 치를 떨기도 했네. 짐의 근정애민(勤政愛民)을 몰라주는 사람들이 야속한 마음도 들었지. 그러나 짐은 내 몸이 똑바로 서 있는 이상 그림자가 비뚤어진다고 하여 두렵진 않네. 진실은 언제든 거짓을 이기게 될 것이라고 짐은 확신하네. 그러기에 이네들의 비방을 미친개가 짖어대는 것쯤으로 치부해버릴 수 있는 거네! 개는 짖게 돼 있다네. 개가 짖지도 않으면 어느 짝에 써먹겠나? 자네들은 동네 개들이 짖는다고 해서 가서 따질 건가?"

옹정은 천천히 온돌에서 내려 뒷짐을 지고 방안을 거닐며 말했다.

"그래서 얘긴데 이는 하늘에서 떨어진 기인기사(奇人奇事)라고 생각하게. 이런 괴물을 만나본다는 것도 쉽진 않을 것이지. 그만큼 짐이 이색적으로 요리해 볼 테니 기대하게."

"폐하!"

장정옥이 마침내 입을 열었다.

"미친개라도 인주를 물면 주살해야 마땅하옵니다. 신의 우견으론 편지내용에 대해선 밀심(密審)을 하는 것이 바람직할 것 같사옵니다. 아무리 미친개가 짖는데 불과하다 하오나 증정과 장희 두 사람이 면벽하여 이 모든 것을 날조해 냈을 리는 없사옵니다. 줄기를 더듬어 올라가다 보면 뭔가 큼직한 것이 잡힐 것이옵니다."

그는 옹정의 의중을 헤아리지 못한 건 아니지만 이를 엄히 처벌하지 않으면 홍력과 홍시는 물론 측근들의 정서에도 무거운 짐을 안기는 격이라고 생각했다. 장정옥이 잠시 멈췄다가 다시 말했다.

"심문이 끝나는 대로 법사아문에 넘겨 그 죄를 엄히 물어 천하 후세들에게 교훈으로 남겨야 할 것이옵니다."

재상으로서 '할 말은 했다'고 생각한 장정옥이 더 이상 말하지 않고 묵묵히 뒤로 물러갔다.

주비(朱批)를 내려야 할 상주문이 산적해 있고, 몸에 피로가 느껴지자 옹정이 웃으며 말했다.

"자네들은 인신(人臣)으로서 당연히 그런 생각이 들겠지. 일단 사람을 북경으로 압송한 뒤에 다시 보세. 그 동안 자네들은 수시로 짐을 알현하고 간언해도 좋네. 장희와 증정, 이 썩은 고깃덩어리에 대해선 시간을 허비하느라 하지 말고 이불 사건을 심문하는 데 총력을 기울이게, 엄히 처벌해야 할 것이야! 그리고 오만불손하고 안하무인인 육생남도 기군죄를 묻는 것이 마땅하네. 그만 물러들 가게! 십삼황자 이친왕이 또 병이 발작했다고 하네. 윤례더러 가 보라고 했는데, 어찌 됐는지 모르겠네. 후유! 뜻대로 되는 일이란 없구만."

사람들은 일제히 머리를 조아리고는 뒷걸음쳐 물러갔다. 밖에 나온 홍시는 운송헌 쪽에서 다가오는 윤례를 발견하고는 급히 걸음을 멈추고 기다렸다가 가까이 오자 조심스레 웃으며 말했다.

"십칠숙, 청범사에 다녀오시는 길이세요? 폐하께서 심려가 무거우신데, 십삼숙께선 지금 어떠세요?"

그러자 윤례가 발걸음도 멈추지 않고 말했다.

"가사방이 운송헌에 있으니 가서 얘기해 봐, 난 급히 폐하를 알현해야겠어."

말을 마친 윤례는 곧 안으로 들어갔다. 홍시가 고개를 갸웃하며 운송헌으로 와 보니 과연 온통 까만색 일색인 옷을 입은 가사방이 책상 앞에 서서 관보를 보고 있었다. 그는 빠른 걸음으로 방 안으로 들어서며 웃으며 말했다.

"이봐, 친구! 옷 좀 까만 것 말고 다른 색으로 입으면 안 되나?

온통 까맣더니 숯을 쌓아놓은 줄 알았잖아. 십칠마마 신색 또한 심상찮은 것 같던데, 십삼숙도 많이 안 좋으신가?"

"십삼마마께오선 대한(大限, 죽음)이 다가왔사옵니다."

가사방이 우울한 표정을 지으며 말했다.

"그래서 옷차림을 온통 까만 색으로 했사옵니다. 죽음이 천하의 용자봉손(龍子奉孫)에게도 어김없이 찾아오는구나 라는 생각에 마음이 우울하기 이를 데 없사옵니다."

그러자 홍시가 웃으며 의자에 내려앉더니 말했다.

"당나라 말기에 제왕들이 장생불로(長生不老)를 꿈꾸며 이능도사(異能道士)들을 얼마나 많이 키웠는가? 그럼에도 과연 장생불로의 기적을 만들어내는 진짜 신선은 없었다네. 우리 십삼숙이 죽음에 이르는 걸 보니 자네도 허다한 가짜 신선 중의 하나에 불과했군 그려! 난 애당초 자네 그 귀신놀음을 믿질 않았다네!"

가사방이 웃으며 말했다.

"빈도는 나름대로 최선을 다했습니다. 하늘의 뜻이야 거역할 수 있는 사람이 어디 있겠습니까? 귀에 거슬리시겠지만 빈도가 셋째패륵께 아뢸 말씀이 있사옵니다. 절대 제위다툼을 벌이지 마십시오. 보위는 셋째마마의 것이 아닙니다. 자기 것이 아닌 것에 지나치게 집착하면 좋은 일이 없습니다."

홍시가 마치 엉덩이엔 덴 듯 퉁기듯 일어났다. 그리고는 가사방을 한참 뜯어보더니 껄껄 웃으며 말했다.

"이봐, 도사! 나도 따끔하게 충고 한 마디 하겠는데, 그런 귀신놀음은 대아지당(大雅之堂) 근처엔 얼씬도 못하는 요술쟁이들의 반짝 기량에 불과할 뿐이네. 그러니 당장 폐하의 신임을 얻고 있다 하여 누울 자리, 설 자리를 모르고 까불지 말게. 자기의 근본을 잊으면 재화가 쌍으로 날아들 것이니!"

"빈도는 원래부터 별볼일 없는 미물에 불과했습니다."

가사방이 말을 이어나갔다.

"전엔 토끼꼬리 만한 재주를 뽐내어 스승님에게도 쫓겨나고 진짜 실력이 뛰어난 이능도사들의 눈 밖에도 났었습니다. 지금은 그런 마음은 추호도 없고 단지 목검을 잃어 강호로 돌아갈 수 없을 뿐입니다. 여기 남아 사소한 일을 담당하는 데는 무리가 없을 것 같습니다. 셋째마마, 군상(君相)의 명은 하늘에 달렸지 귀신이 좌지우지할 수 있는 건 아닙니다. 십삼마마께선 천명을 다하시어 옥황상제께서 데려가시는 것이기에 빈도도 붙잡을 수가 없는 것입니다. 하오니 셋째마마께서도 그만 마음을 접으시고 불탑 밑에 숨겨두었던 귀신딱지를 꺼내십시오. 그건 십삼마마를 해치지 못했을 뿐더러 그대로 놔두면 본인이 해를 입을 것입니다. 빈도의 말을 들어서 해가 되는 일은 없을 겁니다!"

"그럼 자넨 내가 폐하와 십삼마마를 해치려 들었단 말인가?"

"예, 그렇습니다. 그밖에 홍력 넷째마마에게도 마수를 뻗치려 했습니다!"

"어디 증거가 있어?"

"그거야 셋째마마 마음속에 있지요!"

가사방이 냉소하여 말했다.

"머리 세 척(三尺) 위에 성령(聖靈)이 있고, 암실(暗室)에서 양심에 거리끼는 일을 하면 신목(神目)이 눈을 시퍼렇게 뜨고 지켜본다고 했습니다! 이러함에도 불구하고 감히 증거를 운운하실 겁니까?"

홍시는 마치 흡혈귀에게 피를 깡그리 빨리고 만 시체 마냥 낯빛이 창백하게 질리고 말았다. 가사방을 무섭게 노려보며 입을 열어 말하려 할 때 고무용이 밖에서 헛기침을 하더니 들어왔다. 홍시를 향해 절을 하고는 가사방에게 말했다.

"폐하께서 가 신선을 부르셨습니다."

"알겠소."

고무용이 가사방의 뒤를 조심스레 따라가며 목소리를 낮춰 물었다.

"셋째패륵께선 안색이 왜 저러십니까? 무슨 병이라도 난 겁니까?"

"곧 눈이 내리겠군."

가사방이 고개를 들어 하늘의 먹장구름을 보며 동문서답했다.

41. 이친왕(怡親王)의 유언

　가사방이 고무용을 따라 담녕거로 와 보니 태감들이 이미 말을
대기시켜 놓고 기다리고 있었다. 궁전 안에서는 교인제가 다른
궁녀들과 함께 서둘러 옹정에게 편한 옷으로 갈아 입히고 있었다.
옹정이 스스로 외투의 끈을 매며 고무용에게 물었다.
　"눈이 많이 내리나?"
　"이제 막 눈꽃이 날리기 시작했사옵니다. 아직 눈발이 굵진 않
사옵니다, 폐하."
　고무용이 급히 아뢰었다.
　"단지 바람이 보통이 아니옵니다. 옷을 두텁게 입으셔야 할 것
같사옵니다."
　옹정이 이번엔 고개를 돌려 가사방을 향해 물었다.
　"도장(道長), 어…… 얼마나 더 남은 것 같던가?"
　이에 가사방이 소리를 죽여 한숨을 지으며 고개를 숙였다.

"십삼마마께오선 미류(彌留)가 가까워오고 있사옵니다. 하오나 아직 폐하를 뵙고 말씀을 나눌 기력을 비축해 두고 계시옵니다."

그 말을 듣고 난 옹정은 가슴이 뭉클하여 어느새 눈물을 떨구었다. 그는 아무 말도 하지 않고 서둘러 궁전을 나섰다. 땅에 엎드려 있는 꼬마태감의 등을 딛고 말에 올라타며 옹정이 큰소리로 태감 진구에게 지시했다.

"이위가 오늘 북경에 도착하는 대로 청범사로 보내게. 나머지는 왕대신들 아니면 짐은 접견하지 않을 것이니 그리 알게. 날도 추운데 기다리게 하지 말고 다들 물러가라고 하게!"

말을 마친 옹정은 곧 윤례와 가사방을 향해 머리를 끄덕여 보이고는 고삐를 낚아채듯 잡아당겨 찬바람을 가르며 저만치 달려나갔다. 더렁태 등 열 몇 명의 시위들이 옹정의 뒤를 바짝 따라갔다.

하늘은 갈수록 어두워져만 갔다. 검붉은 구름이 사나운 북풍을 타고 쫓기기라도 하듯 두 주먹 불끈 쥐고 달려오고 있었다. 싸라기 같은 눈 알갱이가 좀더 급하게 떨어지기 시작했다. 얼굴이 얼얼해졌다.

청범사 저편의 끝간 데 없는 갈대밭에는 말라버린 갈대들이 눈을 뒤집어 쓴 채 사나운 북풍의 기승에 온몸으로 항거하고 있는 것 같았다. 눈길을 두는 곳마다 온통 처량하고 적막한 풍경이었다.

청범사에 도착하여 말에서 내릴 무렵에는 눈 알갱이는 어느덧 무성한 거위의 깃털이 되어 내리기 시작했다. 옹정이 절 앞의 깃대 옆에 내려서서 보니 벌써 여느 때와 다른 분위기가 느껴졌다. 방장 스님이 모든 스님들을 거느리고 산문 안쪽에서 고니 모양으로 서 있었다. 통로에는 세 발짝 간격으로 동승(童僧)들이 황토색 가사

(袈裟)를 입고 합장하여 불경을 중얼거리고 있었다.

방장(方丈)인 인공(印空) 스님의 안내에 따라 안으로 들어가며 옹정이 물었다.

"큰스님, 몇 년 동안 밖에 나와 보는 것은 오늘이 처음이시죠?"

"아미타불!"

인공이 합장하며 아뢰었다.

"태기도인(太己道人, 윤상의 도호(道號))께오선 저의 불사(佛舍)에 오래 계셨사온데, 이 중이 좌관(坐觀)하고 있노라니 심동(心動)이 있어 나왔사옵니다. 이제 불사를 돌려주시고 탈낭(脫囊)하시어 가시는 길을 바래다 드리려고 다 데리고 나왔사옵니다."

옹정이 뭐라 형언할 수 없는 복잡한 눈빛으로 갈수록 하얗게 변해가는 기와지붕을 바라보며 말했다.

"그동안 폐 많이 끼쳐 드렸네요, 큰스님. 사실 도가(道家)와 불가(佛家)는 따지고 보면 한 집안이지요. 유가(儒家)라고 해서 어찌 석도(釋道)랑 교류하고 싶지 않겠소이까? 눈이 만물을 뒤덮고 있는 걸 보니 우리 열셋째가 가긴 가는가 보군."

옹정이 비감한 감정을 애써 눅자치며 서원(西院)으로 향했다. 벌써 옷궤를 밖으로 드러내는가 하면 수의(壽衣)를 준비하는 여인네들의 손놀림이 바빴다. 뜰에는 약 냄새가 가득 차 있었고, 부뚜막으로 물통을 들고 가 솥에 들이붓고 끓이는 사람들도 있었다. 처마 밑에는 몇몇 태의(太醫)들이 처방을 고민하는 듯 소곤소곤 얘기를 주고받고 있었다.

사람들은 많았지만 나름대로 질서 있게 움직이는 걸 보며 옹정이 말없이 정방(正房)으로 향하는 계단을 올랐다. 그제야 황제가 도착했다는 사실을 알게 된 사람들이 일제히 숨죽이고 무릎을 꿇었다.

옹정이 윤례와 고무용, 가사방 등을 데리고 들어가 보니 윤상은 창가 쪽으로 조용히 누워있었다. 얼굴은 무서울 정도로 누렇게 변해 있었고, 볼은 움푹하게 꺼져 있었다. 호흡도 거칠었다 미약했다 하며 고르지 않았다.

흰 눈으로 뒤덮인 곳에서 금방 안으로 들어와 어두운 탓에 미처 발견하지 못했었지만 이위는 벌써 도착해 침상 곁을 지키고 있었다. 옹정의 막내아우 윤비가 인삼탕 그릇을 받쳐들고 마루 앞에 앉아 있었다. 멍하니 윤상만을 바라보던 중 옹정이 들어서는 인기척을 들은 두 사람은 급히 땅에 엎드려 머리를 조아렸다.

옹정이 머리를 끄덕이며 조용히 입을 열었다.

"일어나게! 이위, 자넨 언제 도착했나?"

그러자 이위가 급히 눈물을 훔치며 아뢰었다.

"신은 폐하를 알현하고자 창춘원으로 들어가려던 중 장상(張相, 장정옥)을 만났사온데, 폐하께서 오늘은 노곤하실 테니 내일 패찰을 건네라 하기에 곧장 십삼마마를 뵈러 왔던 것이옵니다. 이렇게까지 악화되어 있을 줄은……."

이위는 끝내 말을 잇지 못하고 다시 눈물을 쏟았다.

혼수상태에 빠져 있던 윤상이 어렴풋이 옹정의 말소리를 알아듣고는 힘겹게 눈을 떠 보였다. 초점을 잃은 흐릿한 시선이 옹정에게 닿는 순간 두 눈은 아주 잠깐이지만 보석처럼 빛났다. 장작같이 비쩍 마른 팔도 꿈틀댔다. 잠시라도 팔을 뻗어 옹정의 옥체를 만져보고 싶어하는 것 같았다.

옹정이 급히 다가가 두 손을 잡아주었다. 윤상이 기운없이 입술

을 실룩거리자 옹정은 급히 귀를 가까이 댔다. 그러나 무어라고
말은 했지만 전혀 알아들을 수가 없었다. 옹정이 고개를 돌려 가사
방을 바라보며 물었다.

"무슨 방법이 없겠는가?"

가사방이 알겠다는 듯이 윤상에게로 다가갔다. 달리 행동을 해
보인 건 따로 없이 그저 윤상을 향해 말했다.

"공명(空明)이 바로 영동(靈動)이옵니다. 십삼마마, 어제 빈도
가 말씀 올렸듯이 십삼마마께오선 아직 기력이 왕성하시옵니다."

가사방의 말이 끝나기 바쁘게 윤상의 창백한 얼굴엔 거짓말처
럼 혈색이 돌기 시작했다. 윤비가 좋아라 달려가 앳된 목소리로
말했다.

"열셋째형, 어서 따끈한 인삼탕을 좀 드시고 벌떡 일어나 앉으
세요."

윤비가 무릎 꿇은 키가 너무 낮아 불편해 하자 윤례가 그릇을
받아들고 한 숟가락씩 떠 넣어 주었다.

몇 모금 받아마시고 난 윤상은 처음 봤을 때보다 훨씬 기력을
회복한 듯 옹정을 향해 실소하듯 희미하게 웃어 보였다. 그리고는
말했다.

"열셋째도 이젠 벼랑 끝에 와 있습니다. 더 이상 폐하를 위해
뛰어다니며 효도할 수가 없을 것 같습니다."

옹정이 가슴이 뭉클하여 눈물을 머금었으나 애써 웃음을 지으
며 말했다.

"바보 같은 소리! 오사도(鄔思道) 선생이 전에 했던 말 기억
안 나? 자넨 92세에 선종(善終)을 할거라고 했지 않은가! 가사방,
오 선생이 제대로 본 건가?"

"유가에선 '생사는 명에 달려 있고, 부귀는 하늘에 달려 있다[生死有命, 富貴在天]'고 했사옵니다. 공자 성인께선 석가보다 더 정확히 보시옵니다."

가사방은 즉답을 회피했다.

"염려놓으십시오, 십삼마마! 빈도가 여기 있는데, 어떤 무상(無常)이 감히 접근해 오겠습니까!"

이미 가사방과 대단히 가까운 사이가 된 윤상이 미소를 지어 보였다.

"빈 깡통이 요란하다더니, 큰소리는 젠장! 괜찮아, 난 추호도 두렵지 않아. 오사도 선생이 나보고 92살까지 산다고 한 건 이제 생각해 보니 내 나이 지금 마흔 여섯이니 꼭 두 배로 늘려 말한 거로군."

사람들은 숨이 간간하던 윤상이 갑자기 셈까지 해내자 적이 놀라워했다. 이때 윤상이 다시 말을 이었다.

"죽음이 임박해 오니 맘이 이렇게 편할 수가 없습니다. 죽음을 생각하니 마치 농부가 김을 다 매고 집으로 돌아가는 기분 같기도 하고, 책 한 권을 다 읽고 마지막 책장을 넘길 때의 기분 같기도 할뿐입니다. 저도 알고 가사방도 잘 압니다. 이것이 해가 막 서산으로 넘어가기 직전의 순간적인 눈부심이라는 것을."

그는 갑자기 어린아이처럼 해맑은 웃음을 웃었다. 그리고는 부탁했다.

"가사방, 나를 한 시간만 더 지탱하게 해 주게. 폐하께 단독으로 올릴 말씀이 있어서 그러네. 한 시간이면 충분하네."

"십삼마마께오선 끝까지 달관하시고 영웅의 기개가 넘치십니다."

가사방이 말했다.

"말씀하신 대로 그리 해 드리겠습니다. 빈도가 동쪽 별채에서 기를 넣어 드리겠습니다."

가사방은 옹정을 향해 절을 하고는 물러갔다. 윤상이 이번에는 윤례, 윤비와 이위에게 말했다.

"자네들도 가사방을 따라가 장기나 두면서 편히 있도록 하게. 가사방과 장기를 두고 이야기꽃을 피우며 즐겁게 놀아야 나도 마음이 홀가분할 거라는 걸 명심하게."

그들이 나가는 모습을 응시하고 있던 옹정이 윤상에게 다가앉으며 말했다.

"무슨 말인데 그리 서두르나? 좀 쉬다 편할 때 하지?"

"지룽리허 잉부처단체용, 더타이 버커룽칸 뤄펑(몽고어로 '폐하, 긴히 아뢸 말씀이 있사옵니다'라는 뜻)!"

느닷없는 윤상의 몽고어에 잠시 어리둥절해 하던 옹정이 한참 후에야 만주어로 답했다.

"아우, 다른 사람이 엿들을 것이 걱정돼서 그럴 것 같으면 만주어로 말하게. 만주어로 해도 못 알아듣긴 마찬가지네. 몽고어는 알아듣기가 힘이 드네."

"기회를 틈타 저 도사를 없애버리십시오."

윤상이 눈짓으로 옆방을 가리키며 능수능란한 만주어로 말했다.

"왜?"

"제가 쭉 지켜본 바로는 저 자는 폐하의 건강을 좌우할 수 있습니다. 폐하로 하여금 자신을 필요로 하게끔 하여 자신에게 의존하는 마음이 생기게 하여 나중엔 한 발짝도 자신을 떠나선 살 수 없게 만들 것입니다. 그리고 언젠가는 폐하로 하여금 자신의 입김에 끌려 다니게끔 조종할 것입니다. 저 자가 갖고 있는 술수는 사실 무술(巫術)에 불과할 뿐 나라를 다스리는 데는 별 도움이 안 될 것입니다."

"알았네! 그거야 식은죽 먹기일 테지."

"결코 그리 호락호락하진 않을 겁니다."

마치 옹정이 돌연 사라지기라도 할세라 윤상이 눈에 힘을 주어 옹정을 똑바로 쳐다보며 한 글자 한 글자 또박또박 말했다.

"진실된 재주는 있는 사람입니다. 물, 불, 칼, 창 심지어는 번개까지도 두려워하지 않는 사람입니다. 없애버리는 것이 그리 용이하진 않을 겁니다."

윤상의 말을 듣고 요즘 들어 몸이 아플 때마다 어의(御醫)는 아예 부를 생각도 하지 않고 가사방에게만 의존해 온 자신을 돌이켜보며 옹정은 문득 두려워지기 시작했다. 그는 윤상을 바라보며 말했다.

"자네가 무슨 방법이 있는 것 같은데, 과연 그러한가?"

이에 윤상이 말했다.

"다른 사람은 어렵겠지만 이위는 이 일을 해낼 수 있습니다. 이위를 북경으로 데려와 군기처(軍機處)에서 천하의 형명(刑名)을 관장하게끔 하는 것이 시급합니다."

"알았네. 짐이 그렇게 하지."

오랫동안 사용하지 않았던 만주어로 말하며 숨이 가빠진 듯 윤상이 잠시 호흡을 고르게 했다. 다시 한어(漢語)로 바꿔 말하는 윤상의 말투에는 진한 이별의 아픔이 묻어 나왔다.

"폐하, 넷째형…… 30년 동안 졸졸 따라다니며 일해왔습니다.

제겐 부모나 마찬가지였고, 삶의 유일한 희망이었던 넷째형이었습니다. 빈손으로 왔다 빈손으로 가는 이 마당에 형과 더불어 한 많은 세상을 살아왔던 인연만은 끝까지 놓고 싶지 않습니다. 정말 형이 있어서 전 여태 살 수 있었습니다. 새는 죽음이 임박하면 울음소리가 구슬퍼지고, 사람은 때가 되면 말투부터 선해진다고 했습니다. 이런 말을 해서 넷째형에게 혼나는 건 상관없지만 넷째형이 그저 임종을 앞둔 자의 허튼 소리쯤으로 들어 넘기실까 봐 걱정이 앞섭니다……."

이같이 말하는 윤상의 두 눈에선 눈물이 비 오듯 흘러내렸다. 옹정이 부드럽게 그 눈물을 닦아주며 말했다.

"우리 대영웅이 어인 눈물인가, 바보같이."

"여덟째형과 우리 둘은 평생 원수지간으로 살아왔습니다."

윤상이 눈꽃이 비무(飛舞)하는 창 밖을 내다보며 가깝고도 멀게 느껴지는 목소리로 말했다.

"여덟째형, 아홉째형 모두 죽었습니다. 열째형도 이젠 막다른 골목에 처해 있을 테죠. 과거의 모든 은원(恩怨)은 접고 같은 아버지를 둔 형제라는 점만 크게 부각시켜 미움을 떨쳐내고 용서하여 끌어안아 주세요. 저까지 가고 형이 더 허전해지기 전에 열째형을 북경으로 데려오십시오."

윤상이 여전히 먼 곳에 시선을 둔 채로 마치 자신의 순탄치 않았던 과거로의 회귀를 하듯 오랫동안 침묵했다. 그리고는 천천히 입을 열었다.

"……제가 병들어 누운 이 몇 년 동안 다녀간 사람들도 참 많았죠. 그네들의 말을 들어보고 저 나름대로의 생각을 접목시켜 봤을 때 자고로 황제들 중에서 근정애민(謹政愛民)한 황제가 많았어도 넷째형을 따를 사람은 없습니다. 전 끝까지 솔직한 사람입니다. 선제께선 겉만 금옥(金玉)같았지, 속을 들여다보면 넝마 같은 그런 아수라장을 넷째형에게 물려주고 가셨습니다. 알 만한 사람은 다 압니다. 그러나, 안타깝게도 백성들은 그런 걸 모릅니다. 그들은 국고에 은이 7백 만 냥밖에 남지 않은 것이 무엇을 뜻하는지도 모르고, 적들과 싸움을 하든 말든, 재해지역으로 구제량(救濟糧)을 보내든 말든 본인의 의식주 외엔 관심이 없죠. 폐하께서 근정하시어 이젠 국고에 6천 만 냥이 들어있는 쾌거를 올렸습니다. 실로 대단한 결과가 아닐 수 없습니다. 이치(吏治)를 쇄신함에 있어서 물론 옥에 티야 없겠습니까마는 그래도 천하제일이라고 일컫는 홍무제(洪武帝)와 비견할 수 있을 정도로 우리의 이치는 이미 궤도에 올라섰습니다! 그러나 형은 지쳤고 문인과 향신(鄕紳)을 비롯한 일부 기득권층을 건드렸습니다. '양렴은(養廉銀)' 제도의 실행이 자기네들의 재원을 막아버렸으니 좋아할 리가 만무하죠. 전 형의 피나는 노력을 몰라주고 툭하면 당치도 않은 요언에나 휘둘리는 백성들이 야속하고 특권층에서 밀려난 묵리(墨吏)들의 독설이 형을 병들게 할까 봐 걱정스러워 편히 눈을 감고 갈 수가 없습니다."

아우의 진심어린 말을 들으며 눈물이 그렁그렁해 있던 옹정이 마침내 눈물을 쏟아냈다. 한참 후에야 진정을 취하며 옹정이 말했다.

"자네만이 할 수 있는 말이지. 자네라도 이해해 주어서 고맙네. 짐이 거센 비바람을 맞받아 나갈 수밖에 없었던 이유는 바로 이치 쇄신이라는 것이 얼마나 어려운지를 잘 알기 때문이네. 자손들에게만은 좀더 훌륭한 세상을 열어주기 위해 짐이 몰매 맞을 각오로 팔을 걷어붙인 걸 자네가 알아주니 참으로 다행이네. 아우, 자넨 용감무쌍한 사나이이니 버텨낼 수 있을 거야. 거뜬히 털고 일어나 짐이 여론을 내 편으로 만드는 걸 지켜보게. 이제 곧 하나의 큰 사건을 빌어 짐의 마음을 만천하에 뒤집어 보일 것이네. 그렇게 해도 몰라주면 어쩔 수 없고. 후세들 중에도 눈이 밝은 누군가는 그때는 그럴 수밖엔 없었구나 하며 짐을 이해해 줄 거라고 믿네……."

옹정은 증정과 장희 사건의 전말을 윤상에게 소상히 들려주었다. 그리고는 덧붙였다.

"이는 하늘이 짐에게 말할 기회를 내린 거야. 악종기와 유홍도 등이 이미 증정, 장희를 충분히 설득하여 우리편으로 만들었어. 난 이 두 명의 완고한 문인을 교화시켜 만천하를 돌아다니며 짐의 신정에 대해 현신설법(現身說法)을 하게 할 것이네!"

"가능할까요?"

"가능하고 말고."

옹정이 자신에 찬 음성으로 말했다.

"내가 증정과 직접 나눈 대화내용을 책자로 만들어 만천하에 내려보낼 거네. 제목은 〈대의각미록(大義覺迷錄)〉이라고 달 생각이네!"

"넷째형께서 자신이 있으시다면 전 꼭 성공하리라고 믿습니다."

윤상의 눈빛이 반짝였다. 그러나 이내 암담해지더니 안색도 점점 창백한 가운데 잿빛을 띠기 시작했다. 다급해진 옹정이 가볍게 흔들며 말했다.

"아우, 자네…… 힘들어서 그러나? 사람을 부를까?"

"아닙니다! 아닙……."

윤상이 온몸의 기력을 끌어 모으는 듯 혼신의 힘을 다해 힘겹게 말했다.

"할말은 많이 남았는데 숨이 가빠…… 폐하의 세 아들…… 학문은 다 좋으나…… 심…… 심성은…… 다릅니다……. 셋째는 훌륭하긴 하나…… 보위 승계에 만전을 기하셔야……."

이는 실로 대단히 중요한 말이 아닐 수 없었다. 옹정은 윤상의 귓가에 엎드리다시피 하여 들었으나 윤상의 숨소리는 점차 미약해져만 갔다.

"성조 때…… 우린…… 충분히 겪어왔습니다……. 밀고 당기고, 때리고 맞고……. 벌써 또 한 세대가…… 흘렀군요……. 넷째가 탁월하다고 생각합니다……. 누군가 요술을 부려…… 그것도 모자라 암해하려고 드네요……."

이쯤하여 윤상의 목소리는 더 이상 가래 끓는 소리에 눌려 들리지 않았다. 윤상이 가쁜 숨을 몰아쉬며 손가락 세 개를 내밀어 보이자 다급해진 옹정이 급히 물었다.

"큰놈? 작은놈?"

그러자 윤상이 손가락 세 개를 힘없이 툭 떨구며 간신히 말을 이었다.

"홍주에게 물…… 물어……."

"태의! 가사방!"

옹정이 다급히 소리쳤다. 눈앞이 가물가물해지고 머리 속이 벌집을 쑤신 듯 어지러웠다. 사람들이 우르르 몰려들어 윤상을 둘러싸고 구급을 시도할 때에야 옹정이 겨우 가슴을 진정시키며 다급히 말했다.

"정신을 못 놓게 해! 누가 정신을 돌려놓는 사람이 있으면 짐이 크게 상을 내릴 거네!"

태의들이 절맥(切脈)하고 인중(人中)을 찌르고 인삼탕을 떠 넣었지만 아무런 소용이 없자 옹정이 사람들을 헤집고 윤상에게로 다가가 크게 고함을 질렀다.

"열셋째, 잠깐만 머물다 가게!"

그러자 기적처럼 윤상이 두 눈을 번쩍 떴다. 그리고는 섬뜩할 만큼 또랑또랑한 목소리로 옹정에게 말했다.

"부디 옥체를 보존하시옵소서, 폐하! 신, 먼저 물러가겠사옵니다……."

그 말을 마지막으로 내뱉는 윤상의 고개는 한쪽으로 맥없이 툭 꺾였다. 그것이 옹정과 윤상의 이승에서의 마지막 작별이었다. 어려서부터 윤진의 각별한 보살핌을 받으며 윤진을 부모 대신으로 믿고 따랐던 윤상은 몇 십 년 동안 옹정의 왼팔, 오른팔 역할을 충실히 해 오며 신하로서, 아우로서 정분을 돈독히 쌓아오던 중 마침내 인생의 종착역에 다다랐던 것이다.

낙심천만한 가사방으로부터 "회천핍술(回天乏術)"이라는 말을 듣는 순간 넋 나간 사람처럼 멍하니 맥을 놓고 있던 옹정이 갑자기 가슴을 움켜잡았다.

"욱!"

구역질과 함께 입을 가린 옹정의 손바닥에 한 줌의 피가 묻어 나왔다.

"폐하!"

윤례, 윤비, 이위, 고무용 등이 우르르 달려들어 옹정을 부축하여 등나무 의자에 앉혔다. 윤상을 둘러싸고 있던 태의들이 달려와 옹정의 맥을 보았다. 유독 가사방은 그 자리에 붙박힌 듯 선 채 담담한 표정이었다.

"폐하께오선 지나친 비감에 잠시 고질병이 발작하셨을 뿐 크게 염려할 정도는 아니옵니다."

피를 토하고 나니 오히려 가슴이 시원해진 것 같은 옹정이 멍하니 윤상의 유체(遺體)를 바라보았다. 한참 후에야 반쯤 벌어진 창백한 입술 사이로 한마디 말이 새어나왔다.

"그만 돌아가지."

일행이 담녕거로 돌아왔을 때는 벌써 날이 어둑어둑해지고 있었다. 다만 어디라 할 것 없이 흰 눈으로 소복단장을 하고 있어 날이 어두워지고 있다는 느낌이 덜할 뿐이었다. 이위와 홍력의 부축을 받으며 따뜻한 대전 안으로 들어온 옹정은 정신을 놓은 사람처럼 오래도록 멍하니 앉아만 있었다. 그러던 중 자명종이 여덟 번 울리자 마침내 입을 열었다.

"고무용! 윤례, 윤비, 홍력, 이위, 가사방 등이 하루종일 굶었을 거네. 선(膳)을 불러다 주게. 짐은 먹는 것보다 누워 있는 게 더 좋으니 선을 들여오지 말게."

옹정의 기분을 잘 헤아리는 고무용인지라 더 이상 선을 권하지 않고 대답과 함께 사람들을 데리고 물러갔다. 태감 진구는 저마다 침울한 표정을 짓고 있어 잔뜩 궁금해 하던 중 급히 물러가 저만치 가는 고무용의 옷섶을 잡아당겨 자초지종을 묻고 나서야 다시 돌아왔다.

옹정은 동난각 온돌마루에 걸터앉은 채 넋 나간 듯 미동도 하지 않고 있었고, 두 꼬마태감이 발밑에 엎드려 신발과 양말을 벗기고 있었다.

진구는 옹정을 따라 안으로 들어가지 않았다. 대신 하인들이 있는 곳으로 가서 교인제를 찾았다. 그리고는 말했다.

"인제 처녀, 오늘저녁엔 인제 처녀가 폐하를 잘 시중들어야겠소. 십삼마마께서 승천하셨다고 하오. 폐하께서 심정이 대단히 우울하시니 다른 사람은 시봉하기 힘들 것이오."

"뭐, 십삼마마께서 승천하셨다고요?"

밥을 먹고 있던 인제가 수저를 든 손을 부르르 떨었다. 그리고는 벌떡 일어나 진구를 따라 동난각으로 왔다.

과연 옹정은 옷을 입은 채로 온돌에 누워 하염없이 창 밖을 바라보고 있었다. 가까이 다가간 인제가 무릎을 꿇었다. 그리고는 나지막이 입을 열었다.

"노비(奴婢), 폐하를 시중들러 왔사옵니다……. 그렇게 좋으신 분이 떠나셨다니 실로 비통하기 이를 데 없사옵니다. 하오나 그것이 정녕 하늘의 뜻이라면 좋게 보내드려야 하지 않겠사옵니까? 그만 절애(節哀)하시고 폐하의 존체를 보존하셔야겠사옵니다. 날이 밝기 전에 기침하시어 여태 수라도 안 드시고 이건 아니 되옵니다. 부디 힘을 내시옵소서, 폐하. 노비가 더운물에 발을 담가드리고 수라를 드시고 나면 훨씬 기운이 나실 것이옵니다."

산서 여인 특유의 애교 섞인 말투는 솜사탕 같고, 달콤하고, 깃털같이 부드러웠다. 옹정은 벌써 일어나 앉았다. 그사이 인제가 재빠르게 놋대야에 더운물을 떠 왔다. 손을 넣어 온도를 재며 인제가 궁녀에게 지시했다.

"내가 저녁에 먹던 팥만두를 곱게 담아 내어 오너라. 그리고 오이지에 참기름 몇 방울 떨궈 넣고 살짝 무쳐 같이 내어 오도록 하거라."

　인제의 보드라운 두 손이 지친 옹정의 발을 감쌌다. 가슴을 숨막히게 짓누르고 있던 비애가 피로와 더불어 조금은 날아가는 것 같았다. 만두를 한 입 베어먹고 오이지와 함께 먹으니 팥의 달콤한 맛과 오이지의 짭짤함이 한데 어우러져 난생 처음 먹어보는 맛이 그렇게 신비롭고 좋을 수가 없었다.

　너무 맛있다며 연신 고개를 끄덕여 보이는 옹정을 향해 인제가 말했다.

　"저의 고향에서는 몸이 아파 입맛이 없을 때 이렇게 먹곤 한답니다. 어떤 게으름뱅이 아저씨가 토지묘에 가서 기도하길 '팥이 든 만두를 실컷 먹게 죽지 않을 정도로 일년사철 아프게 해 주시옵소서'라고 했을 정도라고 하옵니다."

　그녀의 말이 끝나기도 전에 옹정이 모처럼 웃어 보였다. 그리고는 정겨운 눈매로 인제를 바라보며 입을 열었다.

　"짐도 그 게으름뱅이 못지 않겠는 걸? 팥만두를 먹으려면 아파야 하니 짐짓 드러누워 버릴까?"

　"폐하께오선 평생 게으름이란 무엇인지 모르고 사실 분이옵니다."

　인제가 마른 수건으로 약간 부어오른 옹정의 발을 닦아주며 말을 이었다.

　"폐하께서 괴로워하시는 모습을 속수무책으로 지켜보고만 있을 수 없어 당치도 않은 우스갯소리를 했을 뿐이옵니다……."

　인제가 궁녀에게 대야를 치우라고 분부했다.

　"자네가 고생하네."

　옹정이 깊은 한숨을 토해냈다. 그리고는 오랜 침묵 끝에 다시 입을 열었다.

"자네, 십사마마가 보고 싶으면 가끔씩 가서 보고와도 괜찮네."

인제가 옹정이 먹고 난 그릇을 한 쪽으로 내려놓으며 얼굴을 붉혔다.

"가고 싶지…… 않사옵니다……."

"왜?"

옹정이 적이 놀랍다는 듯이 다그쳐 물었다.

"늘 보고 싶어했으면서 왜 그러나?"

인제가 머리를 숙였다. 그러더니 한참 후에야 한숨을 지으며 말했다.

"노비도 그 이유를 잘 모르겠사옵니다……. 두 분 모두 전에 생각했던 모습과는 다른 면이 느껴지는 것 같사옵니다……. 이것도 이년의 팔자인 것 같사옵니다……."

인제의 마음이 뭔가 변화를 일으키고 있다고 생각한 옹정이 다시 물으려 할 때 고무용이 다가와 아뢰었다.

"몇몇 왕대신들과 군기처대신들이 모두 집결하였사옵니다. 윤례마마를 비롯한 여러 마마들께서도 폐하의 사연(賜筵)에 대한 사은의 인사를 올리러 밖에 와 있사옵니다."

말을 듣고 난 옹정이 인제를 힐끔 바라보더니 말했다.

"모두 들라하게."

고무용이 물러간 잠시 후에 창가에선 인기척이 웅성웅성 들려왔다. 윤지를 비롯하여 장정옥, 방포, 윤록, 어얼타이, 홍시, 홍주, 윤례, 윤비, 홍력이 줄줄이 들어섰고, 맨 끝에는 가사방의 모습도 보였다. 문후 올리는 소리가 일치하지 않아 한바탕 소란스러웠다.

옹정이 미간을 찌푸리며 말했다.

"가사방은 방외인(方外人)이니 물러가도 괜찮네. 막내아우도 힘들게 자리할 필요는 없겠네. 고무용, 자네 짐의 막내아우를 집으로 편히 모시도록 하게."

"열셋째가 너무 가엾게 간 것 같아 마음이 아픕니다."

상중(喪中)임에도 홍시와 함께 집에서 술을 마시고 설경(雪景)에 도취돼 있다가 장정옥에게 끌려오다시피 한 윤지가 일부러 고통스런 표정을 지어내며 말했다.

"실컷 고생만 하다가 이제 좀 살만해지니 한창 나이에 저렇게 가다니! 정말 서글프기 그지없습니다."

이에 뒤질세라 홍시도 오만상을 구겨가며 한숨을 지었다.

"오랫동안 투병생활을 하셨지만 이렇게 빨리 이승의 끈을 놓아버릴 줄은 몰랐습니다!"

그러나, 홍력은 입에 발린 소리만 하는 두 사람과는 다른 어투로 말했다.

"아바마마, 십삼숙께선 다시 돌아올 수 없는 길을 떠나셨습니다. 아바마마께서 피까지 토하시며 괴로워하시면 저 세상에 계신 십삼숙께서 얼마나 걱정하시겠습니까! 아바마마와 십삼숙의 남다른 정분을 모르는 사람은 없습니다. 부디 현실을 직시하시고 절애하십시오……. 십삼숙의 후사에 대해선 저희들이 아바마마께 심려를 끼쳐드리지 않게끔 잘 처리하겠습니다……."

말을 마친 홍력은 연신 손등으로 눈물을 훔쳤다. 홍시처럼 거짓을 일삼을 줄은 모르는 홍주가 큰소리가 나게 머리를 조아리고는 말했다.

"십삼숙은 진정한 사내대장부였고, 대영웅의 일생을 유감없이 살아오셨습니다! 이 아들은 숙부님을 잃은 아픔도 크지만 장렬한 인생을 살다간 십삼숙에 대한 부러움 또한 큽니다! 며칠 전 아들이 십삼숙께 문안올리러 갔을 때 십삼숙께선 아직 미완의 소망이 있다고 하셨습니다."

옹정이 가식적인 슬픔에 젖어 있는 윤지를 오물 보듯 하며 홍주에게 물었다.

"자네, 십삼숙이 말한 미완의 소망이란 무엇인지 아는가?"

이에 홍주가 머리를 조아리며 아뢰었다.

"옹정 4년에 경사(京師)에는 큰 물 피해를 입지 않았습니까. 그 당시 십삼숙께선 경사의 하도(河道)를 시찰하시며 천진(天津)에서 모여 바다로 흘러드는 위하(衛河), 정하(淀河), 자아하(子牙河)가 막혀 북경에 수해를 입혔다는 사실을 새로이 알게 되었다고 하셨습니다. 아직 허다한 문제점을 안고 있는 이들 강물을 다스려 두 번 다시 경사가 물에 잠기는 일은 없도록 해야겠는데, 하시며 걱정하셨습니다……."

"윤상은 과연 나라를 자기 한 몸보다 더 아끼고 군주에 더없이 충성하는 현왕(賢王)이네. 이런 사람을 사책(史冊)을 다 뒤진들 찾아낼 수 있을까!"

옹정도 언젠가 윤상에게서 경사의 하도에 대해 얼핏 들은 바가 생각났다. 그러나 죽음의 그림자가 드리운 미류(彌留)의 순간까지도 그것을 미완의 소망으로 이름하며 걱정했다는 홍주의 말에 옹정은 다시 콧마루가 시큰해졌다. 한참 후에 옹정이 장정옥에게 말했다.

"형신, 악종기의 군사(軍事)가 어느 정도 추진된 뒤에 경사의 하도공사를 착수하려고 했었는데, 열셋째가 저 세상에서도 내내 불안해 할 것 같으니 먼저 서두르세!"

이에 장정옥이 급히 절을 하며 대답했다.

"예, 폐하! 내일 호부(戶部)에서 먼저 30만 냥을 지원받아 공부(工部)더러 책임지고 일에 착수하게끔 조치하겠사옵니다. 이쪽으로 경험도 많고 유능한 유홍도에게 총지휘를 맡기면 몇 개월 내에 공사가 성공리에 마무리될 줄로 확신하옵니다."

장정옥이 잠시 멈추었다가 다시 말을 이었다.

"예부(禮部)에서도 십삼마마께서 타계하셨다는 소식을 들어서 알고 있을 것이옵니다. 폐하께서 먼저 이친왕(怡親王)의 시호(諡號)를 내려주셔야 그네들이 상의(喪儀)를 준비하는데 차질이 없을 줄로 아옵니다."

"충(忠)도 좋고, 효(孝)도 좋지만 '현(賢)'자 하나면 다 아우를 수 있을 것이니, 시호는 '이현친왕(怡賢親王)'으로 정하지."

옹정이 덧붙였다.

"윤상은 협객의 기질을 지닌 의로운 사내였네. 짐과 종묘사직에 대한 변함없는 충정으로 앞만 보고 달려온 현왕이었네. 그러했기에 짐 또한 윤상을 다른 친왕들과는 달리 대해 왔지. 오늘부터 사흘 동안 휴조(休朝)하고 짐은 한 달 동안 소복(素服)을 입어 윤상에 대한 애도의 뜻을 표할 거네. 대신들은 소복으로 갈아입을 필요는 없지만 모든 연회와 위락모임을 한 달 동안 중단하도록! 윤상(允祥)의 '윤(允)'자는 짐의 기휘를 피하고자 고쳤던 것임은 주지하는 바이네. 이제 짐은 소복차림으로 형제간의 예를 갖출 것이니, 당연히 원래 이름자의 '윤(胤)'자를 회복해야 마땅할 것 같네. 그의 신주패위(神主牌位)는……"

옹정이 자리에서 일어나 뒷짐을 지고 궁전 안을 거닐었다. 그리고는 용안(龍案) 앞으로 다가가 붓을 들었다. 고무용이 재빠르게

달려가 선지(宣紙)를 펴놓고 촛불을 높이 들었다. 잠시 생각에
잠겨 있던 옹정은 이 같은 몇 글자를 낙필(落筆)했다.

忠敬誠直, 勤愼廉明 賢

그렇게 쓰고 난 옹정이 글씨를 장정옥 등에게 보여주었다. 돌려
가며 보게 한 뒤 옹정이 말했다.

"이 여덟 글자를 시호에 보태도록 하게. 조정의 신하들 중에는
'충근신명(忠勤愼明)'한 사람은 적지 않게 볼 수 있지만 '경성직렴
(敬誠直廉)' 이 네 글자는 짐이 웬만해선 내리지 않는다네. 이제
이를 윤상에게 내리고자 하네. 마지막인지는 모르지만 처음인 것
만은 분명하네. 이 자리에 있는 자네들에게 윤상을 삶의 지침과
본보기로 세우고자 함이네."

윤상에게 악감정은 없었지만 옹정의 평가가 갈수록 지나치다고
생각하여 질투를 느낀 셋째 윤지가 나섰다.

"천만 지당하신 말씀입니다, 폐하! 윤상아우가 주군에게 성실
(誠實)하고, 매사에 경사(敬事, 일을 주의깊게 처리함)하고, 솔직
(率直)하고, 의로운 사내였다는 것은 만천하가 주지하는 바입니
다. 윤상아우는 폐하의 이 여덟 글자를 수여 받았기에 웃으면서
구천(九泉)으로 갔을 것입니다."

윤상은 줄곧 친왕 봉록의 두 배에 해당하는 국록을 받아왔고,
옹정 3년에 만 냥이 더 추가되면서 해마다 윤지보다 은 2만 8천
냥씩은 더 받아왔다. 이를 이유로 삼아 윤지는 은근 슬쩍 '경성직
렴(敬誠直廉)' 중의 '염(廉)'자를 빼버렸던 것이다.

성정이 날카롭기로 소문난 옹정이 이를 못 느꼈을 리가 없었다.

그는 담담하게 입을 열었다.

"윤상의 성품을 논함에 있어서 결코 빼놓을 수 없는 '염(廉)'자를 언급하지 않은 것 같은데, 여러 왕들 중에서 자기 명의의 농장이 없는 사람은 윤상뿐이지. 그 옛날 선제께서 왕으로 봉하시면서 기념으로 1인당 23만 냥씩을 하사하셨지. 그 당시 셋째형은 30만 냥으로 늘어난 반면 윤상은 13만 냥밖에 하사받지 않았는데, 왠지 아시는가? 윤상이 '셋째형네는 식솔도 많고 편수(編修)하느라 집에 손님이 쉴 새 없이 들락거리니 나보다 더 돈이 필요할 것'이라며 양보해서 그렇게 된 것이라네. 윤상은 우락부락 하는 것에 못지 않게 인정도 많아서 자기보다 어려운 사람을 보면 그냥 스치고 지나가는 적이 없었지."

옹정의 한마디에 윤지의 얼굴이 귀밑까지 빨개졌다. 이를 힐끗 일별하며 옹정이 말을 이었다.

"짐이 백가탄(百家瞳)의 땅을 상으로 내렸더니, 윤상은 그 땅을 소작료 한 푼 안 받고 전부 가난한 백성들에게 빌려 주었더라고. 그곳 백성들이 너무 고마워 열셋째를 위한 사당(祠堂)까지 지으려는 걸 짐이 괜히 윤상에게 부담이 될까 우려하여 말렸었지. 이젠 짐이 윤상의 명의로 30경(頃, 1경은 약 1,800평)의 부지에 번듯한 사당을 지어줄 것이네!"

장정옥은 옹정이 상술한 내용이 금시초문인지라 귀기울여 듣느라 경황이 없었다. 친왕이 죽었을 때 사당을 지어준다는 것은 친왕의 상의전(喪儀典)엔 없는 경우인지라 장정옥이 고개를 갸웃하고 있을 때 어얼타이가 먼저 입을 열었다.

"물론 십삼마마께선 폐하의 이러한 은전(恩典)을 받아야 마땅하옵니다. 하오나 폐하, 우리 대청엔 재위중인 신로(新老) 친왕과

군왕들이 수백 명은 되옵니다. 십삼마마에 대한 은전을 성례화시킬 것이온지 부디 성재(聖裁)를 명시하여 주시옵소서."

"당연히 이는 특은(特恩)이지."

옹정이 차가운 표정으로 말했다.

"수백 명이 아니라 수천 명이 넘어도 윤상과 비견할 만한 사람이 어디 있나?"

옹정은 어림도 없다는 듯이 손사래를 쳤다.

"오늘저녁 윤상은 이친왕부로 돌아갈 것이네. 홍시, 자네 셋이 짐을 대신하여 영전을 지키도록 하게. 윤상의 상사(喪事)는 셋째 형이 주지하도록 하게. 비록 오늘부터 휴조하였다곤 하나 자네 몇몇은 더 바쁠 거네. 오늘저녁은 일찍 들어가 쉬고 내일 예부더러 상의(喪儀)에 대해 짐에게 소상히 주하게끔 하게. 다들 그만 물러가게."

사람들이 모두 물러가고 횅뎅그렁한 대전엔 옹정과 몇몇 태감들만 남았다. 용안 위에 산적해 있는 주장들을 손가는 대로 뽑아보니 모두 이불(李紱)에 대한 탄핵안들이었다. 도로 밀어넣고 다시 몇 장을 뽑아내니 각 지역의 청우(晴雨)에 대한 주장이었다. 옹정은 하남, 안휘, 산동, 산서 쪽을 유심히 살펴보았다. 다행히 아직은 아무런 재해보고가 올라와 있지 않았다.

창 밖에는 눈보라가 기승을 부렸다. 문풍지를 두 겹으로 단단히 발랐음에도 간간이 찬바람이 스며들어왔다. 촛불이 진저리를 쳤다. 옹정은 훈훈한 온돌마루에 등을 붙이고 누워 윤상이 임종을 앞두고 했던 말을 떠올렸다.

깊게 생각할수록 마음이 혼란스럽기만 했다. 벌떡 일어나 양치질을 하고 다시 누웠으나 산호(山呼), 해효(海哮)처럼 들려오는 송백의 파도소리와 풍설이 창문을 때리는 소리만 점점 커갈 뿐 두 눈은 갈수록 빛이 났다.

전전반측하며 잠을 못 이루는 옹정을 지켜보던 고무용이 궁여지책 끝에 영감이 발동하였다. 그는 몰래 인제와 몇몇 궁녀들을 불러왔다.

"잠을 놓쳐버린 것 같네."

옹정이 이마를 매만지며 탄식하듯 말했다.

"골칫덩어리들이 너무 많네. 짐도 어찌할 바를 모르겠군……. 추국(秋菊)과 채운(彩雲), 채하(彩霞)는 온돌마루 위에 올라와 짐의 다리와 등허리를 두드려 주게. 인제를 비롯한 자네들은 서 있지 말고 가까이로 와서 짐이 묻는 것에 대답해 주게. 도란도란 이야기를 주고받다 보면 어느 결에 잠이 드는 수가 있거든."

추국이 얇은 수건으로 옹정의 다리를 덮고는 채하와 함께 가볍게 두드리기 시작했다.

인제는 꼬마시녀 둘과 함께 식향(息香, 잠잘 때 사르는 향)을 사르고 주전자에 물을 채워놓고는 옹정의 가까이로 다가가 걸상을 놓고 앉았다. 창 밖의 눈바람 소리에 귀기울이고 있노라니 방 안이 더욱 아늑하게 느껴졌다. 궁녀방에 있는 것보다 마음이 더 편하고 안락해지는 것 같았다.

한참 후에 인제가 먼저 가벼운 탄식과 함께 말했다.

"소녀가 어렸을 적에 연극을 통해 접해 온 황제의 모습은 전혀 달랐사옵니다. 폐하께오선 옆에서 지켜보는 사람이 다 힘들 지경으로 지쳐 보이옵니다."

"그렇다면 자네들이 상상했던 황제는 어떤 모습이었단 말인가?"

옹정이 눈을 감은 채 우물거려 똑똑하지 않은 목소리로 물었다. 그러자 별명이 촉새인 채운이 경쟁하듯 말했다.

"먹고 싶은 건 하늘 끝까지 가서라도 구해오고, 은(銀)은 쓰고 싶은 대로 흥청망청 쓸 수 있고, 정무(政務)는 아랫것들에게 맡겨 놓고 진종일 삼천 궁녀들에 둘러싸여 주지육림(酒池肉林)의 삶을 사는 줄 알았사옵니다."

채운의 말이 끝나기도 전에 옹정은 벌써 웃었다. 그러자 인제가 밉지 않게 흘겨보며 말했다.

"너, 지금 폐하더러 주무시라는 거냐, 벌떡 기침(起寢)하시라는 거냐? 조 주둥아리를 그냥! 폐하, 애써 잠을 청하시느라 하지 마시고 잠이 오지 않으시면 내일 낮에 자면 되지 하는 식으로 마음을 넉넉하게 잡수시옵소서. 그러다 보면 저절로 잠이 드는 수도 있사옵니다."

교인제의 충고대로 옹정은 눈을 감고 잡다한 공무를 생각했다. 지방의 인사이동 문제를 서둘러야 했고, 재해를 입은 어느 지역의 전량(錢糧)도 면제해 줘야겠고, 요족(瑤族)과 묘족(苗族)이 잡거하는 운남성의 개토귀류(改土歸流)를 추진하려면 거센 반발이 예상될 터인데, 어느 장군을 파견한다? 장광사(張廣泗) 아니면 어얼타이? 아니면……

이것저것 두서없는 생각에 잠겨있던 옹정이 어느새 숨소리가 고르게 들리기 시작했다. 설핏 잠이 든 것이다. 잠결에 자신의 영원한 여인인 소복(小福)이 감나무 밑에 포박당해 있었다. 몇몇 장정들이 횃불을 치켜들고 장작더미에 불을 붙여 소복을 태워 죽이려 하고 있었다.

옹정은 다급한 김에 크게 고함을 질렀다.

"짐은 이제 힘없는 황자가 아니라 천자야, 천자! 누가 감히 우리 소복이를 죽이려 해? 장오가! 가서 우리 소복이를 구해 와!"

"폐하!"

그 옆에 엎드려 살포시 잠이 들었던 인제가 옹정의 잠꼬대에 깨어났다. 시계를 보니 새벽 세 시를 가리키고 있었다. 채운과 채하 두 궁녀는 어느새 건넌방으로 가 가볍게 코까지 골며 잠들어 있었다. 인제가 옹정에게 물었다.

"장오가를 부르셨사옵니까?"

어느새 두 눈을 번쩍 뜬 옹정은 언제 잠을 잤더냐 싶게 눈이 맑게 빛났다. 등불 밑에서 본 인제의 뽀얗고 갸름한 얼굴이 아침안개처럼 신비롭게 보였다. 살구 모양의 두 눈엔 추파(秋波)가 일렁이는 것 같았다. 어느 모로 보나 자신이 자나깨나 그리는 소복이와 너무 닮아 있는 인제였다.

옹정은 와락 그녀의 손을 잡아당겨 품안으로 끌어들이며 속삭이듯 말했다.

"이리 와, 짐의 곁으로……."

"왜 이러시옵니까, 폐하!"

인제가 말을 해 놓고서도 제풀에 놀란 듯 황급히 손으로 자신의 입을 가렸다. 그리고는 목소리를 한껏 낮춰 말했다.

"폐하, 대단히 노곤해 보이시옵니다. 편히 주무시고 분부 말씀 계시오면 내일 아침……."

"왜? 자넨 이러는 짐이 싫은가?"

"그게 아니……."

"짐이 자네가 생각하는 훌륭한 황제가 못 된다 이건가?"

"폐하께오선……."

옹정이 태도를 부드럽게 하며 자상한 미소를 지어 보였다. 그리고는 인제를 품속으로 끌어당겼다. 품안으로 쏙 들어온 인제의 목덜미며 귓불을 간지럽히며 옹정의 손은 어느새 인제의 옷섶을 파헤치기 시작했다…….

이에 인제가 얼굴을 붉히며 작은 목소리로 말했다.

"여기서 이러시는 게 아니옵니다……."

그러나 옹정은 막무가내였다. 그는 이미 굶주린 사자로 변해 있었던 것이다. 갈기갈기 찢어버리기라도 할세라 인제의 속곳을 헤집어 내리며 숨소리가 가빠진 옹정이 물었다.

"열넷째와도 했었나? ……만져 봐, 짐의 그것이 열넷째보다 작은가?"

옹정은 더 이상 반항하지 않고 순한 양같이 따라주는 인제에게로 덮치듯 달려들어 허겁지겁 자신의 남성을 그녀에게로 밀어 넣었다. 둘은 완벽한 한 몸이 되어 엎치락뒤치락하며 정열을 불태웠다……. 처음엔 애써 피하던 인제가 나중엔 가벼운 신음소리까지 내며 옹정이 바닥으로 굴러 떨어질세라 꼭 껴안았다…….

연거푸 몇 번 운우지정(雲雨之情)을 나누고 난 두 사람은 그제야 누가 볼세라 서둘러 옷을 입었다. 볼이 발갛게 상기된 채 고개를 한껏 숙이고 있는 인제를 향해 옹정이 웃으며 물었다.

"윤제보다 더 잘하지?"

옹정의 물음엔 응답은 하지 않고 한참 멍하니 손끝만 내려다보고 앉아있던 인제가 갑자기 손바닥으로 얼굴을 가린 채 흐느껴 울었다. 그리고는 말했다.

"이년은 참으로 미천한 년이옵니다……. 폐하께오서 이년의 청을 한 가지만 들어주셨으면 하옵니다……."

"청이라니? 어서 말해 보게."

"더 이상 십사마마를 괴롭히지 마시옵소서. 폐하나 이년이나 이미 십사마마한테 면목이 없지 않사옵니까."

정색하여 한참 생각하던 옹정이 말했다.

"자네가 괴로워하는 모습은 짐에겐 고문일 테니, 짐이 자네의 청을 들어주지. 열넷째의 복진과 가인들을 그의 곁으로 가서 시중 들 수 있게끔 짐이 조치할 거네."

42. 영당(靈堂)에서 터진 웃음소리

홍시, 홍력, 홍주 삼형제는 그 날 저녁으로 윤상의 유체(遺體)를 이친왕부로 옮겼다. 광풍난설(狂風亂雪)이 경화(京華)를 무겁게 뒤덮은 가운데 이친왕부에서는 백여 명의 가인들이 영당(靈堂)을 만들고 조문객들을 맞이하기 위한 천막을 치느라 여념이 없었다. 왕부 안에는 벌써 모든 길색(吉色)은 제거된 뒤였다.

윤상에게는 정복진(正福晉)이 없었다. 두 명의 측복진(側福晉)인 영씨(寧氏)와 찰씨(察氏)는 어찌할 바를 모르고 맥을 놓고 있었다. 아들 홍효(弘曉) 또한 오열에 지쳐 경황이 없었는지라 일은 전혀 진척이 되지 못하고 있었다.

다행히 뒤쫓아간 이위가 큰 힘이 되어 주었다. 비록 내무부에 몸을 담고 있지만 호부, 이부에도 안면이 넓은지라 팔을 걷어붙이고 나섰다. 그는 수행한 아역에게 지시했다.

"가서 호부, 이부에 있는 내 친구들을 전부 불러와! 이위가 그러

는데, 그네들 집구석이 불이 나고 폭설에 외양간이 무너졌다고
해도 모두 제쳐두고 달려오라고 해. 안 오면 나랑은 오늘 날짜로
끝장이라고 전해주고."

이같이 말하며 이위는 주머니에서 미리 준비해 둔 종이쪽지를
한줌 꺼내어 아역에게 건네주었다. 쪽지엔 이름과 주소가 적혀
있었다. 아역을 보내고 난 이위는 곧 윤상의 몇몇 마름들을 불러
먼저 문신(門神)을 붙이게끔 명령했다. 기존의 홍등(紅燈), 홍촉
(紅燭)은 모두 흰색으로 바뀌었고, 정방(正房)엔 장명등(長明燈)
을 달고 영상(靈床)을 안치했다. 그리고 정방의 서쪽 처마 밑에는
문상객들이 머물 수 있는 영붕(靈棚)이라는 천막을 만들어 놓았
다.

마름들에게 이것저것 눈에 보이는 대로 잔소리하고 독촉하던
이위가 정방 처마 밑으로 내려와 홍시 형제와 홍효에게 절하고
머리를 조아리며 말했다.

"셋째, 넷째, 다섯째, 일곱째 마마! 이젠 십삼마마의 영전으로
가셔서 절을 하시죠! 일곱째마마께서 세 마마를 모시고 영붕을
지키고 계시도록 하시고, 밖의 일은 모두 신에게 믿고 맡겨 주십시
오. 이곳 마름들이 큰일을 겪어보지 못해 우왕좌왕하니 말씀입니
다. 물론 어제(御祭)나 조정의 상의(喪儀) 같은 경우엔 이부와
성친왕(誠親王)께서 주지하실 겁니다."

"자네 의사에 따르도록 하지."

홍주가 비통에 잠겨 있는 홍효를 부축하고 네 사람은 이위를
따라 정당으로 왔다. 이들이 장명등 앞의 돗자리에 무릎을 꿇고
앉자 이위가 소리높이 외쳤다.

"거애(擧哀)!"

그리고 난 이위는 털썩 주저앉아 엉엉 소리내어 목놓아 울기 시작했다. 그러자 네 형제도 급히 머리를 조아리고는 곡을 하기 시작했다. 울다가 중얼거리며 때론 창가(唱歌)를 하는 듯한 곡소리는 구슬프게도 이어졌다.

한참 어깨를 들썩이며 울고 있던 이위가 마침내 비통함을 이기고 자리에서 일어났다. 그리고는 말했다.

"이제 그만 슬퍼하시고 영붕으로 자리를 옮기시죠. 작은일은 쇤네가 알아서 처리하고 큰일은 들어와 보고 올리도록 하겠습니다."

방수범포(防水帆布)로 바람 샐 틈 없이 사방을 두른 영붕은 말이 천막이지 웬만한 집보다 더 후끈후끈하게 꾸며져 있었다. 시뻘겋게 달아오른 난로가 열기를 내뿜어 봄날처럼 따뜻했고, 탁자마다엔 붓, 먹, 종이 등 문방구 외에도 찻잔이며 앙증맞은 간식까지도 준비돼 있었다. 차주전자에서는 칙칙거리며 물이 끓어올라 흰 김을 뿜고 있어 천막 속은 깨끗하고도 공기가 그리 메말라 보이지는 않았다.

자리에 앉자마자 마름이 더운물수건을 건넸다. 물수건으로 손과 얼굴을 문지르고 나니 따끈한 유자차가 올려졌다. 사람들은 이위의 일솜씨에 탄복하지 않을 수 없었다. 홍주가 때맞춰 올라오는 차 한 잔을 반기며 칭찬을 했다.

"그래! 역시 이위가 제대로 하는구만. 장례식이라 하여 울고불고만 할 게 아니라 차 한 잔의 여유도 가져가면서 곡을 하면 곡도 더 잘 될 게 아닌가!"

우울한 신색으로 연신 기침을 하던 이위가 말했다.

"신은 이럴 때 앞장서야 하는 대신이고, 폐하의 가노입니다. 십삼마마께서 또한 생전에 신에게 산같이 무거운 은혜를 베풀어 주셨습니다. 이 몸이 오늘따라 말을 들어주지 않아 좀 괴롭긴 하옵니다만 그래도 십삼마마께서 마지막 가시는 길인데……."

이위가 말을 잇지 못하고 눈물을 쏟았다. 한참 소리죽여 어깨를 들썩이던 이위가 심부름 갔던 자신의 수행원이 들어오자 물었다.

"갔던 일은 어찌 됐나?"

"쪽지를 받은 사람들은 거의 다 모였습니다."

얼굴이 시퍼렇게 얼어있는 사내가 콧물을 훔치며 말했다.

"대여섯 사람은 집에 없었습니다. 모두 성친왕부로 초대받아 갔다고 합니다. 사람을 시켜 성친왕부로 가보니 술자리가 한창이라 감히 들어가지 못했다고 합니다."

네 형제는 억장이 막혀 할말을 잃고 말았다. 장례식을 주지하라는 성지(聖旨)를 받은 성친왕(誠親王) 윤지가 집에 들어앉아 술을 마시고 있다니! 아직 몸이 채 굳지도 않은 동생을 옆에 두고 형으로서 결코 용서받을 수 없는 짓이었다.

이위의 얼굴에 불쾌한 기색이 드러났다. 굵은 눈썹이 무섭게 꿈틀댔다. 한참 후에야 이위가 말했다.

"안 온 사람들은 제쳐놓고 우리끼리라도 힘을 모아봅시다."

사람들이 끊임없이 밀려들어 윤상의 영전에서 절을 했다. 저마다의 등에는 잔설이 남아 있었다. 이를 지켜보며 홍력이 이위에게 말했다.

"이위, 자넨 여기 붙박혀 있을 필요 없네. 우리 형제들이 심심풀이로 경서(經書)나 베끼면서 지키고 있을 테니, 자넨 만날 사람 만나고 바깥일을 보도록 하게. 여기 2천 냥 짜리 은표(銀票)가 있는데, 가져 가서 오늘 온 관원들 중에서 형편이 어려운 이들에게 나눠주도록 하게."

이위는 사양하지 않고 은표를 받았다. 그리고는 상을 내려준 것에 대한 경의를 표하고 물러갔다.

그렇게 네 형제는 새벽녘까지 〈금강경(金剛經)〉을 베끼며 영전을 지켰다. 한 사람이 열 몇 장씩 베끼고 나서야 그 자리에 엎드려 새우잠을 잤다.

어느새 날이 밝아왔고, 한바탕 폭죽소리가 이어져 네 사람을 혼곤한 잠결에서 깨웠다. 일어나 멍하니 앉아 있노라니 이위가 가슴을 부여잡고 컹컹대며 들어와 아뢰었다.

"일어나셔야겠습니다, 네 분 마마. 예부(禮部)의 우명당(尤明堂)이 폐하께서 친서하신 시호패위를 들고 왔습니다. 영접을 나가셔야겠습니다."

네 사람은 황급히 밖으로 나왔다. 홍력이 시계를 보니 아직 다섯 시가 되기 전이었다. 밤새도록 기승을 부리던 바람은 기진맥진해 있었고, 눈발은 여전했다. 밤을 꼬박 새운 듯한 가인들이 내리는 족족 쓸어 모아놓은 눈이 저만큼 높이 쌓여있었고, 정방 앞에는 그 높이가 처마 끝에 닿을 것 같은 여섯 개의 눈사람이 만들어져 있었다. 동남동녀(童男童女)의 모습과도 같았다. 외투를 두텁게 껴입은 이위가 사람들을 지휘하여 눈사람에 빨갛고 파랗고 채색 종이를 걸어주고 있었다. 네 사람이 모습을 드러내자 이친왕부의 마름이 재빨리 외쳤다.

"폭죽을 쏘아라! 고악을 울려라!"

삽시간에 고악이 일제히 울려퍼지고 타닥타닥 콩 볶는 것 같은 폭죽소리가 대작하며 정방의 처마 밑은 폭죽연기로 자욱했다. 이위가 빠른 걸음으로 걸어나와 두 손으로 홍효를 부축했다. 그리고는 홍시네 세 형제에게 말했다.

"세 분 마마께오선 십삼마마의 영전 앞에서 패위를 받으실 준비나 하십시오……."

말을 마친 이위는 곧 홍환(弘晥), 홍승(弘昇), 홍경(弘景) 등 가까운 황친들을 데리고 우명당을 영접하러 나왔다. 이때 대문 입구에 걸어두었던 수만 발의 폭죽에도 불이 붙었다. 영붕에서 바라보니 여섯 개의 거대한 눈사람 사이엔 몇 백 명의 가인들과 이위의 부름을 받고 달려온 일반 관원들이 상모를 쓰고 팔엔 흰 천을 두른 채 고니 모양으로 서 있었다. 흰 종이로 접은 갖가지 동물 모형들이 처마 밑에 길게 드리워져 있었고, 정방 앞은 흰 병풍까지 둘러쳐져 있어 지칠 줄 모르고 휘날리는 눈꽃과 더불어 이친왕부는 온통 은백색으로 소복단장하고 있었다.

고악소리가 점점 가까워지며 커다란 패위를 받쳐든 네 명의 태감을 앞세우고 장친왕(莊親王) 윤록(允祿)과 장정옥, 어얼타이, 방포 등이 정원으로 들어섰다. 모두 상복차림 일색이었다. 그 뒤를 이어 예부상서인 우명당이 두 손에 옹정의 친서 제문(祭文)을 받쳐들고 모습을 드러냈다. 처마 밑 돌계단 아래에서 이들은 모두 발걸음을 멈췄다.

홍시와 홍주가 멍하니 서 있자 홍력이 몰래 그들의 옷자락을 잡아당겨 암시를 주었다. 그렇게 셋은 돗자리를 깔아 놓은 땅바닥에 무릎을 끓었다. 홍주가 패위를 훔쳐보니 거기엔 이렇게 쓰여져 있었다.

忠敬誠直 勤愼廉明 賢故 怡親王 諱 胤祥 第十三神王

새벽녘에 옹정이 다시 친서한 듯 먹물을 잔뜩 머금은 글씨들이 생기가 있어 보였다. 홍효와 윤록 등이 신주패위(神主牌位)를 제대로 모시길 기다렸다가 우명당이 칙서를 받쳐든 채로 천천히 윤상의 유체로 다가가 허리를 깊숙이 숙였다. 그리고는 윤록에게로 다가가 말했다.

"십육마마, 아시다시피 전 십삼마마와 정분이 심상치 않은 사이였습니다. 이 칙서를 잠깐만 들고 계셔주신다면 신은 십삼마마께 절을 올리고 머리를 조아려 마지막 가시는 길에 예를 다하려고 합니다."

"알았네."

윤록이 칙서를 받아들었다.

"자네가 유난히 괴로울 법도 하지. 그러나 울지는 말게. 자네가 울음을 터뜨리면 방포, 장정옥, 어얼타이 등도 난리가 날 테니까. 나도 억지로 참고 있는데……."

윤록이 코를 벌름거렸다.

윤상이 고이 잠들어 있는 장명등 앞으로 다가가 무릎을 꿇어앉은 우명당의 두 눈에선 눈물이 비오듯 흘러내렸다. 쿵쿵 소리가 나도록 머리를 조아리고 난 우명당의 온몸이 사시나무 떨 듯 떨렸다. 터져 나오는 울음소리를 애써 참는 듯 깡마른 두 손은 죽어라 땅바닥을 긁어대고 있었다.

홍주가 급히 홍효에게 말했다.

"어서 우 어른을 일으켜 천막으로 데려가. 거기선 실컷 울 수 있으니. 어서 데려가. 저러다가 큰일날 수도 있어……."

홍효가 급히 우명당을 부축하여 비틀거리며 천막으로 데려갔다. 그러나 우명당은 필경 예부에서 늙어온 관원답게 끝내 울음소리는 내지 않았다. 이를 지켜보는 사람들은 더더욱 가슴이 저며왔다.

방포가 조금씩 울음소리를 내려고 하자 다급해진 이위가 급히 외쳤다.

"고악을 울려라!"

삽시간에 또다시 고악소리가 대작했다. 다행히 영당을 짓누르고 있던 터질 것만 같던 무거운 분위기는 다소 가라앉는 것 같았다. 윤록이 홍시에게로 다가가 말했다.

"이제 그만 일어나! 땅에서 습기가 너무 많이 올라와."

윤록이 다시 말했다.

"자네들 셋째백부가 한 몫 막았군. 구석구석 준비가 흠잡을 데 없는 것 같은데, 채관(彩棺)도 도착할 때가 됐지? 타라경피(陀羅經被, 관에 덮는 비단이불)는 폐하께서 친히 들고 오신다고 하셨네."

홍력과 홍시는 잠자코 있었다. 그러자 홍주가 불평 섞인 말투로 말했다.

"셋째백부님은 밤새도록 얼굴 한 번 비추지 않으셨는 걸요! 아직 술에 취해 자고 있을 걸요? 이 모든 것은 이위가 혼자서 이리 뛰고 저리 뛰고 하여 준비한 거예요, 명색이 친형제간인데 신하들보다도 못하니, 한심해서 원!"

"그게 과연 사실인가!"

윤록이 초풍할 듯 놀라더니 곧 크게 노했다.

"우리더러 형신 등이랑 잘 상의하고 있으라면서 자기가 이쪽 일은 물샐틈없이 잘 책임질 거라고 하더니 집구석에 처박혀 코빼기도 보이지 않았단 말이지? 집엔 왜 들어갔대? 몹쓸 병이라도 걸린 거야, 아니면 말에서 굴러 떨어져 뒈질 뻔이라도 했다는 거야?"

그러자 홍주가 우는지 웃는지 가늠할 수 없는 표정을 지으며 대답했다.

"어제가 셋째백부님의 넷째측복진 생일이었대요. 셋째백부님의 간을 다 녹인다는 그 매력덩어리 여인의 생일날에 감히 모른 척할 수 있었겠어요?"

한바탕 윤지의 흥을 보려던 홍주가 그러나 때마침 채관을 든 사람들을 앞세우고 이문(二門)을 들어서는 윤지를 보더니 뚝하고 입을 다물어버리고 말았다. 화가 난 윤록은 못 본 듯 휙 뒤돌아서 천막으로 들어가 버렸다.

윤지가 전날 저녁 술이 과한 건 사실이었다. 넷째측복진의 생일을 축하해 준다며 잠깐 들렀다가 애교만점의 넷째측복진에게 발목이 잡혔던 것이다. 하객들이 구름같이 몰려 즐거움에 겨워 막무가내로 가슴을 파고 들어오는데, 윤상이 죽었다는 비보를 전하기도 무엇하여 연회석상에 다가앉은 것이 화근이 되었던 것이다. 한 잔, 두 잔 하던 중 어느새 열 잔이 되고 마침내 윤지는 그 날이 윤상의 초상날이라는 것도 까마득히 잊은 채 인사불성이 되고 말았던 것이다.

뒤늦게 대경실색하여 허둥지둥하며 현장으로 달려온 윤지는 사람들을 마주 대할 면목도 없어 어느 누구와도 감히 시선을 마주치지 못했다. 급히 윤상의 영전으로 다가가 예를 올리고 묵묵히 기도문을 중얼거리고 난 그는 뒤늦은 열성이나마 보이느라 안간힘을 썼다.

주위를 두리번거리며 어디 못다 한 일은 없을까 애타게 찾았다.

때마침 방수범포를 씌운 채관이 들어오자 그는 덮치듯 달려가 흙물이 떨어지는 범포를 걷어 내렸다. 그리고는 지저분해진 손을 훈장처럼 번쩍 들어 보였다.

바로 이때 옹정이 주식을 대동하고 눈을 맞으며 이문을 들어서고 있었다. 그러자 고무용이 빠른 걸음으로 걸어가며 큰소리로 외쳤다.

"폐하께서 납신다!"

삽시간에 동서 양측의 낭하에서는 장정옥이 데려온 창음각(暢音閣)의 공봉(供奉)들의 잰 손놀림과 함께 고악소리가 대작했다. 애달픈 현악기 소리가 대설이 흩날리는 뜰에 가득 퍼졌다. 사람들의 눈물샘은 다시금 촉촉이 젖기 시작했다. 질서정연하게 정리정돈된 현장을 찾은 옹정의 윤지를 바라보는 시선이 흡족하고 부드러워 보였다.

윤상의 영붕(靈棚)으로 다가간 옹정은 장명등에 청유(淸油)를 보태고는 향을 사라 큰절을 세 번 올렸다. 그리고는 향을 도로 꽂고 한 쪽으로 물러섰다.

우명당이 한 발 앞으로 성큼 나와 제문(祭文)을 펼쳐들었다. 숨을 크게 들이마시고는 목청을 가다듬어 큰소리로 읽어 내려가기 시작했다.

옹정을 제외하곤 뜰에 모인 수백 명의 사람들은 전부 무릎을 꿇었다. 제문을 읽는 우명당의 발음이 정확하지 않아 사람들은 알아듣기 힘들었지만 옹정은 엄숙한 표정으로 끝까지 똑바로 서서 귀를 기울였다. 우명당의 얼굴은 어느새 눈물범벅이 되었다.

……이친왕의 충정은 천지가 알고 짐이 아는 바이네. 이젠 긴긴

이별의 강이 우리를 갈라놓을 것이니, 몸은 떠나있어도 서로를 위하는 마음만은 영원할 것이네……

묵묵히 듣고 있던 옹정의 눈에도 눈물이 찰랑거렸다. 그렇게 많이 울었어도 눈물샘은 아직 마르지 않았던 것이다. 장례식의 책임을 맡은 윤지로서는 우명당의 제문낭독이 막바지에 이르자 다음 순서를 몰라 당황하던 와중에 순서를 적은 종이를 들고 있던 윤록의 옷자락을 몰래 잡아당겼다. 그러나 윤록은 짐짓 모르는 척했다. 그사이 우명당은 제문을 다 읽었다.

다급해진 윤지는 얼떨결에 외쳤다.

"거애(擧哀)!"

그런데, 공교롭게도 거의 동시에 윤록은 종이에 적힌 순서대로 다르게 외쳤다.

"점신주(點神主)!"

거의 동시에 터져 나온 두 사람의 의장순서가 다르다는 데 놀란 사람들이 수군대기 시작했다. 차질을 빚어선 안 될 자리에서 실수를 저질렀다는 사실에 옹정이 불편한 심기를 드러내듯 얼굴을 붉혔다. 홍효가 패위를 받쳐들고 다가오자 옹정은 고무용의 손에서 주필을 받아들고 '신왕(神王)'이라고 쓴 두 글자의 '왕(王)'자에 점을 찍었다.

다음 순서를 몰라 또다시 걱정이 된 윤지가 윤록에게 구걸에 가까운 시선을 건넸다. 그러나 윤록은 여전히 냉담했다. 이를 지켜보던 우명당이 눈치도 빠르게 먼저 울음을 터뜨리며 곡을 하기 시작했다.

더 이상 참을 수 없었던 홍효가 윤상이 누워있는 영상을 덮치며 가슴이 찢어지는 듯한 통곡을 했다. 그러자 장내는 온통 눈물바다가 되고 말았다. 윤지로선 아슬아슬한 고비를 넘긴 것과 마찬가지였다.

뭔가 이상한 낌새를 눈치챈 옹정이 윤지와 윤록을 바라보는 시선이 매서웠다.

이어 입관식이 거행되었다. 그러나 한사코 관 뚜껑을 닫지 못하게 하는 홍효 때문에 사람들의 눈물샘은 마를 줄을 몰랐다.

자신이 그 누구보다 아끼는 아우의 장례식에서 윤지와 윤록이 보인 실수에 심기가 대단히 불편해진 옹정의 마음을 아는지 모르는지 윤지는 장례식이 거의 끝나간다 싶어 크게 안도의 숨을 내쉬었다.

"후유!"

윤상과는 평소 교분이 별로 없었던 윤지였다. 때문에 죽고 나서도 그리 슬픈 줄을 모르는 윤지였다. 그런데, 관 위에 엎드려 실신할까 봐 우려될 정도로 몸부림치며 관을 두드리며 울고 있는 홍효를 심드렁히 바라보던 윤지가 갑자기 "푸우!" 하고 웃음을 터뜨리고 말았다. 그 손가락에 끼고 있는 반지를 보는 순간 이한삼(李漢三)이 말했던 '치질' 이야기가 떠올랐던 것이다!

그러나 장례식장에서 웃었다는 것은 그 어떤 이유로도 정당화될 수 없는 죄악이었다. 혼절한 듯 관 위에 쓰러져 있는 홍효를 부축하던 장정옥이 분노로 이글거리는 두 눈으로 매섭게 윤지를 노려보며 내뱉듯 말했다.

"이보세요, 성친왕! 체통도 없이 어디서 낄낄거리는 겁니까? 그렇게 웃음이 마려우면 당장 댁으로 돌아가시오!"

"내가 웃긴 뭘 웃었다고 그러나! 내가 누굴 건드리기라도 했나?"

방귀 뀐 놈이 성낸다는 식으로 윤지가 장정옥을 향해 눈을 부라 렸다.

"떠들지 마, 잘한 거 하나도 없어!"

옹정의 관자놀이가 무섭게 뜀박질했다. 그는 분노가 이글거리 는 눈빛으로 윤지를 노려보며 목소리를 낮춰 꾸짖었다.

"자네는 남들이 고통에 몸부림치는 이 자리에서 웃었네! 짐이 똑바로 들었네! 하룻밤을 새웠다 하여 이렇게 정신이 없어서야 되겠나?"

떠나갈 것 같던 울음소리는 뚝 멈추고 말았다. 사람들은 놀란 가슴을 쓸어 내리고 있었다. 윤지가 털썩 무릎을 꿇으며 가식으로 울먹였다.

"열셋째, 자네도 알다시피 내가 그리 나쁜 사람은 아니잖아 ……. 자넨 내 마음 잘 알지……."

"순 가식이야!"

윤록이 경멸에 찬 시선으로 윤지를 노려보며 말했다.

"폐하께선 아직 모르실 것입니다. 셋째형은 어젯밤 자기 넷째마 누라 생일을 경축한다 하여 술을 잔뜩 퍼마시고 널브러져 있다가 이제야 모습을 드러냈습니다. 폐하의 지의를 무시한 그 죄를 결코 묻지 않을 수가 없습니다!"

"그게 과연 사실인가!"

옹정의 얼굴엔 서릿발이 섬뜩했다. 그는 노기가 충천하여 포효 하듯 고함을 질렀다.

"짐의 말을 안중에도 두지 않았단 얘기군. 좋아, 백 번 양보해서 짐은 그렇다손 치더라도 자네가 윤상을 아우로 생각하지 않았다니, 짐 또한 자네를 형으로 대접해 줄 명분이 없군! 두고 보게, 땅을 치며 후회하는 날이 있을 것이니! 짐이 반드시 자네의 죄를 엄히 물어 윤상아우의 한을 풀어줄 것이야!"

옹정의 서슬에 윤지는 한줌이 되어 사시나무 떨 듯 떨었다.

3일 동안 휴조(休朝)하고 거행된 장례식은 긴장과 불안 속에서 마침내 끝이 났다. 그러나 3일 동안 눈은 그칠 줄 몰랐다. 조신(朝臣)들은 예부의 안내 하에 질서 정연하게 이친왕부를 찾아가 조문을 표하고는 무거운 발걸음을 끌며 밖으로 나왔다.

이들은 평소에 성격이 냉정하기 이를 데 없는 옹정도 윤상과 윤지의 권유만큼은 잘 받아들인다고 생각하여 자신들이 옹정의 심기를 건드렸을 경우엔 곧잘 윤상을 찾아가곤 했었다. 개중에는 선물을 싸들고 윤지에게로 찾아가는 경우도 허다했다. 그러나 3일 동안에 하나는 죽고, 하나는 앞날이 흉흉하여 좌불안석이니 신하들로선 여간 걱정이 아니었다.

나흘째 되던 날 아침, 도찰원(都察院)의 좌도어사(左都御史)로 발령난 손가감(孫嘉淦)이 아문에 도착했다. 이는 그가 운남(雲南)에서 돌아온 뒤 처음으로 대면하는 자리였다.

옹정 3년 이래로 그는 우부어사(右副御史)의 신분으로 운남, 귀주 두 성의 관풍사(觀風使) 직책까지 겸하고 있었기에 줄곧 지방에 머물러 있었다. 그사이 광주(廣州)에서 연갱요(年羹堯)의 형 연희요(年希堯)가 연루된 큰 인명안(人命案, 살인사건)을 성공리에 처리함으로써 커다란 반향을 일으킨 인물이기도 했다. 그때는 연갱요가 실각하기 전인지라 연씨 일문은 대단한 명문이었다. 그리하여 광동총독인 공육순(孔毓徇)마저 이 사건을 들추는 것을 꺼려했었기에 손가감의 거침없는 행동은 더욱 주목을 끌었던 것이다.

연희요 등 여덟 명의 탐관들을 현지에서 목을 치라는 옹정의 지시를 받고 투리천이 광동으로 내려왔을 때는 손가감이 벌써 왕명기패를 청하여 범인들을 깡그리 죽여버린 뒤였다. 위풍도 당당히 팔을 걷어붙이고 달려갔던 투리천은 헛물을 켜고 돌아오는 수밖에 없었다. 이러한 일련의 사건으로 말미암아 손가감은 비록 지방에 있었지만 그의 명성은 이미 북경성에 자자했다.

그가 오늘부터 정식으로 시사(視事)를 하기 시작한다는 소문을 들은 어사아문의 사관이나 어사, 감찰어사들은 누구 하나 감히 지각하는 이 없이 미리 와서 대기하고 있었다. 새벽 다섯 시 정각, 한바탕 요란한 징소리와 함께 대기 중이던 관원들이 저마다 옷차림을 단정히 하고 아문 입구로 나와 줄을 서서 천천히 계단을 올라오는 손가감을 공손히 맞았다.

"왜들 이러나?"

손가감에게선 높은 곳에서 내려다보는 윗사람의 근엄함 같은 것은 전혀 찾아볼 수가 없었다. 엉거주춤한 자세로 서서 고개도 못 드는 높고 낮은 관원들을 향해 손가감이 말했다.

"다들 평소대로 하게. 나 손아무개가 변한 건 하나도 없다네!"

그리고는 손짓으로 사람들을 대당 안으로 안내했다.

"오랜만에 해후했으니 잠깐 얼굴이나 볼까 하고 왔네. 난 또 대리사로 이불과 사제세 등을 심문하러 가 봐야 하네. 다들 이리 와서 앉지!"

이같이 말하며 손가감은 벌써 공안(公案) 옆 의자에 앉았다.

상상하고 있던 손가감의 얼굴은 차갑다 못해 살얼음이 끼고도 남을 것 같았다. 그러나 첫 대면에서 그의 호쾌함은 잔뜩 기가 죽어 있는 관원들을 다소나마 편하게 해주었다.

사람들이 의사(議事) 순서에 따라 자리하기를 기다렸다가 손가감의 동년배인 영성(英誠)이 직접 손가감에게 차를 따라주며 웃으며 말했다.

"손 어른, 이렇게 오셨어도 여태 부하들 한 사람도 불러주시지 않기에 솔직히 불안했습니다. 지금 뵈어도 얼굴에 웃음기 하나 없으셔서 동년배인 저도 마음이 두 근 반, 서 근 반 하답니다! 어사아문은 육부아문에 비하면 한가한 편이라 오늘처럼 다 모여본 적은 처음인 것 같습니다."

"난 원래 생겨먹길 둘 먹고 하나 안 준 것처럼 심통맞게 생겼으니, 내 눈치보느라 하지 말고 할말 있으면 편하게 얘기하게."

손가감의 얼굴은 여전히 웃음기라곤 하나 없이 무표정하기만 했다.

"그러나, 자네는 처음부터 지적을 받아야겠네. 어사아문은 절대한가한 아문은 아니네. 내가 맨 먼저 강조하고 싶었던 부분이기도 하네. 어느 성(省), 어느 부(府)에서 탄핵안이 올라왔다거나 심상찮은 움직임이 있을 때면 우리 어사아문은 발빠르게 움직여야 하네. 폐하께서 이치쇄신(吏治刷新)에 총대를 메시고 앞장서신 이상 우린 더더욱 외관(外官)들의 엉터리 소리에나 우왕좌왕하며 엉덩이를 붙이고 앉아있을 수만은 없겠네. 이젠 양렴은 제도가 있어 여러분들도 반드시 외관들의 '효도'를 받아야 생활이 가능할 만큼 궁색하지는 않을 거네. 그러니 외관들과 부딪치는 걸 겁낼 필요가 없지! 요 며칠은 날도 춥고 폭설이 내려 그렇다지만 이제 곧 우리 어사아문의 관원들을 세 조로 나누어, 한 조는 외성(外省)

으로, 한 조는 육부(六部)로, 나머지는 부원(府院)에 남아있게끔
할 것이네. 민생현장으로 달려가 우리의 권한 내에서 탄핵할 건
탄핵하고, 건의사항이 있으면 간언을 올리고 칼을 휘둘러보자고.
그러니 어디 한가할 사이가 있겠는가?"

손가감이 가볍게 기침을 하며 사람들의 반응을 살폈다. 누구라
할 것 없이 조용히 귀기울이는 모습에 흡족한 듯 머리를 끄덕여
보이며 말을 이었다.

"난 곽수(郭琇) 같은 명신(名臣)이 살던 시대에 태어나 그 분이
수많은 권세가들이 모인 연회석상에서 권상(權相) 명주(明珠)를
탄핵했던 풍채를 직접 우러러보지 못한 것이 늘 유감이네. 몇 십
년이 흐른 오늘날엔 그 같은 명신을 찾아보기 힘들지 않은가. 소위
'문신은 간언에 죽는다[文死諫]'는 말은 바로 바람직한 어사의 표
상을 제시한 것이네. 우린 포화 없는 전쟁터에서 싸우는 전사들인
만큼 지금이라도 늦지 않으니 겁에 질려 후퇴할 것 같은 사람은
짐 싸들고 떠나게. 그리고 입과 붓끝이 가벼운 사람도 어사의 자격
이 없으니 떠나가게. 우린 입과 붓이 무기인 어사이기에 더더욱
입을 무겁게 하고 붓을 함부로 날려선 안 되겠네. 탄핵 올릴 만한
'건더기'도 못 되는 걸 가지고 눈꼴시다 하여 마구 탄핵안을 올렸
다간 내 등쌀에 못 배길 줄 알게!"

장편대론을 펴나갈 태세로 점점 수위를 높여가던 손가감이 형
부상서인 노종주(盧從周)가 들어오는 걸 보고는 말했다.

"오늘 내가 말을 많이 했지만 핵심은 세 가지네. 성심성의껏
조정을 위해 뛰고, 목에 칼이 들어와도 할말은 하고, 사소한 것에
목숨 걸고 따지지 말자는 것. 나머지는 자네들이 알아서 상의하도
록 하게."

말을 마친 손가감은 곧 자리에서 일어나 좌중을 향해 읍해 보이고는 노종주와 함께 수레를 타고 떠나갔다. 게으름뱅이 여편네의 발싸개처럼 길고 구질구질했던 여느 도찰원 회의와는 달리 맺고 끊는 것이 분명한 회의를 마치고 난 사람들은 모처럼 회의가 지루한 줄 몰랐다는 눈치였다.

한편 노종주와 손가감이 부원가(部院街)에 있는 대리사 아문에 도착했을 때는 진시(辰時)가 막 지난 시각이었다. 다른 아문들에선 관원들이 총출동하여 눈을 쓸고 눈사람을 만드느라 여념이 없지만 유독 대리사아문 앞엔 몇 발짝 사이에 완전무장한 친병들이 위엄있게 서 있었고, 초소가 길게 늘어서 있었다. 돌사자 옆에는 또 선박영에서 나온 어림군들까지 이동하는 기러기떼처럼 팔자모양으로 늘어서 있어 분위기는 엄숙하다 못해 숨이 막힐 지경이었다.

두 사람이 수레에서 내려서는 모습을 본 문관 하나가 반색을 하며 크게 외쳤다.

"손 어른, 노 어른께서 납시었다! 예포를 울리고 중문을 열어 영접하라!"

이어 무거운 대포소리가 세 번 울리고 중문이 서서히 열리기 시작했다. 두 사람이 서로를 향해 읍해 보이고는 급히 계단을 올라갔다. 벌써 대리사경(大理寺卿)인 고기탁(高奇倬)이 몇몇 부하들을 거느리고 마중을 나오고 있었다.

손가감과는 정반대로 고기탁은 언제 보나 웃음기 잃지 않는 익살스런 모습이었다. 손을 들어올리며 간단한 예를 갖춘 뒤 고기탁이 웃으며 말했다.

"노종주 형은 자주보지만 손 어른은 워낙 근엄하셔서 왔다는 말은 들었어도 감히 찾아뵐 수가 없었소."

이에 손가감이 대답했다.

"내가 뭘 그리 근엄하다고 그러나! 그래도 기탁 자네가 와 주었더라면 차 한 잔이라도 대접했을 텐데."

함께 안으로 들어가며 노종주가 물었다.

"자네 어디 다녀왔어? 몇 번씩 왔어도 안 보이더니."

"역주(易州)로 다녀왔소."

고기탁이 주변을 두리번거리더니 목소리를 낮춰 말했다.

"폐하께서 능자리를 봐 달라고 하셔서 다녀왔소."

두 사람을 공문결재처로 안내한 고기탁이 말했다.

"잠시 후에 셋째마마께서도 심문하러 오실 테니 함께 승당(昇堂)하도록 하지."

자리에 앉아 두리번거리던 손가감이 책꽂이에 온통 풍수(風水)에 관련된 서적만 꽂혀 있는 것을 보더니 모처럼만에 웃었다.

"고기탁, 일은 뒷전이고 허구한 날 배 깔고 누워 풍수책만 읽었나 보군!"

"공자 외엔 육친조차 인정하지 않는 당신 같은 사람에게는 우스꽝스럽게 보일 수밖에."

고기탁이 웃으며 담배에 불을 붙이더니 말했다.

"사실 천지와 사람은 일맥상통하는 바 풍수지리도 도나 이치에 어긋나는 건 아니라오. 장정옥도 처음엔 전혀 믿으려 들지 않더니 아들 하나 잡더니 이젠 누구보다 더 적극적이라오. 그 조상 묘자리가 다 좋은데, 자손 하나 일찍 데려갈 것 같다고 내가 전에 얘기했었거든. 폐하의 능 자리도 내가 역주로 봐 놓았더니, 몇몇 몽고 라마승들이 다 좋은데 토기(土氣)가 너무 박약한 것 같다며,

그래도 마룽욕이 더 나을 것 같다고 하더군. 그래서 내가 토기가 빈약하다니 웬 말이냐고, 한 번 파보라고 했지. 1장 5척(一丈五尺) 내에 물과 모래가 나오면 내 눈을 파가라고 했더니, 낑낑대며 그보다 훨씬 더 깊이 팠어도 물과 모래는 그림자도 찾아볼 수 없는 거 있지……."

그는 풍수에 대한 얘기만 나오면 흥분을 주체하지 못했다. 다른 사람이 끼어 들 틈을 전혀 주지 않았다. 그러자 손가감이 공감할 수 없다는 듯이 차갑게 내뱉었다.

"자네 말대로라면 평생 십팔층지옥에 떨어져 마땅할 짓만 하고 다닌 악인(惡人)도 묘 자리만 제대로 보면 그 자손들은 번창하겠네?"

"그건 뭘 몰라서 하는 소리지!"

고기탁이 정색하며 말했다.

"덕이 없는 사람에게 좋은 자리가 차려질 리가 만무하지……."

고기탁이 흥분하여 침을 퉁기고 있을 때 홍시가 들어섰다. 세 사람은 급히 자리에서 일어났다. 고기탁이 말했다.

"패륵마마께서 납시었는데, 이것들이 예포도 안 울리고 갈수록 엉망이군."

며칠 동안 영전을 지키느라 피곤해서인지 낯빛이 창백하고 초췌해 보이는 홍시가 말했다.

"내가 허장성세를 못하게 했네. 담녕거에서 오는 길인데, 자네들에게 두 가지 소식을 전하고자 하네. 하나는 증정이 북경으로 압송되어 왔다는 거네. 폐하께선 증정을 우대하실 뜻을 분명히 하셨네. 남옥(南獄)이 아닌 옥신묘(獄神廟)에 가두고 형부에서 간수를 책임지고, 홍력과 어얼타이가 자백을 받아내기로 했다네.

그리고 옥신묘에 갇혀 있는 동안에도 8품관의 봉록은 여전히 지급하라고 지시하셨네. 두 번째 소식은 성친왕 윤지가 모든 작위를 박탈당한 채 경산(景山) 영안정(永安亭)으로 끌려가 감금당할 거라고 하네. 그 세자인 홍성(弘晟)도 보국공(輔國公)의 작위를 세습받을 수 없게 됐고, 종인부(宗人府)의 감시하에 살게 됐다고 하네. 우리 이쪽은 고기탁과 노종주, 자네 둘이 주심을 맡고 난 감시나 맡으라고 하셨네. 폐하께서 심기가 대단히 불편하시니 일처리에 차질이 없도록 각별히 조심해야겠네."

세 사람은 급히 지시에 따르겠노라고 대답했다. 고기탁이 여전히 무표정한 손가감을 힐끗 바라보더니 턱을 들어 밖을 향해 소리쳤다.

"승당(昇堂)! 이불(李紱)을 들여보내거라!"

이불, 사제세, 채정, 황진국과 육생남 등 다섯 사람은 대리사 대당 동쪽에 있는 쪽방에 한 사람씩 격리돼 있었다. 이불과 채정은 직품이 높다 하여 그나마 난로불도 피우고 찻물도 있는 방에 갇혀 있었지만 나머지 셋은 4품관에 지나지 않는지라 아무 것도 없었다. 그래도 춥고 습기가 찬 형부의 대당과 비하면 이곳은 천당이었다.

크기가 달리 비할 바 없는 당고(堂鼓)가 지붕이 부르르 떨릴 정도로 울리고 "이불을 들여보내거라!"라는 고함소리가 들려오자 찻잔을 잡은 이불의 손이 흠칫 떨렸다. 그러나 이불은 곧 마음을 진정시켰다. 두 명의 친병이 문을 열고 예를 갖춰 인사하며 말했다.

"어르신을 대당으로 부르셨습니다. 어서 일어나시죠!"

이불은 결연한 표정을 지으며 고개를 홱 젓더니 머리를 매만졌다. 그리고는 족쇄 소리를 쩌렁쩌렁 내며 친병의 뒤를 따라나왔다. 복도에 두 줄로 나뉘어 서 있던 아역들이 물과 불을 상징하는 검은 몽둥이와 붉은 색칠을 한 몽둥이를 가슴께로 올리며 대당의 위엄을 진작하는 짤막한 괴성을 질렀다. 대당 안은 물 뿌린 듯 조용해졌고 족쇄끼리 부딪치는 쇳소리만 더 크게 들렸다.

대당 입구에 선 이불은 숨을 길게 들이마셨다. 고기탁과 노종주가 한가운데 앉고, 홍시와 손가감이 공안 서쪽에 따로 마련된 자리에 나란히 앉아 있는 모습이 보였다. 심문자와 감시자 모두 평소에 자신과 더없이 허물없이 지내던 친구였다. 잠깐 망연자실한 표정으로 서 있던 그가 자조어린 미소를 지으며 무릎을 꿇었다.

"범관(犯官) 이불이 무릎꿇어 셋째마마를 비롯한 여러 어르신들께 문안을 올립니다!"

43. 언관(言官)

"이불의 형구(刑具)를 제거해 주거라."

고기탁이 명령했다. 아역들이 달려들어 족쇄며 항쇄를 풀어주기를 기다려 고기탁이 이불에게 말했다.

"어제는 상빈(上賓)으로 만났었는데, 옹정 3년 이별한 이래로 첫 만남이 이러할 줄이야 정말 몰랐소! 이왕지사 이렇게 된 걸 어찌하겠소. 이 아우도 처지가 처지니 만큼 적극 협조해 주었으면 하오. 묻는 질문에 은닉하거나 분식하는 일 없이 성실히 답해주기 바라오. 심문이 끝나는 대로 폐하께서 따로 은지(恩旨)가 계실 것이오. 나도 목석은 아니니 내가 말할 자리가 생기면 가능한 변호해 보겠소."

이런 말이 대리사의 심문관들의 구두선(口頭禪)인 줄을 모르는 사람은 없으나 고기탁의 말투가 워낙 진지하여 사람들은 적이 감명받는 눈치였다.

이어 노종주가 말했다.

"오늘 그대를 부른 것은 사제세, 채정, 황진국, 육생남과 결당하여 전문경을 모해하려고 들었는지 여부를 심문하기 위해서요. 우린 지의를 받고 심문만 할뿐이고, 어떤 죄를 물을 것인지는 육부의 부의를 거쳐 폐하께서 최종 성재(聖裁)하실 거요."

"범관이 전문경을 탄핵한 건 사실이나 탄핵내용 중에 그 사람을 모해하려고 한 단어는 그 어디에도 찾아볼 수가 없다고 생각하오."

이불이 길게 엎드린 채 고기탁을 똑바로 쳐다보더니 말을 이었다.

"그러니 '결당(結黨)'이란 대체 무슨 말인지 알다가도 모를 일이오. 사제세가 나의 동년인 건 사실이오. 그도 조정의 대원이고, 전문경을 탄핵할 수 있는 권한이 있는 사람이오. 내가 그 사람의 입을 봉해버릴 순 없지 않소. 내가 탄핵 올린 내용이 사실과 부합되지 않는다면 그 죄를 받아 마땅하겠지만 결당을 운운하는 건 절대 받아들일 수 없소."

고기탁이 갑자기 목탁으로 책상을 힘껏 내리쳤다. 그리고는 엄히 물었다.

"자네가 채정, 사제세와 둘도 없는 사이라는 건 주지하는 바요. 황진국이 하남성(河南省) 신양(信陽)에서 전문경에 대해 갖은 험담을 하니 자네가 핵심이 되어 이들과 함께 밀의 끝에 탄핵을 결심한 게 아니냐고? 자네들 사이는 묘하게 잘도 연결돼 있더군. 육생남은 광서 사람인데 사제세와는 고향 선후배사이고, 자넨 전에 광서성에 반 년 동안 순무로 있었던 적이 있지. 그러니 그 어떤 동일한 목적을 위해 네 사람이 한데 뭉쳤다고 보는 건 결코 무리가 아니지 않은가?"

이에 이불은 두 손으로 땅을 짚은 채 고개를 번쩍 쳐들고 항변을
했다.

"고 어른, 그러고도 사리에 밝은 사람이라고 할 수 있겠소? 그대
는 이위와 사천성 성도(成都)에서 같이 일했고, 이위의 천거를
받아 오늘날의 높은 자리에까지 오르게 됐지 않소? 내가 전에 이
위를 '불학무술(不學無術)'하다고 비난하면서, 우리 둘은 개 닭
보는 사이가 돼 있소. 고 어른 말대로라면 고 어른은 충분히 이위
와 한통속이 되어 나 이불을 모해하고도 남겠네? 노종주는 어얼타
이의 문인이고, 사제세는 어얼타이가 운남성에서 추진중인 개토
귀류를 반대한 사람이지. 그렇다면 어얼타이는 지금 노종주와 합
심하여 사제세에게 보복을 감행하는 것이라고 봐도 무리는 없겠
지? 어떻소, 내 말이 당치 않다면 역으로 그대가 먼저 당치 않은
소리를 했다는 뜻이 아니겠소?"

탁!

고기탁은 무섭게 화를 내더니 다시금 목탁을 힘껏 내리치며 소
리쳤다.

"누가 지금 당신과 말장난하겠다고 했나? 감히 어느 면전이라
고 말꼬리를 잡고 늘어져! 말해 봐, 북경에 도착하여 사제세, 채정
이랑 술집에서 만났었다는데, 그 자리에선 무슨 얘기들이 오간
거야?"

"고 어른!"

이불은 더욱 꿋꿋하게 뻗대며 말했다.

"고흥루(高興樓)에서 술 마시며 난 전문경이 문인들만을 유린
하는 구제불능의 편집증 환자라고 비난했었소. 이에 사제세와 채

정도 공감했고. 그러나 우린 그대들이 상상하는 것처럼 대가리 맞대고 숙덕거리며 음모를 꿈꾼 적은 없소. 그 당시 형부 원외랑 진학해도 있었으니, 못 믿겠으면 물어보시오."

대화는 잠시 끊어지고 말았다. 고기탁이 사제세를 불러들일 것을 명하며 이불에게 말했다.

"거래(巨來, 이불의 호), 당신은 지금 핏대를 세우며 나한테 대들 일이 아니지. 돌아가서 곰곰이 잘 생각해 보기 바라오. 성의(聖意)를 거스르지 않은 것이 신상에 유리하다는 건 당신이 더 잘 알 테니. 죄를 인정하는 표(表)만 올리면 우리 대리사에서 대신 폐하께 전해 올릴 테니."

"설령 표를 올릴지라도 전문경에 대한 견해를 번복하는 일은 없을 것이니 그리 아오."

이불은 그 말을 내뱉고는 일어나 소매를 휙 내저으며 횡하니 나가버렸다.

이어 사제세가 들어섰다. 키가 이불보다 좀 커 보이는 그는 한겨울임에도 얇은 장포(長袍)만을 입고 있었다. 약간 수척해 보이는 얼굴에 한 가닥도 흐트러지지 않고 뒤로 빗어 넘긴 머리며 깔끔한 장포 차림으로 나타난 사제세는 무표정한 하얀 얼굴을 들고 심문석에 앉은 대원들을 유심히 바라보았다. 척 보기에도 이불보다더 대가 셀 것 같은 인물이었다. 이불보다는 관직도 낮고 평소에별다른 교분도 없었는지라 고기탁이 다짜고짜 책상을 치며 대갈했다.

"사제세, 지금 왜 이 자리에 끌려왔는지 아는가?"

"모르오."

"자네, 전문경을 탄핵한 게 사실인가?"

"그렇소."

사제세가 고개를 갸우뚱하며 생각하더니 말했다.

"작년 5월껜가? 왜, 뭐가 잘못되기라도 한 거요?"

사실 도찰원의 감찰어사로서, 관품은 4품밖에 안 됐지만 필경 탄핵안 올리는 것이 주임무인 언관(言官) 사제세였다. 그러니 고기탁으로선 당장 말문이 막히는 수밖에 없었다.

잠깐 멈칫하던 고기탁이 그러나 금방 말머리를 돌려 쏘아부쳤다.

"물론 탄핵안을 올렸다는 자체가 나쁘다는 게 아니지! 문제는 공정해야 할 언관이 사사로운 감정에 휘둘려 탄핵안을 남발했다는 데 있지! 말해보게, 대체 누구의 사주를 받아 전문경을 탄핵했는지?"

"굳이 그렇게 물어온다면 난 공맹(孔孟)의 지시를 받았다는 말밖에 할말이 없소."

사제세는 조금도 당황하는 기색없이 침착하게 말을 이어나갔다.

"난 어려서부터 공맹의 도에 흠뻑 도취돼 살아온 사람이오. 전문경처럼 각박하고 포악한 인간이 버젓이 한 개 성의 총독자리에 앉아있는데, 정인(正人)인 내가 그걸 보고도 모른 척 할 수 있을 것 같소?"

목숨을 내건 사람이 아니고선 도저히 이렇게 공당(公堂)을 포효할 수가 없었다.

고기탁과 노종주는 마주보며 잠시 할말을 잃었다. 밑에서도 사람들이 수군대는 소리가 들렸다. 이불을 심문할 때 문답 모두 애들 장난같다고 하여 자리를 뜨려고 하던 손가감이 사제세를 자세히 바라보았다. 잘잘못을 떠나 대단한 사내라고 생각하며 진작에 인연이 닿지 않은 것을 조금 안타까이 생각하고 있을 때 고기탁이 냉소하며 말했다.

"개나 소나 공맹을 등에 업으면 그만인 줄 아는 것은 똑같구만. 경사(經史) 몇 권 읽고, 팔고문(八股文) 몇 글자 쓸 줄 안다고 하여 공맹의 문생으로 자칭한단 말인가!"

"난 공맹의 문생이란 말은 안 했소. 공맹의 도를 몸소 실천한다고 했지! 내 학문의 깊이를 논하는 자리는 아니잖소. 설령 논하라고 해도 묘 자리 둘러보는 데나 이골이 난 사람이 어디 나랑 말이나 통하겠소."

"무슨 말이 그래? 말도 못해 보고 끌려나가고 싶어?"

"난 내가 서야 할 자리에 서서 해야 할 말만 했는데, 과연 뭐가 잘못됐다는 거요? 난 매사에 충성을 다하는 언관으로서, 간악함을 보고도 못 본 척하는 것은 곧 충신이 아니라는 것만 알고 있을 뿐이오!"

고기탁이 버럭 화를 냈다. 그는 자신이 풍수지리에 능하다는데 대단한 자부심을 느끼고 있는 사람이었다. 그런데 사제세가 자신의 학문을 전혀 논할 가치도 없는 하구류(下九流)로 비하시키는 데는 도저히 참을 수가 없었다. 그는 책상을 힘껏 내리치며 대갈했다.

"대형(大刑)을 안겨라!"

"예!"

대리사의 아역들은 아직 관원들에게 대형을 안겨본 적은 없는지라 다소 상기된 표정을 지으며 잽싸게 몽둥이를 가져다 사제세의 앞에 내던졌다.

탕!

그리고는 고기탁의 신호가 떨어지기만을 기다렸다.

고기탁은 순간적으로 이렇게 하는 건 부당하다는 생각이 들었다. 하지만 이미 엎질러진 물이요, 시위를 떠난 화살이었다. 어찌 됐든 나중 일은 본인이 책임진다는 마음을 굳게 먹고 신호를 내리려 할 때 옆자리에 있던 노종주가 무섭게 책상을 내리치며 대갈했다.

"사제세, 끝까지 자백하지 않을 거야? 이대로 죽고 싶어?"

그러자 노종주가 데려온 형부의 아역들이 일제히 거들고 나섰다.

"자백해 어서. 좋게 말할 때 자백하란 말이야!"

방금 전까지 고개를 뻣뻣이 쳐들고 전혀 수그러들 기미를 보이지 않고 있던 사제세가 절망어린 표정으로 홍시와 손가감을 바라보았다. 그리고는 갑자기 처량한 울음소리를 터뜨렸다.

"맘대로 해, 맘대로……. 죽이든 살리든…… 당신 맘대로 하라고! 성조마마…… 제발 굽어 살피시옵소서! 이 어리석은 자들이 성조마마께서 이룩하신 대청(大淸)의 기업(基業)을 말아먹고 있사옵니다……."

갑작스런 사제세의 모습에 사람들은 깜짝 놀라고 말았다. 옹정 원년의 지의에 따르면 어떤 경우에서든지 강희황제의 묘호(廟號)만 들리면 모든 문무백관들은 무조건 일어서서 경의를 표해야만 했다.

손가감이 맨 먼저 퉁기듯 일어나자 홍시도 숙연한 표정으로 고개를 숙이며 일어섰다. 고기탁과 노종주도 마찬가지였다. 대당 안에 가득한 아역들은 그 연유를 모르는지라 저마다 어리둥절한 표정이었다.

사제세는 고개도 들지 않은 채 여전히 울먹이며 "성조마마!"를 들먹였다. 목소리는 처량하기 이를 데 없었다.

"……성조마마께서 붕어하신 지 이제 몇 년이나 됐다고, 이네들은 벌써 성조마마의 훈회를 깡그리 잊고 있사옵니다……. 성조마마께오서 필생의 심혈을 기울이시어 완성하신 〈성무기(聖武記)〉엔 '성인의 말씀을 따르지 않는 자는 심성이 일그러진 신하이고, 그런 자는 재주가 있어도 올바른 곳에 쓰일 리가 만무하다. 잇속에 밝은 자는 주인을 배신하고 의리를 저버리기 쉬우니 멀리하라'라고 훈회를 내리시지 않으셨사옵니까……. 전문경과 고기탁이 바로 상술한 유형의 인간 졸부들이옵니다. 그런데, 이들이 되레 어리숙한 이 서생을 심문하며 있지도 않은 죄를 자백받으려 하다니 웬 말이옵니까……!"

사제세는 어느새 눈물을 비 오듯 흘리며 그 뛰어난 기억력을 동원하여 강희의 〈성무기〉의 구절을 외워댔다.

더 이상 그 꼴을 보고만 있을 수 없었던 고기탁이 이를 악물고 고함을 질렀다.

"형을 올리거라, 누가 이기나 보게!"

아역들이 기다렸다는 듯이 대단히 숙련된 동작으로 두 개의 막대기를 사제세의 다리 사이에 집어넣었다. 그리고는 양옆에서 힘껏 잡아당겼다.

"악!"

처절한 비명과 함께 유약한 서생에 불과한 사제세는 금세 혼절을 하고 말았다.

"됐소! 더 이상 곤장을 안기는 것은 위험하오."

손가감이 자리에서 일어났다. 인사불성이 되어 축 늘어져 있는 사제세를 들여다보고 난 손가감은 고기탁을 향해 읍해 보이고는 말했다.

"난 어서 돌아가서 이네들을 구명하는 주장을 올려야겠소."

이같이 말하며 홍시를 향해 인사하고 손가감은 곧 대당을 나섰다. 그러자 뒤쫓아 나온 홍시가 가마에 타려는 손가감의 옷자락을 잡아당겼다.

"이봐, 손가감! 내가 불같은 자네의 성격을 잘 알아서 하는 말인데, 지나치게 서두르지 말게. 충동은 금물이네. 요즘 들어 폐하의 심기가 대단히 불편해 계시네."

그러는 홍시를 바라보며 손가감이 예를 갖춰 말했다.

"염려해 주셔서 고맙습니다. 이는 힘없는 문인들에 대한 탄압이 아닐 수 없습니다. 또 다른 형태의 문자옥(文字獄)이라고 할 수 있죠. 명색이 어사란 사람이 어찌 이런 현상을 좌시할 수가 있겠습니까? 이 일 뿐만 아니라 폐하께 주하고 싶은 말이 산적해 있습니다. 도찰원의 어사가 폐하의 심기를 지나치게 의식하여 말을 아낀다면 그것이야말로 어불성설이 아니겠습니까! 아무튼 감사합니다, 셋째마마."

말을 마친 손가감은 아문도, 창춘원도 아닌 자신의 집으로 달려가 주장을 작성했다.

대리사에서 이불에 대한 심문이 한창 이어지고 있을 때 이위와 홍력은 지의를 받고 양봉협도(養蜂夾道)에서 증정과 대화를 나누고 있는 중이었다. 증정은 체포당하는 순간부터 제자 장희에 대한 처절한 배신감에서 헤어나지 못하여 죽기를 각오하고 한 마디도 내뱉지 않았다.

호남성 순무는 자신의 경내에 이런 대역사건이 발생했다 하여 직급을 두 등급이나 폄직당하고 처벌을 기다리는 중이었다. 그는 증정을 북경으로 압송하기 나흘 전부터 심문 대신 혹독한 매질을 계속하여 유홍도가 청해(靑海)로부터 사천(四川)으로 압송되어 온 장희를 데리고 호남으로 왔을 때 증정은 이미 피골이 상접하여 보기가 흉흉할 정도였다.

유홍도는 어떻게든 두 사람을 화해시켜 내 편으로 끌어들이라는 옹정의 지의가 있었는지라 호남에 도착하자마자 두 사제(師弟)를 같은 방에 가두었다. 예상대로 둘은 밤새도록 피 터지게 싸우고 또 싸웠다.

이튿날 유홍도는 직접 두 사람을 손잡게끔 화해시켰고, 의원을 불러 증정의 병을 봐주게 했다. 그는 번대(藩臺)의 체면도 잊은 채 친히 약을 달여 떠 먹여 주었고, 북경으로 압송하여 오는 도중에도 사건에 대해선 일언반구도 언급하지 않았다. 길에서도 은근히 숨통을 틔워주느라 배려했고, 호송하는 친병들을 전부 편복 차림으로 갈아 입혀 호칭에서부터 깍듯이 어른 대접을 해주게끔 지시했다.

그것도 모자라 유홍도는 이들과 한 수레에 앉아서 오며 틈나는 대로 시사(詩詞)를 논하고, 장기를 두기도 하며 열흘이 넘는 기간 동안 몸으로 접하면서 자연스레 가까워졌다. 그렇게 하여 결국 북경에 거의 도착할 즈음에는 이들은 마침내 서로를 편하게 부르며 칭하며 둘도 없는 사이로 발전하기에 이르렀다.

창 밖으로 경사가 가까워올수록 얼굴에 수심이 더해가던 유홍도가 급기야는 눈물까지 훔쳤다. 그 이유가 궁금해진 증정이 조심스레 물었다.

"유 어른, 혹시 개인적으로 말하지 못할 무슨 슬픈 사연이 있는 게요?"

"그렇소. 저기 저 모래언덕이 보이지 않소? 저곳을 돌아가서 강 하나만 건너면 바로 경사 근교라오. 오는 길 내내 정분이 두터 워진 두 형제의 예측이 불가능한 앞날을 생각하니 슬퍼지는 걸 어찌할 수가 없어서 그러오."

두 사람은 금세 눈빛이 암울해졌다. 눈발이 점점 굵어지는 창 밖을 바라보니 먼 마을과 가까운 성곽들이 온통 은빛의 신비로움 에 덮여 있었다…….

한참 숨막히는 침묵이 흐른 뒤 증정이 무겁게 한숨을 토해냈다. 그리고는 초연한 표정을 지으며 말했다.

"모든 것이 조화에 의해 결정되는 것이니 운명에 맡기는 수밖에 없겠지. 해봤자 죽기밖에 더하겠소?"

"그대들은 십악불사(十惡不赦)의 죄를 지었는 바, 나는 미력이 나마 다해 위로해주는 데 그칠 뿐 두 사람을 구해줄 수 있는 힘은 없소. 그게 안타깝소."

유홍도는 미리 짜여진 각본대로 두 사람의 미래를 절망적으로 말해버리고는 입을 꾹 다물어버렸다. 죽음에 초연한 것 같았지만 슬슬 불안한 표정을 감추지 못하는 두 사람을 오래도록 지켜보던 유홍도가 한참 후에야 다시 입을 열었다.

"자네들이 악종기에게 보낸 편지를 읽어보시고 폐하께선 심기 를 크게 다치시어 몇 날 며칠을 침수에 들지 못하셨소. 그러나 이번에 가까이 대하면서 보니 그대들은 본심이 악한 것이 아니라 일시적인 충동에 미로로 빠져들었다가 헤어나오지 못한 경우인 것 같소. 과연 하늘이 이를 몰라 주실까? 과연 그대들이 용사받을 수 있는 길은 전혀 없단 말인가?"

죽음으로 자신들의 의지를 사수하려던 증정과 장희의 '결심'은 유홍도가 넌지시 던지는 미끼 앞에서 흔들리기 시작했다. 위협을 주기도 하고 가능성도 제시하는 유홍도의 화술에 넘어갔던 것이다. 둘은 체면상 감히 유홍도에게 매달리지는 못할 뿐 지푸라기라도 잡고 싶은 심정이었다.

"옷깃만 스쳐도 인연이라고 했잖소! 내 성격상 나 몰라라 할 수 없어 오는 길 내내 고민했소."

유홍도가 창밖에 시선을 두고 천천히 말을 이었다.

"지금으로선 목숨이라도 부지하고 싶으면 그나마 이 두 가지 방법을 시도해 보는 게 어떨까 하오."

"방법이라니?"

아니나 다를까, 두 사람은 잿빛으로 죽어있던 눈빛을 크게 반짝이며 이구동성으로 다그쳐 물었다. 그리고는 이내 자신들이 추한 모습을 보였다는 듯 얼굴을 붉히며 고개를 떨구었다.

유홍도는 속으로는 옹정을 위해 큰 공을 세웠노라고 쾌재를 불렀다. 하지만 겉으로는 일부러 고뇌에 찬 표정을 지으며 천천히 입을 열었다.

"하나는 장희와 악 장군이 생사를 같이 할 뜻을 밝힌 혈맹(血盟)을 맺은 것에 초점을 맞추는 거요. 폐하께선 악 장군을 얼마나 애지중지하시는지 모르오. 지금 밖에서 대군을 이끌고 있는 악 장군에게 심적인 부담을 주지 않기 위해서, 또한 악 장군을 여론으로부터 보호하기 위해서라도 폐하께선 이 일을 크게 벌이려 하시지 않을 거요. 그러니 두 사람이 반드시 명심해야 할 것은 언제,

어디서라도 악종기 대장군의 충정을 칭송하고 그 의리를 높이 찬미해야 한다는 것이오! 자기 자식 칭찬하는 사람을 미워하는 어미는 없거든. 그래야 폐하께서도 즐거워하시며 자네들에게 마음을 여실 게 아닌가."

그는 가벼운 기침과 함께 말을 이었다.

"두 번째는 폐하의 강한 성정을 거스르지 말고 무조건 고개 숙여 잘못을 빌어야 한다는 거요. 그렇다고 내키지 않는 언행을 보이면서 억지로 항복하는 내색을 보였다간 폐하를 희롱한다고 하여 더 큰 죄를 물으실지도 모르니 오체투지의 항복과 경의를 표하는데 최선을 다해야겠소. 폐하께서 두 사람에 대해 완석(頑石)이지만 교화하는 게 가능하다고 생각하시는 순간부터 백만인이 서명하여 자네들을 죽이고 싶어해도 폐하께선 절대 마음을 돌리지 않으실 거요."

두 사람이 지푸라기라도 잡을 심정으로 연신 고개를 끄덕이자 유홍도는 속으로 크게 안도했다.

……그로부터 얼마 후 증정은 상좌(上座)에 앉은 홍력과 이위를 마주하여 무릎을 꿇어 옹정의 질문에 답할 준비를 하고 있었다. 그 옆엔 유홍도와 형부 시랑인 여정의(勵廷儀)가 자리하고 있었다.

증정은 답변에 앞서 돌연 이름 못할 비애가 몰려왔다. 만에 하나 유홍도의 꾐임에 빠져 문인으로서의 체통과 고집을 헌신짝처럼 내버렸어도 끝까지 용사받지 못하는 날엔 그야말로 '닭이 날아가고, 달걀이 깨지는' 격이 아닐 수 없었다!

"폐하의 지의는 이렇게 물으신다."

마침내 홍력이 입을 열었다.

"자네가 악종기에게 보낸 편지에서 '도의(道義)가 있는 곳이라면 민의(民意)가 따르지 않을 수 없고, 민심이 지향하는 것이라면 하늘이 그뜻을 거스를 리가 없다. 자고로 대업을 완수한 제왕들은 천지신의 뜻에 따르고 법으로 만세(萬世)를 다스리거늘, 어찌 그 마음 속에 사심이 생겨날 수 있을까' 라고 했다지. 자넨 우리 대청의 하늘 아래서 태어나고 살아온 사람이 아주 당연한 얘기를 다시 한 번 씹는 저의가 무엇인가?"

홍력은 한낱 별볼일 없어 보이는 시골 촌뜨기들을 엎어놓고 이렇게 동네 코흘리개들을 족치듯 하는 자신이 싫었다. 아바마마도 조정에 할 일이 그렇게 없을까? 이런 자들에게까지 시간을 할애해 가며 그것도 모자라 이들의 답변을 요약하여 책으로 만들어 만천하에 돌릴 것이라니! 그는 참으로 옹정을 이해할 수가 없다고 속으로 생각했다.

홍력의 속내를 알 리 없는 증정이 한참 생각하여 머리를 조아리며 답했다.

"뒈져야 마땅한 중범(重犯)은 편지를 쓸 때 제정신이 아니었나 보옵니다. 뻔한 사실을 왜 그렇게 썼는지 모르겠사옵니다. 첩첩산중에서 보고 듣는 것이 없이 살아오다 보니 세상사에 너무 어두웠사옵니다. 이번에 유홍도 어른에게서 크나큰 가르침을 받고서야 비로소 우리 대청의 오늘날이 있기까지 성조마마를 비롯한 여러 선조들께서 얼마나 국궁진력(鞠躬盡力)하셨는지를 알게 되었사옵니다. 이 미천한 중범의 무지를 부디 용사하여 주시옵소서, 폐하."

의외로 순순히 잘못을 인정하는 증정의 말에 홍력이 만족스레 머리를 끄덕였다. 그리고는 유홍도를 힐끗 쳐다보았다. 완고하기로 소문난 이 둘을 며칠 사이에 고분고분하게 만들어온 유홍도가 대단하다고 생각했던 것이다.

홍력은 처음보다 표정을 다소 부드럽게 하여 물었다.

"지의는 다시 물으신다. 편지엔 '일월이 충천하는 정중앙에 사는 사람들은 음양의 조화가 잘된 화하(華夏)의 후예들이지만 사방 변두리에서 위태롭게 살아가는 자들은 곧 짐승과 더불어 사는 오랑캐들이다. 언어문자도 불통하고 무식하기 이를 데 없는 야만족이다'라고 했는데, 자네 말대로라면 중원에는 짐승 아닌 사람들만 살아야 마땅하거늘 어찌하여 자네같이 개돼지보다 못한 이들이 버젓이 살고 있는가?"

신랄하고 통쾌한, 지극히 옹정다운 질문이었다. 유홍도의 훈시만 아니었더라면 뭐라고 자기 합리화를 시도했을 증정이지만 목숨이라도 부지하려면 무조건 유홍도의 말에 따르는 수밖에 없었다. 그는 아예 눈물까지 쏟으며 연신 머리를 조아렸다.

"이놈은 실로 당치도 않은 소리를 지껄이고 다녔사옵니다. 〈춘추(春秋)〉에 나오는 화이(華夷) 구분에 대한 부분을 잘못 읽고 해석하였던 것이옵니다. 화이란 지역에 따라 구별되는 것이 아니옵고, 믿고 따르는 백성들의 마음 속에 있다는 것을 뒤늦게야 깨닫게 되었사옵니다. 우리 대청의 백성들은 폐하의 성의(聖意)를 높이 받들어 폐하를 영원한 주군으로 우러러 모실 것이옵니다. 이미천한 중범은 오늘날에야 비로소 개돼지의 탈을 벗고 인간으로거듭 태어나게 되었사옵니다."

진심 여부를 떠나 아무튼 순순히 죄를 자백하여 비슷한 생각을 품고 있었던 반항세력들에게 반성의 계기가 돼줄 것이라는 생각에 홍력은 처음 증정을 마주할 때보다는 훨씬 마음이 가벼워졌다.

홍력이 지의에 따라 다시 물으려 할 때 이한삼이 급급히 달려들어 오더니 목소리를 한껏 낮춰 귀엣말을 했다.

"폐하께오서 크게 화를 내고 계십니다. 주상(朱相, 주식)이 넷째패륵마마를 모셔오라고 하셨습니다."

"그래? 누구랑?"

물러났던 이한삼이 다시 한 발 앞으로 나서며 귀엣말로 "손가 감" 하고 이름 석자를 말했다. 그리고는 물러나 호기심에 찬 시선으로 증정과 장희를 훑어보았다.

순간 고개를 번쩍 든 장희와 시선이 정면으로 마주친 이한삼은 기절초풍할 듯 놀랐다. 놀라긴 장희도 마찬가지였다. 둘은 마치 못볼 것을 본 것처럼 재빨리 고개를 반대쪽으로 틀었다.

홍력은 재빨리 자리에서 일어서서 옷매무새를 단정히 하며 말했다.

"나머지는 이위 자네가 질문하고 답변을 받아내게. 서리(書吏) 들은 자백내용을 한 글자도 빠짐없이 잘 기록하도록 하게. 증정, 생사영욕은 자네의 일념(一念) 여하에 달려 있으니 알아서 잘하게. 폐하께서 불철주야 근정하시느라 바쁜 와중에도 이같이 공들여 범인을 심문해 보기는 처음이니 송곳으로 자기 눈을 찌르는 우매한 짓은 하지 않길 바라네."

말을 마친 홍력은 곧 밖으로 나와 말에 올라탔다. 이한삼을 대동하고 힘껏 채찍을 날려 서쪽 방향으로 달려갔다.

옹정은 과연 크게 분노하고 있었다. 손가감이 상서(上書)했다는 소식은 당일 노종주의 밀보(密報)를 받아 알고 있는 옹정이었다. 손가감이 평소에 자신의 신정에 대해 의견을 달리하는 경우가 많았는지라 대수롭지 않게 여겼었다.

그러나 손가감이 패찰을 건네어 뵙기를 청한 뒤 직접 올린 상주문을 받아든 옹정은 한 눈에 확 안겨 오는 섬뜩한 제목에 아연실색하고 말았다. 상주문 겉봉엔 이같이 적혀 있었다.

납연(納捐, 관직매매)을 중지하고, 서병(西兵)을 파하고, 골육(骨肉)의 정을 중히 여길 것을 엎드려 주함.

옹정은 머리 속이 멍해지고 상주문을 받아든 두 손이 걷잡을 수 없이 떨렸다. 허겁지겁 펴서 읽어보노라니 분기가 탱천하여 도저히 참을 수가 없었다. 그는 상주문을 땅바닥에 힘껏 내동댕이 쳐버리고는 횡하니 난각을 떠나 정전으로 왔다.

뒷짐을 진 채 빠른 걸음으로 궁전 안을 배회하는 옹정의 갈기세운 모습을 지켜보며 태감과 궁녀들은 겁에 질린 나머지 숨소리도 제대로 내지 못한 채 몸을 새우처럼 웅크리고 있었다. 불호령이 지척이라는 것을 잘 아는 손가감은 난각에 무릎을 꿇은 채 고개를 한껏 숙이고 있었다.

숨막히는 예측불허의 천위(天威) 앞에서 당황하여 어찌할 바를 모르던 고무용이 분위기를 완충시켜 줄 만한 대신이 자리에 없자 몰래 후원으로 달려가 교인제를 불렀다.

옹정은 보기에 심각한 모순에 빠져 있는 것 같았다. 미간을 무섭게 좁히고 부지런히 방안을 거닐던 중 문득 고개를 확 돌려 매서운 눈빛으로 손가감을 노려보는가 하면 잠시 후엔 고통스레 눈을 감으며 한숨을 짓기도 했다. 질식할 것만 같은 침묵이 이어지는 가운데 옹정이 되돌아와 상주문을 집어들었다. 그리고는 다시 한 번 훑어보았다.

납연제도는 천고의 폐정이옵니다. 돈으로 관직을 사고 영달을 구할 수 있다면 관직에 오르기 위해 쌓아야만 하는 덕목과 학식은 돈 앞에서 얼마나 무력하고 무색해지겠사옵니까? 또한 돈을 주고 오른 관직에서 본전을 건지려고 무슨 짓인들 못하겠사옵니까? 이는 신이 주하지 않아도 성명하신 폐하께서 미리 그 폐해를 잘 알고 계시리라고 믿어마지 않사옵니다. 비리를 알고도 제거하지 못하는 것은 선행을 지켜보면서도 모르는 체하는 것과 같사옵니다. 폐하처럼 영명하시고 예지로우신 분이 어이하여 살을 떼어 상처를 메우는 어리석음을 범하실 수가 있겠사옵니까! 신은 폐하께서 하루빨리 재정난에서 헤어나려는 간절함에서 비롯하여 이런 식으로 재원을 충당하려는 게 아닌가 하는 의혹을 지울 수가 없사옵니다…….

이를 악물고 손가감을 노려보는 옹정의 눈빛이 섬뜩했다. 인제가 급히 더운물수건을 건넸다. 수건으로 얼굴을 문지르고 다시 주장을 들여보니 '서병을 파하라'는 건의는 일리가 있다지만 '골육의 정을 중히 여기라'는 대목에선 글자마다 날카로운 꼬챙이가 되어 가슴이며 눈을 후비고 드는 것 같았다.

아키나와 싸쓰헤는 그 죄를 물어 마땅하오나 굳이 이런 식으로 거북하게 이름까지 고쳤어야 하는지 모르겠사옵니다. 선제께서 슬하에 황자들은 많이 남기셨어도 이같이 저마다 처량하게 영락하니 폐하께오선 형제들에게 지나치게 가혹했다는 시비에 휘말리실 것이옵니다. 폐하께서 이토록 친정(親情)을 혹사시키시고 어찌 천하백성들에게 오륜(五倫)의 도의를 지킬 것을 요구하실 수가 있겠사옵니까? 또한 명부(冥府)에 계시는 선제의 마음이 얼마나 처량하시겠사옵니까?

"그렇다면 자네는 짐이 선제께 불효를 저질렀다는 얘긴가?"
옹정이 다시금 상주문을 내팽개치며 고함을 질렀다.
"저네들이 짐을 어떻게 혹사시켜 왔는지, 자네가 아는가? 아무
것도 모르는 외신이 감히 짐의 가정(家政)에 개입하여 왈가왈부
하다니, 사는 게 귀찮아진 건가?"
침묵은 숨이 막혀도 옹정이 입을 여니 오히려 마음이 편해진
손가감이 머리를 조아리며 말했다.
"신이 어찌 감히 천가(天家)의 가정(家政)에 간여하겠사옵니
까? 신은 그저 큰황자 밑으로 무려 일곱 명씩이나 하옥의 고통을
당하고 있사오니 만천하가 눈여겨 주시고, 구천에서 굽어보시
는 성조께서도 얼마나 상심에 젖어 계실까 하는 우려에서 말씀
올린 것뿐이옵니다."
"만천하가 눈 여겨 주시한 건 여덟째 윤사가 붕당을 만들어 역
심을 품고 짐을 괴롭혀온 사실에 더 초점이 맞춰져 있을 것인데,
자넨 어찌하여 그에 대해선 일언반구도 언급을 하지 않았나, 응?
대체 저의가 뭐야?"
갈기를 곤추세우고 달려드는 사자의 괴성을 방불케 하는 옹정
의 고함소리에 옹정이 입을 열 때마다 흠칫흠칫 떨던 꼬마태감
하나가 급기야 기절하여 쓰러지고 말았다.
그러나 손가감은 전혀 두려운 기색없이 머리를 조아리며 침착
하게 아뢰었다.
"폐하, 부디 고정하시옵소서. 신은 아키나 일당의 죄행은 워낙
무겁고 하늘에 사무치는 것이어서 언급을 하지 않았을 뿐이옵니

다. 이들을 벌하지 말았어야 했다는 건 절대 아니옵니다. 폐하의 칼이 얼마나 날카롭다는 것은 이미 만천하에 알려진 바이오니 이제부터는 사해를 품어 안을 수 있는 폐하의 아량을 보여주셔야 할 때인 것 같아서 말씀 올렸을 뿐이옵……."

그의 말이 끝나기도 전에 옹정이 무섭게 손사래를 치며 고함을 질렀다.

"끌어내!"

순식간에 아역들이 달려들자 손가감은 힘껏 손을 뿌리치며 짧은 탄식과 함께 쿵쿵 소리가 나도록 머리를 조아렸다. 그리고는 당당하게 걸어나갔다.

"돌아와!"

문 밖으로 나가려는 손가감을 옹정이 다시 불러들였다. 옹정이 깊은 한숨을 토하며 허물어지듯 자리에 기대앉아 마냥 태연하기만 한 손가감을 향해 입을 열려고 했다. 바로 그때 문 밖에서 만난 홍력과 주식이 들어섰다.

주식이 먼저 들고 있던 문서를 가볍게 용안 위에 내려놓으며 아뢰었다.

"신과 방포가 방금 정리한 셋째…… 윤지에 대한 부의(部議) 내용을 요약한 것이옵니다. 폐하의 성재(聖裁)를 부탁드리옵니다."

"보아 하니 짐은 이제 철저히 혼자가 되려나 보네……."

옹정이 반질반질한 앞머리를 쓸어 내리며 처연한 감정에 사로잡혀 말했다.

"그토록 믿어왔던 이불이 결당을 하여 짐을 괴롭히질 않나, 양명시가 개토귀류에 반기를 들었으면서도 되레 짐더러 얼간이들의 고혹에 빠지지 말라고 하질 않나, 명색이 셋째형이라는 사람은 아우의 장례식에서 히죽대며 웃질 않나! 민간에서는 증정 같은 나부랭이들까지 감히 악종기를 종용하여 모반을 획책하려 들질 않나…… 그것도 모자라 이젠 손가감까지 짐을 초라하게 만드니…… 짐은 고립무원의 사면초가에 몰리고 있는 게 아닌가 싶네."

이같이 말하며 옹정이 손가감의 주장을 주식에게 밀어주며 말했다.

"읽어보게, 그 대단하다는 한림원 출신의 수필(手筆)이라 과연 읽어볼 만하네!"

홍력이 주식에게로 가까이 하여 들여다보니 과연 옹정이 크게 화낼 법도 한 것 같았다. 황제를 골육의 정을 유린하는 몰인정한 인물로 매도했고, 처링 아라부탄이 화해의 몸짓을 보이고 있음에도 굳이 막대한 재정지출을 감안하면서까지 군사를 서부로 파병하는 건 웬 말이냐고 사정없이 꼬집고 있었다. 홍력의 이마엔 땀이 송골송골 돋아났다.

손가감의 상주문을 다 읽고 난 주식은 마치 이 상주문의 무게를 가늠하듯 주장을 손바닥 위에 올려놓고 생각에 잠겼다.

"어떠한가?"

옹정이 손을 내밀어 주장을 다시 거둬들이며 미간을 찌푸렸다.

"이 겁없는 광생(狂生)을 어찌 처벌하는 것이 좋겠나?"

"폐하……."

옹정을 불러놓고도 한참 후에야 주식이 말했다.

"손아무개가 폐하의 면전에서 지나친 건 사실이옵니다. 하오나 신은…… 그 용기에 감복해마지 않사옵니다!"

그러자 옹정이 그럴 줄 알았다는 듯이 픽 웃어 보였다. 그리고는 미동도 하지 않고 고개를 숙인 채 엎드려 있는 손가감에게 시선을 두며 말했다.

"짐도 그 용기가 가상하여 이렇게 두 손, 두 발을 다 들었지 않은가!"

옹정의 태도가 돌연변이를 일으켰다. 그제야 궁전 가득한 사람들은 비로소 안도의 한숨을 내쉬었다.

44. 천지개벽

옹정이 웃는 모습을 보고서야 홍력은 비로소 안도하며 물러났다. 쌍갑문 옆의 버드나무 밑에서 발을 동동 구르며 자신을 기다리고 있는 이한삼을 향해 홍력이 웃으며 말했다.

"뭐 마려운 사람처럼 왜 그러고 있나? 그리 급한 일이 있으면 먼저 들어가지 그랬어. 시퍼런 백주(白晝)에 다른 곳도 아닌 북경성에서 예전처럼 강도떼들이라도 만날까 봐 그러나?"

이한삼은 홍력을 부축하여 말에 오르게 하고는 바싹 뒤따라가며 등뒤의 친병들이 들을세라 목소리를 낮춰 말했다.

"넷째마마, 기막힌 일이 생겼습니다. 저 이제 곧 개한테 종아리 물리게 생겼습니다!"

고개를 옆으로 꺾어 결코 농은 아닌 것 같은 이한삼의 표정을 살피며 홍력이 물었다.

"그게 무슨 소린가?"

"장희 그 자식이 절 알아봤습니다."

이한삼이 난처한 표정으로 말을 이었다.

"처음엔 장희, 장희 하기에 세상엔 동명이인(同名異人)도 많으니 설마 그런 우연이 있을까 하고 달리 걱정하지 않았었는데, 오늘 보니 과연 그자였습니다!"

순간 홍력이 말고삐를 잡아당겼다. 그리고는 심각한 표정을 지으며 이 사건이 몰고 올 파장을 긴급히 저울질했다.

목숨을 건질 욕구에 불타 있을 장희가 홍력을 겨냥하여 이한삼을 물고 늘어질 가능성을 배제할 순 없었다. 시험거부 사건은 다시 불거진다고 해도 큰 이변은 없을 것이었다. 하지만 증정과 장희, 이한삼이 한 두릅에 엮이는 날엔 자칫하면 자신이 대역(大逆)을 꾀한 중범 중의 하나를 은닉한 혐의를 받게 될 것이 뻔했던 것이다…….

한층 더 깊이 생각한다면 악종기는 평소에 넷째패륵부의 단골 손님이었다. 이한삼이 장희에 의해 자기네 일당으로 매도당하는 날엔 홍력 자신은 이네들을 동원하여 악종기와 공개하지 못할 은밀한 거래를 해 왔다는 치명적인 일격을 당하고 거센 파도의 한가운데로 떠밀려 갈 것이 분명했다!

그는 바짝바짝 타들어 가는 입술을 부지런히 적시며 대책마련에 부심했다.

가장 먼저 뇌리 속에 떠오른 것이 이한삼을 도망가게 하거나 아예 죽여 없애버리는 것이었다. 그러나 불과 몇 초만에 그는 곧 이 위험한 발상을 뭉개버렸다.

그렇다면 장희를 없애버리는 건 어떨까?

물론 이한삼을 죽이는 것보다는 훨씬 양심의 가책을 덜 받겠지

만 아직 사건이 종결되지 않은 중범인지라 대여섯 개 아문에서
공동으로 경계를 강화하고 있어 손을 쓰기란 여간 어려운 게 아닐
터였다. 무리하게 시도했다가 혹여 실패하는 날엔 그때 가선 입이
백 개라도 누명을 벗을 길이 없는 위태로운 처지에 놓이게 될 것이
다…….

늘 침착하고 무게있게 일처리를 해왔던 소년패륵 홍력은 갑자
기 마음이 검불처럼 뒤엉키는 혼란에 빠져들고 말았다. 홍력이
말했다.

"옥신묘로 가지 말고 집으로 가서 우리 머리 맞대고 고민해 봐
야겠어. 예삿일이 아니야."

이같이 말하며 홍력은 다시 뒤를 따르던 친병들을 불러 지시했
다.

"자네들은 여기서부턴 물러가도 괜찮으니 사람을 파견하여 류
통훈더러 패륵부로 다녀가라고 전하게."

말을 마친 홍력은 곧장 고삐를 잡고 채찍을 휘둘렀다. 둘은 바람
처럼 사라졌다.

왕부(王府)들이 즐비한 선화(鮮花) 골목에 들어서서 홍주네 집
앞으로 꺾어지려 할 때 손님을 배웅하는 소리가 들려왔다. 두 사람
이 모퉁이에 몸을 숨기고 보니 방포가 나오고 있었다. 심경이 대단
히 복잡하여 잠시라도 누굴 만날 여유가 없는 홍력은 방포의 수레
가 떠나길 기다려서야 비로소 집으로 돌아왔다. 그사이 류통훈이
먼저 도착하여 말에서 내리고 있었다.

"연청(延清, 류통훈의 호), 자네는 아무튼 동작이 재빨라서 마음
에 드네."

홍력이 경황이 없는 와중에도 이같이 농담을 하며 류통훈과 이

한삼을 서재로 안내했다. 홍력이 지정해 주는 자리에 앉은 류통훈이 웃으며 말했다.

"전 양봉협도(養蜂夾道)에서 오는 길입니다. 이위가 그러는데, 넷째패륵께선 폐하를 알현하기 위해 걸음하셨다기에 전 집에서 기다리고 있었습니다."

홍력과 이한삼은 그저 어색하게 웃을 뿐이었다.

류통훈은 홍력의 단골손님인지라 가인들과 너무 익숙한 사이였다. 온씨의 두 딸 언홍과 영영을 보며 류통훈이 소탈하게 웃으며 말을 건넸다.

"두 분 모두 측복진으로 승격되었다고 들었는데, 경하드립니다! 어머니 온씨는 안 보이시네요?"

차를 내어오던 언홍이 얼굴을 살짝 붉히며 홍력을 힐끗 훔쳐보았다. 그리고는 말했다.

"류 어르신께선 참 얄궂기도 하셔라! 쑥스럽게시리! 류 어른이야말로 호부 시랑으로 승진하셨다니 진짜 승격하신 거죠! 저희 어머니는 며칠 동안 몸에 열이 나서 누워 계세요."

언니 언홍에 비해 부끄럼을 많이 타는 영영은 무슨 일인지 그저 고개를 옆으로 꼬고 몰래 웃기만 할뿐 말이 없었다.

"그렇소, 우리 다 같이 승격했소!"

류통훈이 크게 웃으며 말을 이었다.

"이 모든 것이 다 넷째마마의 홍복에 힘입은 덕분이 아니겠습니까?"

사람들이 모두 웃는 가운데 류통훈이 다시 덧붙였다.

"유홍도가 하도(河道)에 필요하다며 호부에 목재 2천 개를 요청했습니다. 그런데 호부에 있던 목재들은 모두 병부에서 가져가

버려 동이 난 상태라 호부상서 양명시가 '넷째마마께서 자네를 좋아하시니 한 번 사정 이야기를 해 보라'며 저의 등을 떠밀어 오늘 온 김에 말씀드리는 바입니다."

류통훈이 이같이 말하며 목재 청구서를 공손히 올렸다.

홍력은 생각해 볼 여지도 없다는 듯이 붓을 들어 청구서에 서명했다. 그리고는 웃으며 말했다.

"유홍도 그 친구는 일에 대한 욕심도 많고 젊고 박력이 있어 잘 해낼 거네. 명신(名臣)으로 발돋움하고자 노력하는 게 눈에 보여!"

서명이 된 청구서를 돌려 받으며 류통훈은 말없이 웃기만 하더니 한 손을 뻗어 허공을 향해 뭔가 움켜잡는 시늉을 해 보이며 말했다.

"이런 병이 있는 한 명신(名臣)의 반열에 오르는 건 불가능합니다!"

그러자 홍력이 관심을 보이며 물었다.

"그게 무슨 뜻인가? 돈 욕심이 많다는 얘긴가? 그런 말은 확증이 없는 한 함부로 해선 안 되네!"

이에 류통훈이 미소를 지으며 말했다.

"그저 밖에서 나도는 소문을 들은 것에 불과합니다."

"밖에서 나도는 소문을 듣자면 귀가 열 개라도 모자라지. 멀쩡한 사람도 바보로 만들기 일쑤거든."

홍력은 류통훈에게 한숨을 토해냈다.

"내가 오늘 자네를 부른 것도 이상한 소문이 나돌 것을 미연에 차단하자는 뜻에서였네."

홍력은 장희가 이한삼을 알아보았노라고 말하고는 덧붙여 말했다.

"한삼이 어떻게 나를 따르게 되었는지 그 전후 사연에 대해선 자네가 누구보다 잘 알지. 장희가 물고 늘어지는 날엔 우리로선 불리한 국면에 처해질 수밖에 없네!"

이에 이한삼이 말했다.

"넷째마마, 저의 존재가 추호일지라도 넷째마마의 앞길에 걸림돌이 되어선 안 됩니다. 계령해령(系鈴解鈴)이라고, 매듭을 맨 자가 매듭을 풀어야 합니다. 제가 형부(刑部)로 가서 자수하겠습니다."

류통훈의 얼굴엔 어느덧 웃음기가 사라졌다. 그는 머리를 저으며 말했다.

"그건 바람직하지 않소. 그대가 무슨 잘못이 있어 자수를 하겠소? 시험거부 사건은 이미 조정에서 죄를 묻지 않기로 했고 증정은 자네와 아무런 관련이 없는 사람인데, 대체 뭘 어떻게 자수한다는 거요? 한사코 넷째마마를 해코지하려는 배후 세력만 없다면 이 일은 고민할 가치조차 없는 일이오. 장희도 바보가 아닌 이상 자기한테 득될 게 없는 일에 목숨을 걸진 않을 거요. 조정에서 자신의 목을 치려고 한다면 최후의 발악을 하는 차원에서라도 누군가를 물고 늘어지려고 하겠지만 폐하께서 자신에게 유화의 손짓을 보내고 계신다는 걸 잘 알고 있거든."

류통훈의 자신에 찬 한마디에 홍력과 이한삼은 일단 안도의 숨을 내쉬었다.

그제야 홍력이 전처럼 표정이 밝지 못한 이유를 알게 된 언홍과 영영은 괜찮다고는 하지만 은근히 마음이 쓰였다. 언홍이 수심에 가득 차 말했다.

"만약 누군가 증정을 내세워서 넷째마마를 해치려고 한다면요?"

"그럴 가능성은 희박하오."

류통훈이 한참동안 침묵을 지키더니 갑자기 빙그레 웃으며 말했다.

"넷째마마에 대한 관심이 지대하다 보니 그런 걱정을 하는 것 같은데, 증정과 장희 사건은 넷째마마께서 주지하고 계시오. 넷째마마의 허락없이 누가 감히 함부로 나설 수 있겠소?"

잠시 말을 멈추고 생각하던 류통훈이 길게 한숨을 내쉬며 말을 이었다.

"물론 세상 모든 일은 한 치 앞도 예측할 수 없으니 무조건 장담할 순 없습니다. 제가 절대 넷째마마를 원망하는 건 아니옵고 그저 안타까워서 드리는 말씀인데요, 그 당시 북경에 돌아오시지마자 사건의 자초지종을 소상히 폐하께 주명했어야 옳았습니다. 그때 썰물이 빠진 뒤 갯벌 드러나듯 사건의 진상을 밝혔더라면 이같은 은우(隱憂)는 없었을 텐데 말입니다. 넷째마마께선 항상 미소를 잃지 않으시니 무조건 후덕하시고 선행만 베푸시는 분으로만 알고 있는 사람들이 많습니다. 누군가의 목을 친다는 섬뜩함과는 전혀 연관짓지 않는 이들이 넷째마마의 머리 위에 기어오르려고 할 가능성도 배제할 순 없습니다!"

"내 인상이 살인과는 거리가 멀다고?"

홍력이 알 듯 말 듯한 미소를 지으며 말을 이었다.

"황자로서 뒤에서 누군가에게 보복의 화살을 날린다는 것은 아무래도 정대광명한 처사가 못 되지. 그러나 나도 그리 호락호락하지만은 않은 사람이라네. 원리원칙이 분명해야 하고 들고 날 때를 알아야 제대로 된 사람이지. 자신이 위험에 노출되어 있는데도 무방비 상태라면 어찌 군부(君父)를 보필하여 이 강산을 떠메고 나갈 수 있겠나."

홍력은 최악의 경우 대처방안을 모색해 놓았다는 듯 훨씬 홀가분해진 표정으로 의자 등받이에 몸을 기댔다.

그런 홍력의 의중을 가늠하며 류통훈이 말했다.

"패륵마마, 경황이 없어 이제야 말씀을 드립니다. 전에 말씀 올렸던 장님도사가 북경에 도착했습니다. 지금 밖에 대기하고 있습니다. 한 번 접견하실 의향이 있으신지요."

"장님도사라……."

홍력이 언홍에게 말했다.

"들라하게."

그러나 홍력의 말이 떨어지기 바쁘게 창 밖의 대나무 숲이 가볍게 흔들리더니 종소리 같은 굵은 음성이 밖에서 들려왔다.

"빈도 오할자(吳瞎子)가 보친왕께 문후올리옵니다!"

홍력과 이한삼이 흠칫 놀라 고개를 빼들어 창 밖을 바라보는 사이 어느새 주렴이 걷히는 소리와 함께 오할자가 벌써 성큼 들어섰다.

겹으로 된 짙은 갈색 장포를 입고 있는 그는 대추색깔 얼굴에 시원하게 뻗은 짙은 눈썹이 인상적이었다. 불을 뿜는 듯한 부리부리한 눈매며 약간 치켜 올라간 코끝이 그리 예사로운 상대는 아닌 것 같았다.

그는 안으로 들어서자마자 홍력을 향해 엎드려 머리를 조아리며 말했다.

"빈도는 본명이 오할자(吳瞎子)이옵니다. 얼핏 듣기에 발음상 장님과 음이 비슷하다 하여 기똥차게 생긴 두 눈과는 무관하게 모두들 장님도사라 불러주고 있사옵니다."

홍력이 미소를 지으며 오할자를 뚫어질세라 바라보더니 분부를 내렸다.

"영영, 어서 오 도사님에게 차 한 잔 올리게."

영영이 대답과 함께 다가왔다. 그러나 그녀는 찻잔이 아닌 홍력이 강남에서 가져와 붓통으로 쓰고 있는 대나무통을 비워 오할자의 앞에 있는 탁자 위에 올려놓는 것이었다. 그리고는 멍해진 사람들의 시선을 뒤로 하고 가서 주전자를 들고 왔다. 다짜고짜 대나무 붓통에 물을 따르려 드는 영영을 급히 말리며 홍력이 웃으며 말했다.

"이보게, 영영! 그건 찻잔이 아니라 붓통이라네! 왜 자네도 갑자기 장님이 되기라도 한 건가?"

이에 영영이 웃으며 말했다.

"장님도사께선 시력이 별로 안 좋아 보이십니다. 대나무통에 찻물을 받아 마시면 금세 시력이 호전될 줄로 믿사옵니다. 원치 않으신다면 다른 찻잔으로 바꿔 드리겠사옵니다."

"아니, 아니, 그럴 필요까진 없습니다. 좋다는 걸로 한 번 마셔 보죠."

오할자가 대수롭지 않다는 듯이 웃어 보였다. 그리고는 구멍이 뻥뻥 뚫린 '찻잔'을 손에 받쳐들고 아무렇지도 않게 류통훈에게 말을 걸었다.

"여기 온씨라고 있을 텐데, 그 아주머니가 그 나이에 무슨 장난기가 발동했는지 글쎄, 내 허리띠를 빼앗아버리고 새끼줄을 동여매 주었다니까. 넷째마마만 아니었더라면 한바탕 혼내줬을 텐데 말이오!"

오할자가 이같이 불만을 털어놓고 있는 사이 손바닥에 받쳐 올린 '찻잔'엔 어느새 뜨거운 물이 찰랑거렸다. 그러나 이상한 건 구멍이 여러 개 나 있음에도 불구하고 물은 한 방울도 새지 않는 것이었다.

눈을 크게 뜨고 놀라워 하던 홍력이 급히 자리에서 나와 오할자에게로 다가가 붓통을 유심히 들여다 보았다. 뜨거운 물이 흰 김을 모락모락 뿜고 있었으나, 구멍은 마치 고무로 때운 것처럼 물 한 방울 새지 않고 있었다!

오할자가 무슨 말을 했는지는 전혀 귀에 들어오지 않았던 홍력이 부채 끝으로 붓통을 가리키며 흥분하여 말했다.

"신기하기도 해라! 정말 믿어지지가 않는구만! 대체 이건 무슨 쿵푸라는 건가?"

홍력이 이같이 말하며 손을 내밀어 붓통을 잡으려 했다. 그러자 오할자가 웃으며 말했다.

"이 여자아이 앞에선 감히 거짓으로 눈속임을 할 순 없습니다. 지금은 빈도가 손으로 기를 발산하여 물이 흐르지 않게 받치고 있을 뿐이옵니다. 넷째마마께서 받으시면 금세 다 쏟아질 것이옵니다."

이같이 말하며 오할자는 한 쪽에 물러나 있는 언홍을 향해 웃으며 말했다.

"찻잎도 주셔야 차를 마시지, 맹물만 마실 순 없지 않소?"

그러자 영영이 말했다.

"이 자의 강호술수(江湖術數)를 믿지 마시옵소서, 넷째마마. 별다른 재주가 아니옵니다. 소녀도 물을 흘리지 않게 할 수 있사옵니다!"

영영이 이같이 말하며 곧 붓통을 집어들었다. 과연 물이 새지 않았다.

그러나, 영영이 득의양양한 표정을 지으며 오할자를 한바탕 곯려주려 할 때 갑자기 한 줄기 물줄기가 뿜어져 나오기 시작했다.

"앗! 뜨거워!"

무방비 상태에서 발등을 데인 영영이 그 소리를 연발하며 급급히 붓통을 탁자 위에 내려놓았다. 그러자 '찻잔'은 언제 말썽을 부렸더냐 싶게 다시 멀쩡해졌다.

사람들이 경황없이 영영과 오할자를 번갈아 보고 있을 때 한쪽에 물러서서 있던 언홍이 찻잎을 한 줌 가득 움켜잡더니 오할자에게로 흩뿌리며 말했다.

"찻잎타령 했잖아요!"

"장난치지 마시오. 몇 닢만 있으면 되오!"

오할자가 여전히 웃는 얼굴로 언홍에게 익살스런 눈짓을 해 보이며 말했다. 그리고는 두 손을 머리 위로 올려 벌린 채 고개를 숙이고 눈을 감았다.

놀라운 것은 허공에 가득 흩어져 있던 찻잎들이 강한 흡인력에 빨려 들어가듯 질서정연하게 오할자의 손바닥으로 날아드는 것이었다. 오할자는 그 중의 소량을 취하고는 나머지를 부드럽게 밀어내며 말했다.

"차 한 잔 마실 것으론 족하니 나머지는 그만 돌아가거라!"

오할자의 말이 떨어지기 바쁘게 한데 뭉쳐진 찻잎 덩어리는 허공에서 유유히 춤추며 곧바로 눈이 휘둥그레져 있는 언홍의 품으로 들어가 안겼다.

마침내 언홍이 얼굴을 붉히며 말했다.

"과연 실력이 대단한 장님도사네요. 졌어요."

연약한 여자와 장님도사의 힘겨루기가 마침내 끝이 났다. 덕분에 도사의 엄청난 실력은 순식간에 검증을 받은 셈이었다. 사람들이 연신 숨을 들이마시며 놀라워하는 와중에 홍력이 웃으며 말했다.

"두 털털한 계집애들이 너무 교양없이 굴어서 미안하오."

그러자 언홍이 대꾸했다.

"전에 넷째마마랑 우리가 다같이 하남성에서 봉변을 당할 뻔했을 때 색가진(索家鎭)에서 저 도사님을 만난 적이 있사옵니다! 그 뒤로 회자나무 밑에서 한 판 붙었을 때도 치열했었는데, 그땐 장님도사가 팔장을 끼고 한 쪽에 물러나서 구경했던 걸로 기억하고 있사옵니다. 이봐요, 장님도사! 댁은 이위 총독의 부름을 받고 우리 넷째마마를 호위하고자 따라 나섰던 사람이 그래도 되나요?"

"부디 용사해 주시옵소서!"

오할자가 웃으며 말했다.

"회자나무 마을에서 빈도가 현장에 있었던 건 사실이옵니다. 하지만 이 총독께서 부득이한 경우가 아니고는 절대 목표를 드러내선 아니 된다며 누누이 강조하시는 바람에 그럴 수밖에 없었사옵니다. 하오나 그 당시 꼬리 빳빳이 세우고 도망갔던 무쇠주둥이는 빈도가 뒤쫓아가 붙잡았사옵니다. 오늘 이 자리에도 끌고 왔사옵니다."

이같이 말하며 오할자는 언홍과 영영을 향해 고개를 돌리며 말했다.

"자네들은 온씨어멈의 양녀들이고 난 깜쟁이어멈의 양자이니, 뿌리를 캐면 우린 모두 단목일가(端木一家)와 뗄래야 뗄 수 없는 깊은 인연을 맺은 가까운 사이잖소. 한집안 식구끼리 이렇게 만나자마자 싸움부터 해도 되는 건지?"

그러자 언홍이 쑥스러운 듯 고개를 숙이며 웃었다.

홍력은 비적떼 두목으로 알려졌던 무쇠주둥이를 붙잡았다는 말에 속으로 크게 흐뭇해했다. 그러나 매사에 침착하고 빈틈없는 홍력인지라 들뜬 마음을 겉으로 드러내지는 않았다. 여유있게 오할자의 일거수일투족을 오랫동안 눈여겨보던 홍력이 미소를 지으며 말했다.

"정말 수고 많았네. 역시 대단한 실력가네! 결국은 이위가 사람 보는 안목이 있다고 봐야겠군. 무쇠주둥이는 강호 팔방의 비적들을 통솔하고 있는 두목이거늘, 이 사건의 막후 조종자가 누구라는 걸 알고 있을 것이네. 내가 이 기회에 팔을 걷어붙이고 속시원히 그 뒤를 캐낼 거네. 류통훈, 모두들 내가 사람을 죽이는 데는 졸장부인 줄로 알고 있다니, 이참에 한 번 제대로 보여줄 거네. 나 홍력은 함부로 목을 치지 않을 뿐이지 감히 못하는 건 아니라고 말일세!"

"무쇠주둥이가 벌써 자백했사옵니다."

오할자가 불안한 표정으로 류통훈을 바라보더니 조심스레 입을 열었다.

"이 자는 별의별 고문을 다해 봐도 꿈쩍도 하지 않는 막가는 놈이었사옵니다. 죽인다고 으름장을 놓아 봐도 뾰족한 수가 없어 고민하던 중 이위 총독께서 미인계를 권장하시길래 드센 기생년 몇몇을 붙여 주었사옵니다. 그랬더니 과연 구름을 타고 두둥실 날아다니더니 정신이 황홀해져 기생년들에게 다 불어버리고 말았지 뭡니까!"

이같이 말하며 오할자는 다시 부담스런 눈빛으로 류통훈이며 언홍, 영영을 바라보았다.

순간 류통훈은 오할자가 자신의 존재를 부담스러워 한다는 걸 느꼈다. 그 또한 민감한 사안에 대해선 많이 알길 원치 않았는지라 자리에서 일어나며 말했다.

"무쇠주둥이는 형씨 네 형제가 지키고 있사옵니다. 이 총독이 직접 심문하여 자백을 받아냈다고 하옵니다."

류통훈이 물러가자 홍력은 곧 하명하여 무쇠주둥이와 흑무상을 불러오게 했다. 오할자도 물러가려고 하자 홍력이 웃으며 불러세웠다.

"류통훈은 명관(命官)이니 부담스러워 자리를 피한다지만 자넨 있어도 괜찮네."

그러자 오할자가 웃으며 말했다.

"이 총독께서 할 일 없이 관가를 기웃거리지 말라고 하셨사옵니다. 강호를 떠도는 사람은 관가에 얼굴을 비추기 시작하면 권력에 이용당하여 정작 본인의 색깔을 잃어버리기 십상이라고 하셨사옵니다."

이에 홍력이 크게 웃었다. 그리고는 말했다.

"자넨 무쇠주둥이가 강호로 돌아가 자네에게 보복을 감행할까 봐 그러나? 걱정 붙들어 매시게. 내 수중에 들어온 이상은 다시 강호로 돌아가는 일은 없을 테니까. 이제 보니 이위는 자네를 통해 강호의 어깨들을 주물러 왔던 게로군."

그러자 오할자가 말했다.

"이 총독의 원격조종을 받는 사람들이 저 말고도 몇몇 있는 줄로 알고 있사옵니다. 빈도는 연해(沿海) 지역의 몇몇 성들만 책임지고 있을 뿐이옵니다. 지금 이위 총독께서는 깜쟁이어멈과 단목일가와도 왕래가 잦으니, 그쪽으로 어떤 관련이 있을지는 잘 모르겠사옵니다."

"단목일가는 대체 어떤 가문이기에 강호에서의 명성이 이토록 혁혁한가?"

"그건……"

오할자가 말끝을 흐렸다.

"이 두 처녀가 더 잘 알지 않을까 싶사옵니다."

"난 자네한테 묻고 있네."

홍력이 씽긋 웃어 보였다.

그러자 오할자가 우물거리며 대답했다.

"단목일가는 2백 년 동안 명문(名門)으로 명성을 날리던 중 전명(前明) 연간에 패망한 걸로 알고 있사옵니다. 만력제(萬曆帝) 때부터 성씨를 바꾸고 개명하여 표국(鏢局)을 경영해오던 중 강희 30년에 표국도 문을 닫아버렸다고 하옵니다. 그 뒤로 가족끼리 조용히 은신해 살면서 농사를 짓고 무예를 익혀 왔다고 하옵니다. 하지만 워낙 어마어마한 가문이었는지라 해마다 명절 때면 어떻게 수소문하여 찾아드는지 녹림(綠林)의 호걸들과 강호(江湖)를 주름잡는 파벌 두목들의 인사치레가 끊이지 않았다 하옵니다. 2년 전 몇 대째인지는 모르나 단목가의 어른이 돌아가시면서 '절대 강호의 파벌들에게 불려나가지 말고 손을 깨끗이 씻고 철저히 나앉아라. 이를 어겼을 시는 가차없이 단목가에서 축출한다. 태평세월에 무예를 연습하는 것은 몸을 단련하기 위함이지, 강호의 주먹들에게 이용당하라고 하는 건 아니다. 내가 살아오면서 보니 땅은 가장 성실한 우리네 벗이다'라고 유명(遺命)을 남겼다고 하옵니다."

오할자가 다시 언홍과 영영에게 시선을 두었다. 그리고는 웃으며 말을 이었다.

"저네들은 이제 신분상승을 했다곤 하지만 마땅히 돌아갈 만한 친정도 없는 셈이옵니다!"

그러자 홍력이 한숨을 내쉬었다.

"어떤 어르신인지는 모르지만 진정으로 인생을 아는 분이셨던 것 같군."

홍력이 다시 입을 열어 물으려 할 때 형건업이 무쇠주둥이를 데리고 들어섰다. 황하에서 강도들에게 쫓기며 험난한 고비를 넘던 순간 순간에 몇 번 본 적이 있는 얼굴이었다.

그러나 가까이에서 보니 서른 살 가량 되어 보이는 그는 수려하다고 할 만큼 말쑥한 얼굴인 데다 험상궂은 표정은 찾아볼 수가 없었다. 오히려 체격이 왜소하고 후줄근해 보였다. 어디 마땅히 눈 둘 데를 모르는 모습도 불안해 보였다. 홍력이 한참 유심히 쳐다보던 중 문득 물었다.

"듣자니 자네는 여자라면 오금을 못 쓴다던데, 사실인가?"

그러자 무쇠주둥이가 억울하다는 듯이 오할자를 노려보며 말했다.

"어떤 놈이 패륵마마 면전에서 그런 허튼 소리를 일러바쳤는지는 모르겠사오나 절대 사실이 아니옵니다. 이놈은 여태 동자공(童子功)을 연마해 오던 중 이번에 붙잡혀서야…… 파계당하고 말았사옵니다. 단목일가의 대문에는 '여자를 밝히는 자는 절대 사절'이라고 철패가 내걸려 있사옵니다. 이놈이 만약 치마 두른 여자에게 오금을 못 쓰는 축이라면 어찌 감히 해마다 명절 때면 찾아가 인사를 올릴 수가 있겠사옵니까?"

"그건 그렇다 치고, 자넨 왜 무쇠주둥이라는 별명을 얻게 됐나?"

"쇤네는 본명이 범강춘(范江春)이옵니다. 워낙 진종일 말이 없고 입을 다물면 쇠몽둥이처럼 뾰족하게 튀어 나왔다고 하여 그렇게 불려진 것 같사옵니다."

홍력의 두 가지 질문 모두 실상을 파악하는 데는 직접적인 도움이 안 된다고 생각한 사람들이 어리벙벙해 있을 때 홍력이 한숨을 내쉬며 말했다.

"애석하게도 인생의 갈림길에서 찰나에 판단이 흐려져 검은 길에 들어서게 된 사람들 중엔 진정한 사내 대장부들도 많지. 명색이 대도(大盜)라는 사람이 남의 집 귀한 여자들을 괴롭히지 않기 위해 여태 동자공을 연마해 왔다는 사실만으로도 자넨 양식(良識)의 불꽃이 살아있는 사람이라고 보여지네. 대체 누구의 사주를 받아 내 목을 따려고 했는지만 말해 보게. 그러면 내가 자네가 영달(榮達)의 가도(街道)를 달릴 수 있게끔 앞으로 힘껏 밀어주겠네."

"패륵마마의 은덕은 실로 망극하옵니다."

무쇠주둥이가 연신 머리를 조아리며 말했다.

"하오나 과연 배후가 누구인지는 때려 죽여도 모르옵니다. 처음엔 황수괴(黃首怪)가 북경의 셋째마마가 원수의 목을 따오라고 한다며 상금 30만 냥을 내걸었다며 접근해 왔던 것이옵니다. 황하에서 결판을 볼 텐데, 성공하면 저에게 10만 냥을 주겠노라고 했사옵니다. 이젠 멀쩡한 사람 잡는 일에 신물이 나 있던 터라 이놈은 한 탕만 하고 손씻고 나앉을 생각으로 대답했던 것이옵니다. 그 왕부의 막료는 몇 번 얼굴을 봤사옵니다만 만날 때마다 성씨가 달랐사옵니다. 왕씨라고도 하고, 사씨라고도 하고 대중 잡을 수가 없었사옵니다……. 이 일이 패하고 나서 전 이 총독의 추격을 피해 북경으로 잠입하여 성친왕부를 찾아간 적이 있사옵니다. 사 막료를 찾았더니 죽었다고 그러더니, 후에 광 막료라는 사람이 나타나 사 막료는 아직 안 죽고 살아있으니 들어와 며칠 묵어가라고 했사옵니다. 그들의 눈치가 어쩐지 불길하여 이놈은 볼일보러 나온다는 핑계를 대곤 꼬리 빳빳이 세우고 도망쳐 나왔사옵니다……. 사건의 전말을 말씀 올릴 것 같으면 이러하옵니다. 추호도 패륵마마를 기만한 점은 없사옵니다."

홍력은 더 이상 다른 말은 귀에 들어오지 않았다. 진작부터 '셋째형'이 그 배후일 거라는 짐작은 해왔어도 근래에 자신의 신변에서 일어난 모든 사실로 미루어 보아 무쇠주둥이의 말이 틀림없다는 것이 입증되는 순간 홍력은 가슴이 떨리고 눈앞이 가물가물해졌다. 마냥 상냥하기만 하던 셋째형이 그것도 거금을 들여가면서까지 수백 리 길을 뒤쫓아 아우의 목숨을 거둬가려고 했다는 것이 믿어지지 않았던 것이다!

……이제 이 일을 어찌하면 좋을까?

끝까지 모르는 척하고 있을 순 없는 일이었다. 그렇다고 발칵 뒤집어버리면 '여덟째당'의 잔재가 소멸됨으로써 겨우 원기를 회복한 조정은 또다시 걷잡을 수 없는 충격의 소용돌이에 휘말려들 것이 틀림없었다.

이를 악물고 한참 동안 고민하던 홍력은 대안이 떠오른 듯 냉소를 터뜨렸다.

"난 벌써 수없이 양보해 왔네. 내 목이 이사를 갔다면 몰라도 멀쩡하게 살아있는 이상 절대 간과할 순 없지. 호랑이와 늑대의 악성을 지닌 사람을 형이라고 섬기는 것도 우습고 그런 신하를 둔 군주의 위상도 말이 아닐 테고 결코 좌시할 순 없지."

홍력이 소름끼치는 미소를 지어 보이며 오할자와 무쇠주둥이를 향해 지시했다.

"그만 일어나게. 내가 원하는 답을 얻긴 했지만 후환을 없애기 전까지는 우린 발 편히 뻗고 잠을 잘 수 없을 거라는 걸 명심하게!"

"넷째마마, 무슨 말씀인지 잘 알겠사옵니다."

오할자가 말했다.

"달리 분부가 계시면 물불을 가리지 않고 앞장서겠사옵니다. 하명만 해 주십시오!"

홍력이 머리를 끄덕이더니 말했다.

"이 일은 광 막료를 붙잡는 것이 관건이네. 우리로선 증거를 수집해야 하니까. 내가 팔을 걷어붙인 이상 자네들이 힘껏 도와줘야겠네. 이 사건을 제대로 매듭짓지 못하면 이위도 결국 그 책임을 비켜갈 순 없을 것이네. 어떤 수단을 동원하든 광 막료를 붙잡아 들이게."

그러자 오할자가 잠시 주저하더니 말했다.

"그가 만약 셋째패륵부에 숨어서 두문불출한다면 생포하기는 힘들 것 같사옵니다."

이에 홍력이 웃으며 말했다.

"반드시 생포해야 하네. 내가 단언하건대 그는 절대 셋째패륵부에 숨어 있지 않을 것이네. 무쇠주둥이를 놓쳤으니 먼저 죽어간 사 막료 신세를 면하기 위해서라도 셋째패륵부에서 도망쳐 나왔을 거네. 구체적인 방법은 자네들이 알아서 천천히 생각해 보도록 하게."

이때 잠자코 듣고만 있던 무쇠주둥이가 대화 속으로 끼어 들었다.

"전 광막료가 어디 있는지 대충 알 것 같사옵니다. 그 자가 남시(南市) 골목에 '누님' 하나를 키우고 있거든요. 셋째패륵부가 아니라면 분명히 그곳에 숨어 있을 것이옵니다!"

그러자 오할자가 맞장구를 쳤다.

"좋아! 오늘저녁 우리 한번 덮쳐 보자구, 밑져야 본전일 테니까!"

홍력은 그날 저녁 서재에 머물렀다. 이리저리 심하게 뒤척이며 잠을 청하려고 했으나 가슴속에 파도가 사납게 몰려와 잠을 이루기는커녕 괴롭기만 했다. 새벽녘이 다 되어서야 어렴풋이 잠이 든 홍력이 깼을 때는 해가 서 발이나 뜬 뒤였다.

부랴부랴 눈곱이 낀 두 눈을 비비며 일어나 청렴(靑鹽)으로 이를 닦고 난 홍력이 웃으며 말했다.

"이렇게 늦잠을 자보기는 난생 처음이네. 여기서 사건을 처리하느라 폐하께 문후를 올리러 가지 않아도 괜찮으니 망정이지, 하마터면 큰일날 뻔했네."

홍력이 태감과 이같이 말하고 있을 때 형건민이 들어와 그날짜 관보를 언홍에게 건네주며 말했다.

"형부의 역(勵) 어른이 뵙기를 청하였사옵니다. 들라할까요?"

홍력이 떡을 입 안에 넣고 우물거리며 말했다.

"여느 땐 잘도 들어오더니 오늘은 웬일로 격식을 차리고 그런다던가? 들라하게."

말을 마친 홍력이 관보를 집어들었다. 굵직한 제목들이 한 눈에 들어왔다.

운귀장군(雲貴將軍) 채정(蔡珽)이 양명시(楊名時)가 염세(鹽稅)를 착복하였다며 연행하여 수사할 것을 주청 올림.

성친왕 윤지에 대해서 부의(部議)에선 참립결(斬立決)을 내렸고 지의(旨意)는 재의(再議)를 촉구했음.

열째황자 윤아가 건강상 이유를 들어 귀경 의사를 밝혔으나 지의는 이를 거절하였음.

유홍도가 하도(河道)를 소통시키기 위한 공사에 착수, 민공(民工) 만 명을 집결시켜 재정지원을 요청했음.

그 중에서 홍력은 양명시 사건에 대한 부분을 눈여겨보았다. 운남성 이해(洱海)를 손보기 위해 염세를 올려 받았다는 탄핵안이었다. 그에 따른 양명시의 변론성 주장은 첨부되어 있지 않았다. 복잡한 머리를 미처 식히기도 전에 형부의 역정의가 들어오더니 문안인사를 올렸다.

어서 일어나라고 하명하며 홍력이 웃으며 말했다.

"지의에 따라 증정이 자백을 곧잘 하는 것 같던데, 또 무슨 일이 생기기라도 한 건가?"

"신이 패륵마마를 뵙고자 한 것은 그 때문이 아니옵니다."

허리를 곧게 펴고 앉은 역정의는 영락없는 서당 선생의 모습이었다. 손으로 입을 가리고 가벼운 기침을 하여 목청을 가다듬으며 역정의가 말했다.

"부(部)에선 이제 곧 이불 등을 사형에 처할 거라고 하옵니다. 이불이 죄가 있는 건 사실이오나 죽을 죄까지 지은 건 아니라고 생각하여 용기를 내어 넷째마마를 알현하기로 했사옵니다. 부디 폐하께서 생각을 고쳐 하시게끔 패륵마마께서 간언하여 주셨으면 하옵니다!"

이같이 말하면서 역정의는 코를 훌쩍거리며 울먹이기까지 했다.

깜짝 놀란 반응을 보이며 홍력이 벌떡 일어서더니 부랴부랴 관보를 뒤적였다. 이불 사건에 관련된 한 사람인 채정을 영구히 파면시켜 고향으로 돌려보내기로 했다는 내용 외에 이불을 참립결에 처하기로 했다는 지의는 없었다. 홍력이 고개를 갸웃하자 역정의가 아뢰었다.

"관보에는 게재되어 있지 않사옵니다. 방금 내린 지의에서 이불 등 네 명을 오문(午門)에서 처형할 예정이니 미리 대기시키라고 했사옵니다."

그 말을 듣는 순간 홍력은 일순 멍해지고 말았다. 아무리 혼돈스럽던 전명 때에도 죄 지은 대신들을 오문 밖으로 끌어내어 곤장을 안기는 경우는 있었어도 목을 벤 적은 없었다. 아바마마께서 반드시 이렇게 해야만 하는 절박한 이유라도 있단 말인가? 생각에 잠겨 있던 홍력이 말했다.

"내가 창춘원에 다녀올 테니, 자넨 오문으로 가서 지키고 서 있게. 내 뜻이 전달되기 전엔 절대 사형을 집행해선 안 된다고 하게."

두 사람은 황급히 말에 올라 갈 길을 향해 채찍을 날렸다. 창춘원 쌍갑문에서 말에서 내려 담녕거로 직행하는 홍력은 눈 덮인 대지에 햇살이 화사하게 내려앉은 눈부신 은빛 설경을 감상할 여유도 없었다. 담녕거 앞에 다다르니 안에서 옹정의 목소리가 들려왔다.

"홍력, 자넨가? 어서 들게."

들어서자 실내가 어두워 아무 것도 보이지 않더니 몇 초 동안 서 있노라니 옹정이 용안(龍案) 앞에서 붓을 놀리고 있는 모습이 시야에 들어왔다. 교인제와 채하가 양옆에서 종이가 마구 움직이지 않게끔 붙잡고 있었다.

문후를 올린 홍력이 일어날 생각을 않고 입을 열어 말하려 할 때 옹정이 먼저 웃으며 말했다.

"자네가 왜 부랴부랴 달려왔는지 알 것 같네. 이불과 사제세 등을 위해 구명운동을 펼치러 왔겠지?"

옹정에 의해 정곡을 찔린 홍력이 웃으며 말했다.

"아바마마께오선 역시 신비스런 통찰력을 지니셨습니다! 아들은 이미 역정의를 오문으로 보냈습니다. 아들이 아바마마께 주청 올릴 때까지만 기다리라고 했습니다."

"진구, 자네 오문에 다녀오게. 역정의는 지금 즉시 양봉협도로 돌아가서 맡은 바에나 주력하라고 보친왕이 지시를 내렸다고 하게."

옹정이 무아지경에 빠진 듯 섬세하게 붓끝을 놀리며 명령했다. 그리고는 다시 홍력을 향해 입을 열었다.

"자넨 여기서 소식이나 기다리게."

이에 홍력이 초조한 낯빛을 보이며 간청했다.

"제발 확답을 주십시오, 아바마마! 아니면 아들은 기다리는 내 내 초조하고 불안하여 속이 초토가 될 것입니다."

그러자 옹정이 갑자기 껄껄 너털웃음을 터뜨렸다. 그리고는 말했다.

"걱정 마시게나! 목을 치는 사람은 육생남과 황진국 둘이네. 이불과 사제세는 죽을죄까지는 아니지. 짐이 그 둘을 사형장에 함께 끌어낸 것은 피비린내 나는 현장을 직접 목격하게 하여 겁을 주자는 뜻에서였네. 홍력, 자넨 몇 번씩이나 생사의 변두리에서 용케도 싸워 이긴 사람이네. 학문이란 책만 몇 수레씩 읽어댄다고 하여 무르익는 것이 아니네. 진정한 학문은 현실 속에서 처절한 몸부림을 통해 배워지는 거네. 이불과 사제세에게 피를 보게 하는 것은 그들더러 〈사서(四書)〉를 백번 읽으라고 강요하는 것보다 효과가 배는 될 것이네!"

아무튼 이불의 목숨은 건졌다는 생각에 홍력은 크게 안도했다. 그는 옹정의 뒷말은 듣는 둥 마는 둥 하고 서둘러 조심스런 웃음을 지어 보이며 말했다.

"이불이 진솔하지 못하고 허영에 들떠 있다는 건 아들도 잘 아는 바입니다. 사람들이 선물을 보내오면 화내는 척하다가도 정말 선물을 도로 싸들고 돌아서면 이것저것 내던지며 짜증이 이만저만 아니라고 합니다. 마음이 순수하지 못하고 헛된 명성을 좇는 그런 부류이죠. 하지만 대놓고 이익을 좇아다니는 자들에 비하면 선생이 아닌가 합니다. 그리고 찔러 넣어주지 않는 이상 자기 물건 아닌 것에 손댈 줄 모르는 청렴한 성품은 인정해야 할 부분이라고 생각합니다."

이에 옹정이 머리를 끄덕이며 말했다.

"그러게 짐이 사형장엔 올리진 않을 거라고 했지 않은가! 그만 일어나게."

홍력이 옷자락을 훌훌 털고 일어나 옹정이 붓을 날리고 있는 용안 가까이로 다가갔다. 용이 승천하는 듯한, 봉황이 날아예는 듯한 옹정의 필체는 언제 보아도 아름답고 단아한 미적 향수를 내뿜고 있었다. 그러나 글씨를 읽어보는 순간 홍력은 깜짝 놀라고 말았다.

옹정이 쓰고 있던 것은 손가감이 주장을 올려 옹정이 크게 노했던 일명 '언삼사(言三事)'의 내용이었다. 홍력이 어안이 벙벙한 표정으로 물었다.

"이걸 벽에 내걸 생각이십니까?"

"아니, 그저 한 번 베껴 보았네. 앞으로 자주 떠올리며 자계(自 戒)로 삼으려고."

옹정이 잠시 숨을 고른 다음 말을 이었다.

"당 태종(唐太宗)에겐 충실한 간언가 위징(魏徵)이 있었지 않은가. 짐에겐 결코 위징에 뒤지지 않는 손가감(孫嘉淦)이 있다네. 아침 일찍 지의(旨意)를 내렸네. 손가감을 문화전(文華殿) 대학사(大學士)로 진급시키고, 관품도 두 등급 올려주라고 말이네. 남들이 감히 하지 못하는 말을 했다는 자체가 높이 평가받아 마땅한 거네."

옹정이 잠시 붓을 멈추더니 말했다.

"손가감과 이불이 근본적으로 다른 점은 마음 속에 오로지 주군 밖에 없는 손가감과는 달리 이불은 온통 자신의 영달만을 추구하는 이기적인 사람이라는 데 있네! 아무리 귀에 거슬리는 소리를 한다고 해도 어떤 부류의 뜻을 대변한 것이 아니고 소신의 발로라면 짐은 그 무슨 말이든 용서할 수 있네! 신하로부터 얼굴에 침을 뱉는 수모를 당하고서도 쾌히 자신의 잘못을 인정하는 현명한 군주 진 문공(晉文公)을 짐은 따라 배울 거네!"

옹정이 고개를 획 돌려 홍력을 향해 말했다.

"그러니 자네도 진 문공의 도량(度量)을 키워야 하네. 알겠는가? 오늘 이 순간부터 자넨 태자(太子)의 흉금으로 매사를 처리하도록 하게. 신하로서는 손가감에게서 배우고, 군주로서는 짐을 표본으로 삼게!"

옹정의 입에서 '태자'라는 말이 나올 줄은 꿈에도 몰랐던 홍력은 가슴이 쿵쾅거리기 시작했다. 그는 급히 무릎을 꿇어앉으며 말했다.

"폐하께오선 춘추가 정성(鼎盛)하시온데, 어찌 그런 말씀을 하십니까! 아들은 부담스럽기만 합니다. 선제(先帝)께서 태자(太子)를 너무 일찍 세우시어 아바마마의 형제들간에 수많은 파란을 겪으시는 걸 보고 자란 아들입니다. 그러니 어찌 두려움이 앞서지 않겠습니까?"

옹정은 대단히 피곤해 보였으나 마음은 고요한 수면처럼 평온해 보였다. 그는 한숨을 지으며 말했다.

"어젯저녁에 이곳은 밤새도록 떠들썩했다네. 홍주, 방포, 장정옥, 어얼타이 등이 날이 거의 밝아서야 물러갔다네. 투리천이 지의를 받고 벌써 암암리에 홍시를 붙잡아서 따로 가뒀다네. 이 시각 주식과 손가감은 셋째패록부 그 도둑의 소굴을 수색하고 있을 거네!"

"예?"

홍력이 두 눈이 휘둥그레져 자신의 귀를 의심하는 눈치였다.

그는 마치 꿈인지 생시인지를 구별할 수 없다는 듯이 힘껏 고개를 내저었다. 그리고는 도무지 믿어지지 않는다는 듯이 어정쩡한 표정을 지으며 천천히 입을 열었다.

"셋째형이 과연……?"

바로 그 순간 고무용이 주렴을 걷고 안으로 들어섰다. 홍력이 고개를 돌려서 쳐다보니 잠이 부족한 듯 두 눈이 시뻘겋게 충혈되어 있었다.

고무용이 무릎을 꿇기도 전에 옹정이 물었다.

"황진국과 육생남은 어찌 됐나?"

"아뢰옵니다, 폐하! 이미 목을 쳤사옵니다."

고무용의 말에 교인제와 채하가 흠칫 놀라며 구석 쪽으로 물러났다.

"이불과 사제세는 어떤 반응을 보이던가?"

"쇤네가 '이젠 전문경의 좋은 점이 보이냐'고 이불에게 물었사옵니다."

고무용이 옹정의 표정을 살피며 조심스레 아뢰었다.

"그랬더니, 이불은 고집스레 고개를 힘껏 내저으며 '난 칼이 명치끝을 위협하는 수가 있어도 절대 전문경을 좋은 사람이라고 생각하지 않네'라고 대답했사옵니다. 사제세의 답변 역시 이불과 대동소이했사옵니다!"

옹정의 얼굴에 희비가 엇갈린 형언키 어려운 표정이 서렸다. 찬란한 햇빛을 머금어 눈부시게 빛나는 창 밖의 설경을 오래도록 응시하던 옹정이 가슴 가득 켜켜이 쌓여 있던 답답한 기운을 한꺼번에 밀어내려는 듯 깊은 한숨을 토해냈다.

"지의를 전하라. 이불은 정자를 떼어내고 직급을 박탈하여 황사

성(皇史宬)으로 들여보내 〈팔기통지(八旗通志)〉 편수작업에나 참여하라고 하게. 그곳은 방포의 관할 하에 있으니 나머지는 방포가 알아서 할 거네. 사제세는 아얼타이의 군중으로 보내어 효력하게끔 하고."

이에 홍력이 다소 조심스러워 하며 아뢰었다.

"아얼타이의 군중은 이곳 중원에서 만 리나 떨어져 있고, 풀 한 포기 나지 않는 불모지인지라 사제세 같은 유약한 서생이 버텨내겠습니까? 조금만 가볍게 벌할 수는 없는지요."

그러자 옹정이 웃으며 말했다.

"자네가 생각하는 것처럼 그리 험악한 곳은 아니라네. 다른 성으로 보내면 짐에게 미운 털이 박혀 쫓겨난 걸 아는 지방관들이 짐에게 점수 따려고 무조건 그 사람을 괴롭힐 게 아닌가?"

"듣고 보니 과연 그러합니다, 아바마마!"

그제야 아버지 옹정의 깊은 뜻을 헤아린 홍력이 그 자상함에 크게 감명을 받았다.

한 가지 일이 매듭을 짓고 나니 홍력은 다시 홍시가 붙잡혔다는 사실에 기분이 묘했다. 어젯저녁까지만 해도 광 막료를 붙잡을 생각에 밤잠을 설쳤었는데, 하룻밤 자고 나니 주범은 벌써 수중에 들어와 있지 않은가! 세상은 과연 요지경이었다.

홍력이 화제를 '태자' 쪽으로 돌려보고자 잠시 고심하고 있을 때 옹정이 입을 열었다.

"홍시의 일은 자네가 신경 쓸 바 아니네. 부의(部議)엔 넘기지 않고 가법(家法)에 따라 처리할 것이네. 이제부터 자네가 더 바빠지게 생겼네. 군기처, 상서방, 호부, 병부를 총괄하면서 정무도 배우고 짐의 부담도 덜어주도록 하게. 짐은 자네를 수년간 지켜보았네. 달리 부탁할 건 없고 '화근의 싹'을 미리 잘라버리는 데 주력하면 되겠네. 짐이 자네한테 농부가 읍내에 들어가던 이야기를 들려주었었나?"

홍력이 고개를 흔들자 옹정이 이어서 말했다.

"새 신발을 사서 신은 어떤 농부가 읍내로 가게 됐는데, 비가 내린 뒤라 땅이 질척했어. 그래도 이 정도쯤이야 새 신발을 적시랴 싶어 신발을 벗어 들지 않고 신은 채로 걸었다네. 조금 걸으니 발바닥에 진흙이 달라붙기 시작하고, 아무리 조심한다고 해도 조금 더 가니 발등에도 어느새 흙물이 여기저기 튀었지. 결국 그는 새 신발을 포기한 채 마구 걷기 시작했다네. 물웅덩이도 그냥 건너고. 그리하여 읍내에 도착했을 때는 신발이 온통 흙투성이였다네. 홍시도 원래는 이 농부처럼 새 신발을 신고 있지 않았겠나? 누구도 그더러 새 신발을 신고 흙탕물을 첨벙대며 걸으라고 강요한 사람은 없었지. 하지만 스스로 자신을 귀신도, 사람도 아닌 흉측한 물건으로 전락시키고 말았지 않나? 짐도 어찌 괴롭지 않겠나, 필경 아들인데!"

옹정의 눈가가 촉촉이 젖었다. 인제가 물수건을 건네며 수심에 잠겨 위로하여 말했다.

"폐하, 새벽부터 지금까지 폐하께오선 내내 낙루하고 계셨사옵니다. 그만 존체를 보존하시옵소서."

옹정이 자꾸만 흘러내리는 눈물을 닦으며 젖은 목소리로 말했다.

"짐은 성조에 비해 슬하가 허전하기 이를 데 없지. 아들을 스물넷이나 남기신 성조에 비해 짐은 열을 낳아 고작 셋밖에 건지지 못했으니 말이야. 설상가상으로 그 중에 짐승보다도 못한 놈이 하나 끼어 있었으니, 짐이 어찌 슬프지 않겠는가! 하늘이시여……
짐이 전생에 무슨 악업을 그리 많이 쌓았다고, 금세엔 또 얼마나
부덕하다고 생각하시기에 짐에게 이런 혹독한 시련을 주시는 겁
니까……."

옹정은 아예 용안에 엎드려 울어버렸다. 어깨가 심하게 떨렸다.
궁전 안에 가득한 태감, 궁녀들은 옹정의 매섭고 당당하고 날카로
운 면만을 보아왔는지라 상심에 떠는 옹정의 모습을 지켜보며 저
마다 눈물을 훔쳤다.

잠시 후 홍력과 고무용, 교인제가 옹정을 어린애 달래듯 부축하
여 겨우 동난각으로 옮겨 뉘었다. 저마다 위로의 말을 한 마디씩
건네는 사이 눈을 지그시 감고 있던 옹정의 숨소리가 차츰 고르게
들려왔다. 많이 지쳤던 옹정은 금세 잠이 들었던 것이다.

홍력은 잠들어 있는 옹정을 향해 묵묵히 절을 하고는 물러나
운송헌으로 향했다. 그곳엔 홍시의 근황을 알 리 없는 관원들이
수두룩하게 모여 홍시의 접견을 기다리고 있었다. 홍력이 들어서
자 이들은 급히 길을 비켜서며 이제 곧 셋째패륵도 모습을 드러낼
것이라며 속닥거렸다.

이때 갑자기 장정옥이 주렴을 걷고 나오더니 홍력을 향해 절을
해 보였다. 그리고는 삼삼오오 떼지어 모여 있는 관원들을 향해
소리쳤다.

"여러분! 셋째패륵께서는 건강상 이유로 운송헌의 정무를 볼
수 없게 되었다네. 이제부턴 운송헌의 원주인인 넷째패륵께서 지
의를 받고 돌아오셨다네. 넷째패륵께서는 운송헌뿐만 아니라 군
기처와 상서방, 호부, 병부의 업무도 겸하실 거네. 허나 군기처
내부와 육부에서 충분히 처리할 수 있는 자질구레한 사안까지 들

고 와 보친왕을 방해하는 일은 없도록 하게. 알겠는가?"

"명심하겠습니다!"

관원들 모두가 우렁찬 대답과 함께 홍력을 향해 깊이 머리를 조아렸다. 그리고는 구부정한 자세로 물러갔다. 순간적으로 홍력은 '태자'의 위치에 선 듯한 황홀한 느낌에 사로잡혔다.

홍력이 돌아서면서 입을 열어 뭔가 말하려 할 때 관원 하나가 들어왔다. 그는 뵙기를 청하는 첩자를 이마 위에까지 받쳐 올리며 말했다.

"넷째마마, 하관(下官) 진세관(陳世悺)이 패륵마마를 배알하고자 하옵니다."

그러자 홍력이 얼굴 가득 불쾌한 표정을 감추지 못하고 있는 장정옥을 향해 웃으며 말했다.

"내가 강녕(康寧)에서 알게 된 친구인데, 울보라네. 좀 있어 보게, 분명 눈물, 콧물을 짤 테니까."

이같이 말하며 홍력이 진세관에게 물었다.

"북경엔 언제 왔나? 내가 자넬 믿어 의심치 않아 민공(民工)들이며 하공(河工) 재정을 모두 맡겼으니, 잘 이끌어 가길 바라네. 하공 재정은 동네 잔치떡인 줄 아는 자들이 많으니 아랫것들 단속 잘하고."

"명심하겠사옵니다, 넷째마마!"

진세관이 공손히 아뢰었다.

"바로 그 때문에 따로 뵙기를 청하였사옵니다. 신은 일개 서생으로서 세상 물정에 어둡사옵니다. 자칫 하공에서 잔뼈가 굵어온 아랫것들의 작당에 넘어갈까 싶어 심히 우려스럽사옵니다. 하공의 재정 담당관을 넷째마마께서 호부에서 따로 구해 주셨으면 하옵니다. 집안도둑이 훨씬 무섭다고, 벌써부터 공돈으로 배불릴 작정을 하고 이 자리를 노리는 자들이 눈에 심지를 켜고 기웃거리고 있사옵니다. 자칫 돈이 엉뚱한 곳으로 새어서 저 본인의 명성을 더럽히는 건 둘째치고라도 조정의 일에 차질을 빚을까 심히 걱정이 되옵니다."

진세관이 대화의 판을 깨버렸다고 생각하여 불쾌해하던 장정옥이 잠자코 듣고 있더니 은근히 그 됨됨이가 맘에 드는 듯 웃으며 말했다.

"그래, 그 생각은 잘한 것 같네. 예전에 아키나, 싸쓰혜의 은닉재산을 찾아낸 귀재들이 호부에 몇몇 있는데, 그들을 보내주겠네."

그 말에 진세관이 황송하여 자리에서 일어나 사은을 표하며 말했다.

"그렇게만 해 주신다면 전 안심하고 일할 수 있겠습니다. 업무에 밝지 못하니 자칫 조정의 일을 그르치면 어떡하나 걱정이 이만저만이 아니었습니다⋯⋯."

진세관이 한숨을 내쉬며 말을 이었다.

"현장에 가 보면 민공들도 너무 불쌍합니다. 진흙탕에 다리가 반쯤 빠져 허우적대며 힘겨워 하는 걸 보면 저도 바짓가랑이를 걷고 나설 때가 한두 번이 아닙니다. 일을 마치고 나면 다리엔 온통 피멍이 들어 있고, 어젠 추위에 견디다 못해 쓰러진 민공들도 꽤나 있었습니다⋯⋯. 하공 밥을 수십 년 먹었다는 어떤 노인은 '선제 때도 추운 이맘때 일할 적도 많았지만 고깃국이며, 황주(黃酒)며 등등을 잘 먹여주는 덕에 거뜬히 버텨왔다'면서 그때 그 시절을 그리워 하는 표정이 역력했습니다. 그래서 드리는 말씀입니다만 우리 자비로우신 넷째마마께서 이네들을 가엾이 여기시어 쉬는 참에 따끈한 황주 한 사발이라도 마실 수 있게끔 배려해 주셨으면 하옵니다. 그네들이 좀 먹는다고 하여 조정에 큰 손실이 가는 것도 아니지 않사옵니까……."

하공들에 대한 얘기가 나오자 진세관은 곧 소매로 눈물을 훔치기 시작했다.

그러자 홍력이 웃으며 말했다.

"이보게, 형신! 진세관이 틀림없이 눈물, 콧물 쥐어짤 거라는 말이 거짓말은 아니지? 그러나 진세관은 백성들을 위해서 울기 때문에 그 눈물이 값진 거네. 알았네, 그만 괴로워하게. 날이 풀리기 전까지는 1인당 하루에 황주 두 근씩은 마실 수 있게끔 해주겠네."

진세관은 눈물을 흩뿌리며 연신 머리를 조아려 사의를 표하고는 물러갔다. 그 후줄근한 뒷모습을 바라보며 시무룩한 표정으로 미소를 짓고 있던 홍력의 얼굴에 갑자기 웃음기가 사라졌다. 문득 셋째 홍시가 떠올랐던 것이다.

그는 잔뜩 어두워진 표정으로 물었다.

"형신, 셋째패륵은 대체 어찌된 일이오?"

"십삼마마께서 임종 시에 아무 말씀도 없이 그저 폐하를 향해 손가락 세 개를 펴 보이셨다고 합니다. 숨이 거의 끊길 순간까지도 말입니다."

장정옥이 잠시 멈추었다 다시 이었다.

"요즘에 들어서 방포 어른이 혼자서 줄곧 이 일에 매달려 있었습니다. 어젯밤에도 홍주마마랑 두 분이 밤새도록 밀담을 나누었습니다. 나중엔 신까지 불려들어 갔었습니다. 들어보니, 홍시마마

가 요법(妖法)으로 군부(君父)와 형제를 해치려 한 증거가 확보
됐고, 태후마마의 제삿날에 번개에 맞아 죽은 번승(番僧)의 실체
도 밝혀냈다고 합니다. 알고 보니 홍시마마가 몽고에서 특별히
불러들인 황교(黃敎)의 라마승이었다고 합니다. 투리천이 그 자
택을 수색하여 증거물들을 대량 확보했다고 합니다. 그리고 광
막료라는 일당을 붙잡았는데, 곤장을 두어 대 안기니 저절로 알아
서 범행 일체를 자백했다고 합니다. 그자에게서 홍시마마가 강호
의 비적들과 왕래한 서신도 몇 통 건네 받았는데, 하남성에서 넷째
마마를 모해하라고 거액의 사례금까지 내걸고 강도들에게 사주했
다는 내용이 그대로 적혀 있었다고 합니다. 그 편지를 읽어보시고
폐하께서는 혼절하시기까지 했습니다……. 워낙 엄청난 사건임에
도 불구하고 그 진상이 낱낱이 밝혀지기까지는 그리 긴 시간이
걸리지 않았습니다…….”

　장정옥은 깊은 한숨을 토해내며 더 이상 말하지 않았다. 사실
그의 아우 장정로가 주시험관으로서 뇌물을 수수하고 나라의 인
재선발 질서를 어지럽혔다 하여 사형에 처해질 때도 홍시의 사전
청탁을 받았던 것이다. 그러나 사건이 불거지자 홍시는 나 몰라라
하고 숨어버렸었다.

　그런 장정옥이었기에 은근히 홍시의 비참한 말로가 통쾌하기
이를 데 없었다. 그러나 자신이 흥분한 김에 홍력에게 너무 많은
걸 말하지 않았나 하는 후회가 밀려오자 그는 곧 입을 다물어 버렸
던 것이다.

　그러자 홍력이 눈을 가늘게 좁히며 물었다.

　“폐하께서 어떻게 처리할 거라는 말씀은 안 계셨나?”

　이에 장정옥이 머리를 저었다.

"신들이 물러날 때는 폐하께서 담담한 심경을 회복하신 것 같았습니다. 어떤 죄를 물으실 것인지는 말씀하시지 않으셨사오나 겉으로 담담해 보일수록 안에서는 용암이 무섭게 끓어 넘치고 있다는 폐하의 성정을 헤아린다면 글쎄요……."

장정옥은 더 이상은 말할 수 없었다.

"셋째형이 이토록 인간이기를 포기했을 줄은 꿈에도 몰랐네!"

홍력의 두 눈에서 분노의 화광이 번쩍거렸다. 그 눈빛에서 장정옥은 홍력이 절대 홍시를 용서하지 않을 거라는 사실을 확인했다. 장정옥 또한 미력이나마 홍시를 위해 뛰고 싶은 생각이 전혀 없긴 마찬가지였다.

45. 아들에게 죽음을 안기다

하룻밤 사이에 홍시는 패륵에서 죄수로 전락되고 말았다. 무슨 영문인지도 몰라 어리벙벙한 채로 한밤중의 불청객 투리천을 '접견'하였고, 그가 미처 입을 열어 묻기도 전에 투리천은 그에게 성명(聖命)을 선포했다.

"투리천은 비밀리에 황삼자 홍시의 자택을 수색하여 가산을 몰수하고 홍시를 잠정 구속하도록 하라."

성명을 전달하고 난 투리천은 한 마디 말도 없었다.

홍시는 곧 구문제독아문의 아역들에 의해 떠밀리듯 팔인대교(八人大轎)에 올라 극비에 창춘원 풍화루 서편에 있는 인적 드문 뜰로 보내졌다. 등촉이 휘황찬란하여 대낮 같고, 금빛이 찬연하여 눈부시던 왕부에서 돌연 흙 부스러기 떨어지는 골방에 내팽개쳐진 뒤에야 홍시는 비로소 자신이 꿈속에 있는 것이 아니라 허벅지를 꼬집으면 아픈 참혹한 현실 속에 처해 있다는 걸 뒤늦게 느꼈다.

오랫동안 방치되어 있었던 듯 곰팡이 냄새가 진동하는 방 안은 금방 군불을 땐 듯 구들장만은 따뜻했다. 홍시는 무릎을 세워 껴안고 힘없이 벽에 기댄 채 깊은 사색에 빠졌다. 대체 어찌 이런 일이 있을 수 있단 말인가? 어디서부터 문제가 생겼을까? 그러나 생각할수록 머리 속은 엉킨 실타래처럼 도무지 갈피를 잡을 수가 없었다.

죽은 자는 말이 없다. 장정로 사건은 절대 수 년 후에 꼬리 잡힐 정도로 증거가 충분한 건 아니다. 장정옥의 소심한 성격상 설령 증거가 확보됐다 하더라도 몇 년이 지난 지금에 와서 돌연히 자신을 물고 늘어질 이유가 없을 것이다.

그렇다면 커룽뒤, 이 미친개가 내 발뒤축을 물었을까? 미친개인 줄을 다 아는데, 개 짖는 소리에 귀기울일 사람이 어디 있을까? 커룽뒤가 사사로이 군사를 풀어 창춘원을 습격했을 땐 윤사의 명령을 받아 내가 움직였을 뿐인데, 최후의 증인인 윤사도 사라졌거늘 이게 감히 차기 용좌의 주인을 물었을 리는 없어.

그렇다면 하남성에서 홍력을 죽여 없애려던 사실이 들통났나? 이 일을 맡았던 사 막료를 죽여 증거를 인멸한 지가 언젠데? 그도 아니면 나의 비리를 가장 많이 알고 있는 광청행이? ……그러나 광청행은 누구한테 붙잡혀 간 적도 없고, 오늘 낮까지만 해도 서재에서 날 도와 문서를 작성해 주었었는데…….

'혹시 투리천이 홍력과 결탁하여 가짜 성지(聖旨)를 만들어 내림으로써 혼란을 야기시키려는 수작은 아닐까?'

마지막 생각에 비중을 두는 순간 홍시는 벌떡 일어나 구들 위에서 뛰어 내렸다. 그리고는 신발을 꿰 신고 개구멍 같은 출입문 앞으로 다가가 힘껏 문을 잡아당겼다.

그러나 무겁고 소름끼치는 쇳소리만 들릴 뿐 문은 밖에서 굳게 잠겨 있었다. 어른 머리 만한 자물쇠가 마치 먹이를 삼킨 악어의 주둥아리 같았다.

당황한 나머지 가슴이 답답하고 숨이 차 올랐다. 갈수록 두려움은 더해만 가고, 다시 구들 위로 뛰어오른 그는 죽어라 힘주어 손바닥만한 창문을 밀었다. 그러나 젖 먹던 힘까지 쏟아도 창문은 꿈쩍도 하지 않았다.

급하고 분노가 치밀어 오르는 통에 그는 마침내 "쾅!" 하고 주먹을 날리고 말았다. 유리창이 깨지는 아찔한 소리와 함께 그는 창살을 부여잡고 죽어라 고함을 질렀다.

"이봐, 거기 누구 없어! 이 씨가 말라비틀어질 놈들아, 문 열어! 난 나가야 해! 난 어서 나가 폐하를 배알해야 한단 말이야! 문 열어, 이 새끼들아……."

고함을 지르다 못해 어느새 그는 울먹이기까지 했다. 문을 지키고 있던 병사 하나가 다가와 미치광이를 쳐다보는 듯한 경멸에 찬 시선으로 홍시를 바라보며 차갑게 내뱉었다.

"셋째마마, 정신병이라도 발작한 겁니까? 귀먹은 것도 아닌데, 무슨 소릴 그리 지르고 계십니까?"

"뭣이 어쩌고 어째? 너야말로 정신병자다!"

홍시가 창문을 통해 힘껏 가래침을 내뱉으며 으르렁댔다.

"너희들의 대장 투리천 그 자식이야말로 진짜 미치광이야! 왜 멀쩡한 나를 여기에 가두고 그래!"

"그거야 나도 모르죠. 난 명을 받고 행사하는 것뿐이니깐요. 조용히 계셔주세요. 그래야 서로가 편한 겁니다."

"누구 면전이라고 이게 감히 훈계를 하려고 들어? 난 폐하를 배알해야겠어, 어서 투리천을 불러와!"

떠들썩한 홍시의 고함소리가 귓전을 어지럽히고 있을 때 투리천이 뜰로 들어섰다. 직접 열쇠를 열고 홍시의 골방으로 들어간 투리천이 문을 지키던 병사를 꾸짖었다.

"자네, 셋째마마한테 그게 무슨 버릇인가? 뭐야, 찻물 한 잔도, 간식 한 접시도 없잖아. 이런 빌어먹을!"

"그런 가식은 필요없어. 당장 집어치워! 못 돼 먹은 절름발이 같으니라고!"

홍시가 악을 바락바락 써 가며 투리천에게 주먹을 휘둘렀다.

"난 지금 자네가 가짜 성지(聖旨)를 만들어 날 여기 쑤셔 박았다고 생각해! 난 폐하를 배알해야겠어! 날 내보내 주지 않으면 난 먹지도, 마시지도, 자지도 않을 거야, 죽을 때까지!"

투리천은 전쟁터에서 총탄에 맞아 조금 저는 다리가 가장 큰 유감이었다. 그는 차라리 주먹을 안길지언정 누군가 대놓고 '절름발이'라고 비웃는 걸 가장 못 견뎌 했다.

순간적으로 투리천의 턱 밑에 나 있는 검붉은 칼자국이 무섭게 경련을 일으켰다. 애써 북받치는 분노를 억제하며 투리천이 냉소하며 내뱉었다.

"그나마 셋째마마 대접을 받고 싶으면 좀 점잖게 굴어주시오. 그렇지 않고 이런 식으로 길길이 날뛴다면 난 미치광이로밖에 취급할 수 없습니다! 생각이 있는 사람이라면 밖을 내다보십시오. 코 앞에 바로 보이는 건물이 풍화루이고, 그 남쪽이 담녕거입니다. 셋째마마 말씀대로 내가 과연 가짜 성지를 전달하여 셋째마마를 궁지에 몰아넣고 있다면 어찌 감히 이곳으로 데려왔겠습니까? 정

못 믿겠으면 폐하의 성유(聖諭)를 보여줄 테니, 직접 확인해 보십시오!"

투리천이 이같이 말하며 옹정의 친필 성유를 홍시에게 건네주었다.

순간적으로 홍시의 눈에 불안한 기색이 스치고 지나갔다. 성유를 받아들고 보고 또 보아도 그것은 틀림없는 옹정의 필체였다. 한 필, 한 획이라도 고친 흔적조차 없이 완벽한 옹정의 해서체(楷書體)였다.

다시 밖을 내다보니 앙상한 나뭇가지들 사이로 우뚝 솟은 풍화루가 한 눈에 안겨왔다. 옹정이 친히 성유를 내려 사실상 맏아들인 자신을 이곳 창춘원에 가둔 것도 엄연한 사실이었다.

뭔가 잘못됐다며 반전을 자신하며 길길이 날뛰던 홍시는 일순간 천길 낭떠러지로 추락하여 박살나는 느낌에 사로잡히고 말았다. 그는 멍한 눈빛으로 사위를 두리번거리더니 말없이 방 한 모퉁이에 쪼그리고 앉아 머리를 두 다리 사이에 쑤셔 박고는 길고 긴 통곡을 했다.

"셋째마마께서 드시고 싶은 음식이 있거나 무슨 물건이 필요하다면 소홀히 해선 안 되네."

투리천이 가엾기도 하고, 가증스럽기도 한 홍시의 모습을 바라보며 경멸에 찬 미소를 지어 보이며 문지기에게 지시했다.

"깨어진 유리조각은 쓸어내고 창호지라도 발라놓게."

말을 마친 투리천은 곧 둔탁한 장화소리를 내며 떠나갔다.

참기 어려운 적막 속에서 밤의 장막이 다시 드리워졌다. 병사가 촛불 하나를 들여보내 주었다. 그리고는 주전자의 물을 뜨거운 것으로 바꿔 넣고 찰카닥거리는 쇠붙이 소리와 함께 물러갔다.

골방 안은 다시 쥐 죽은 듯한 적요에 사로잡혔다.

홍시는 장시간 쪼그리고 앉아 감각을 잃은 다리를 움찔거리며 뜨거운 물 한 잔과 함께 과자 두 조각을 먹었다. 한결 기운이 나는 것 같았다. 일이 이 지경에 이르렀고, 뾰족한 대안이 없는 바에야 모든 것은 하늘의 뜻에 따르는 수밖에 없다고 홍시는 생각했다! 담요를 끌어올려 얼굴까지 덮고 잠을 청하려 할 때 갑자기 문이 열리는 소리가 들려왔다.

담요를 제치고 보니 들어온 사람은 다름 아닌 옹정이었다. 그 옆엔 열쇠를 든 투리천의 모습이 보였다.

"자넨 물러가 있게."

옹정이 투리천에게 명령했다. 투리천이 물러가기를 기다렸다가 홍시에게로 다가선 옹정은 뭐라고 형언할 수 없는 복잡한 표정으로 홍시를 바라보았다.

한동안 아무 말도 없었다. 안색이 창백해진 홍시는 조금의 충격에라도 기절할 것 같이 가냘퍼 보였다. 깊숙이 꺼져 들어간 두 눈에선 귀신불 같은 빛이 유유히 새어나왔다. 코를 벌름거리며 당장 울어버릴 것 같기도 하고, 입끝을 치켜올리며 비웃으려는 것 같기도 했다.

한참 후에야 홍시가 먼저 엎드려 고개를 조아렸다. 그리고는 말했다.

"아들의 무례를 용사해 주십시오. 경황이 없어 뒤늦게야 문후를 올립니다……."

그의 목소리가 가늘게 떨렸다. 웅크린 잔등도 미세하게 떨리는 것 같았다. 옹정이 다소 주저하는 듯하더니 입을 열었다.

"그만 일어나게. 앉아서 얘기하지."

이같이 말하며 옹정은 어느새 가부좌를 틀고 온돌에 앉았다.

옹정의 말투는 생각했던 것처럼 매섭지 않을 뿐더러 평소에도 드문 부드러움을 느낄 수 있었다. 홍시는 다소 안심하며 몸을 일으켜 문 어귀에 비치돼 있던 걸상에 앉았다. 이어 옹정의 메마른 목소리가 들려왔다.

"자네의 말투를 들으니 아직 죄를 절실히 뉘우친 것 같지 않은데, 여기 갇혀 있는 것이 대단히 억울한가 보네?"

"그렇긴 합니다. 아들은 대체 어찌된 영문인지를 모르겠습니다. 하오나 우레, 번개, 이슬, 비 모두 호호탕탕한 황은(皇恩)이 아니겠습니까? 아들은 그저 궁금하기만 할 뿐 원망하는 마음은 추호도 없습니다."

홍시의 얼굴은 수심으로 얼룩져 있었다. 그는 잠시 멈칫하더니 다시 말을 이었다.

"아들은 천성적으로 아우들보단 총민(聰敏)하지 못하여 본의 아니게 종종 실수를 하곤 합니다. 하오나 폐하를 존경하고 아우들을 사랑하는 마음은 가슴에 가득하다고 생각합니다! 맹세코 흑심을 품어본 적은 없습니다!"

"없다고 말했나?"

그 말에 옹정이 버럭 화를 냈다.

"자네는 이 지경에 이르렀음에도 불구하고 뻔뻔스레 거짓말을 하고 있어!"

횡하니 구들에서 내려서려던 옹정이 도로 눌러 앉으며 섬뜩한 목소리로 물었다.

"팔왕의정(八王議政) 사건 때 자넨 어떤 역을 맡고 있었지? 또 십육숙 윤록, 여러 철모자왕들, 진학해 등에게 무슨 말을 어떻게 흘리고 다녔지?"

옹정이 '팔왕의정'이라는, 먼지 켜켜이 쌓인 옛날 장부를 들추자 당황하긴 했지만 그리 두려운 줄을 모르던 홍시도 주춤했다. 자신이 비밀리에 사람들을 접견한 사실까지 옹정이 까밝히자 금세 낯색이 하얗게 질리고 말았다. 걱정했던 일들이 터지고 있는 것 같았다. 그는 잔뜩 주눅이 들어 기어 들어가는 목소리로 대답했다.

"그건 오래 전 일이라 기억이 가물가물하……."

그러자 옹정이 대뜸 말허리를 잘라버렸다.

"'팔왕의정은 까마득한 선대 때부터 내려온 조상들의 지혜의 산물이거늘 다 같이 들고일어나 폐하께 그 정당성을 일깨워주는 것도 나쁘진 않다'고 말했다며? 그리고 또 '선제와 당금 폐하 모두 성명한 천자이지만 만일 후세에 혼군이 나타나는 날엔 팔왕의정 제도가 있어야 혼군의 존폐를 결정할 게 아니냐'고 허튼 소리를 내뱉은 것도 사실이지?"

자신이 가장 은밀하게 나누었다고 생각한 대화의 편린들이 여과없이 들통났다는 사실에 홍시는 고양이 앞에 잡혀온 쥐처럼 오슬오슬 떨었다. 그러나 끝까지 순순히 잘못을 시인하고 모든 걸 자백할 순 없다고 생각한 홍시는 애써 정신을 가다듬고 말했다.

"아들이 그 당시 생각이 좀 짧았던 것 같습니다. 조상들께서 만드신 제도를 복원시키는 것은 무조건 정정당당한 일이라고만 생각하여 그런 어리석은 발언을 하고 다닌 것 같습니다. 아바마마께서 지적해 주시지 않으셨다면 아들은 이 순간까지도 그것이 잘못된 처사라는 걸 모르고 있었을 겁니다……."

"순 교언영색(巧言令色)이야!"

옹정이 냉소하며 덧붙였다.

"감히 짐과 술래잡기를 하겠다는 건가? 말못할 속셈이 있어! 그네들을 북경에 데려온 것도 자네고, 팔왕의정을 종용한 것도 자네였어. 그 중 예친왕이 자네의 뜻에 동조하지 않는다고 하여 자넨 그를 멀리 북경 근교의 노하역관에 머물게 했어. 자넨 자나깨나 홍력이 태자 자리에 오를까 봐 걱정이었어. 그러나 당당하게 홍력과 힘겨루기를 할 용기는 없었어. 그래서 궁여지책 끝에 팔왕들을 수중에 넣어 팔기병들의 세력을 빌어 섭정왕 자리에 앉으려고 했지! 자넨 홍력을 질투했던 거 아닌가?"

"그건 아닙니다, 절대 아닙니다!"

홍시가 고개를 들어 옹정을 바라보며 황급히 두 손을 마구 저었다.

"아들이 아무리 못났다고 해도 어찌 자기 아우를 질투할 수가 있겠습니까?"

"질투하지 않았다고 했나?"

옹정이 차갑게 쏘아붙였다.

"그래, 질투하지 않았다고 치지. 그렇다면 자네, 말해보게. 전에 있던 사씨 성을 가진 막료는 지금 어딨나? 그가 산동, 하남 등지를 돌며 무슨 일을 하고 다녔는지 아는가?"

이쯤하자 홍시는 경악과 공포에 떨지 않을 수가 없었다. 그는 날카롭게 꽂히는 옹정의 서슬 푸른 눈빛을 피하여 고개를 떨구었다. 걸상 모퉁이를 꽉 잡은 손등이 하얗게 변했다. 한참 후에야 그는 혼자말로 중얼거리듯 말했다.

"무슨 뜻으로 하신 말씀인지 잘 모르겠습니다, 아바마마. 저의 왕부에 사씨 성을 가진 막료가 있긴 했사옵니다만 결핵으로 죽은 지 오래 됐습니다……."

"결핵으로 죽은 게 아니지!"

옹정의 쉰목소리가 마치 깊은 땅굴 속에서 들려오는 것 같았다.

"비적(匪賊)들을 끌어모아 선후로 두 차례씩이나 홍력을 추적하여 죽이려고 했다가 모두 실패하자 자네가 그를 죽여 증거를 인멸했다고 보는 게 맞겠지. 자네 입 쳐들고 항변하려 들지 말게. 자네의 또다른 막료 광아무개는 사 막료의 전철을 밟을까 두려워 어제 오후에 자네 명의로 된 전당포의 돈을 챙겨서 도망가다가 투리천한테 목덜미를 잡히고 말았지. 그 친구는 자네처럼 뻔한 거짓말로 사람의 진을 빼는 그런 구제불능은 아니었지. 자네가 짐과 홍력을 상대로 저지른 모든 죄악을 순순히 다 털어놓았지. 지난번 벼락에 맞아 금수하(金水河)에 떠올랐던 번승(番僧)도 자네가 짐을 모해하기 위해 몽고에서 특별히 불러온 자라면서?"

"이는 분명히 홍력이 절 모함하기 위해 꾸며낸 것입니다!"

홍시가 갑자기 발악을 하며 길길이 날뛰었다.

"제가 자기 대신 운송헌의 정무를 보고 있으니까 질투심에 사로잡혀 이 아들을 해치려고 음모를 꾸민 게 틀림없습니다!"

"됐네!"

옹정이 어처구니없다는 듯이 냉소를 머금었다.

"언제까지 뻔한 연극을 꾸밀 것인가? 자넨 홍력의 발뒤축에도 못 따라갈 치졸한 인간이네. 홍력은 자네의 졸장부 근성을 잘 알면서도, 그래도 형제간이라고 어떻게든 자네를 구해주려고 짐 앞에서 좋은 말만 골라서 하더군. 그런데 자넨 되레 그런 아우를 씹는단 말인가? 자네는 정말 대단히 훌륭한 사람이군! 자넨 커룽둬에게 약점이 많이 잡혀 있지. 그러니 흙포대를 등짐에 지워서라도 얼른 죽여버리지 못해 안달이 날 수밖에. 또한 아키나가 궁지에 몰려 자네의 비리를 불어버릴까 봐 그 가인들을 전부 유배 보내버림으로써 일부러 제때에 치료를 못 받게끔 만들었어! 짐으로 하여금 아우를 죽였다는 악명을 뒤집어쓰게끔 만드는 데도 성공했지……."

이 대목에서 갑자기 목청을 크게 높이며 옹정이 고함을 질렀다.

"자네, 그러고도 사람이라 할 수 있는가? 하늘이 귀한 인두겁 한 장을 낭비했군! 사람이 짐승과 다른 것은 바로 오륜(五倫)이라는 것이 있기 때문이네. 즉 부자(父子)는 유친(有親)하고, 부부(夫婦)는 유별(有別)하고, 장유(長幼)는 유서(有序)하고, 군신(君臣)은 유의(有義)하며, 붕우(朋友)는 유신(有信)해야 한다고 했지. 그러나 자넨 도대체 반 푼 어치의 인륜이라도 있는 사람인가?"

홍시는 더 이상 변명할 기력도 잃은 채 빗물에 씻겨 내려가는 토담 모서리처럼 한 줌이 되어 쓰러져 있었다. 옹정의 말은 마디마디가 우렛소리같이 가슴을 때렸고, 구구절절 날카로운 송곳이 되어 그렇지 않아도 오그라든 홍시의 마음을 마구 찔렀다. 그는 마치 물에 빠진 사람이 지푸라기라도 구하는 황황한 눈빛으로 주위를 두리번거리며 기댈 곳을 찾는 것 같았다. 그러나 촛불마저 기진맥진하여 명멸하는 방 안에는 전혀 무표정한 황제 외엔 아무도 없었다.

한참 후, 마침내 절망에 빠진 늑대의 비명 같은 소리가 터졌다. 홍시가 죽어라 눈물을 흩뿌리며 울먹였다.

"아바마마, 부디 목숨만 부지하게 해 주십시오. 이 못난 아들이 새롭게 거듭날 수 있게 한 번만 살려 주십시오……."

홍시가 눈물범벅이 되어 무릎걸음으로 다가와 제발 살려달라며 두 손을 싹싹 비벼댔다. 그 처절한 모습을 내려다보던 옹정의 두 눈에서도 어느덧 눈물이 그렁그렁 맺혔다. 힘겨웠던 삶의 순간, 순간에 이 아이가 옹알이 하는 걸 보며 웃을 수 있었고, 아장아장 걸음마 하는 모습에 즐거웠었다. 언젠가는 목마를 태워 주었더니, 뜨끈한 오줌 벼락을 안긴 적도 있는 자그마한 것이 마냥 예쁘기만 하던 홍시였다……

그러던 아이가 이제는 장성하여 아비와 아우를 죽여 없애려 들다니? 옹정의 들끓던 감정은 순식간에 빙점으로 떨어지고 말았다. 눈물도 흔적없이 자취를 감췄고 표정 또한 한층 결연해졌다. 이 역자(逆子)를 용서한다는 것은 천리(天理)와 인정(人情) 모두에 위배되는 일이었다.

후세까지 가지 않더라도 당장 장정옥, 어얼타이 등 가까운 신하들이 자신을 대공무사(大公無私)한 황제가 못 된다며 은근히 실망할 터였다. 그렇게 되면 앞으로 이들 앞에서 옹정이 '정대광명(正大光明)'을 논한다는 것은 곧 스스로 자기 뺨을 치는 것과 다를 게 없을 거라고 옹정은 생각했다.

아주 잠깐 감정의 변화를 느꼈으나 이내 마음의 고삐를 잡아당겨 마음을 추스른 옹정이 생각을 굳힌 듯 천천히 입을 열었다.

"사내가 저질렀으면 당당하게 책임을 져야지, 왜 울고 불고 꼴 사납게 구는가? 어서 일어나게!"

"예, 아바마마!"

홍시가 비실비실 기어서 일어났다. 몰골이 흉흉했다. 휘청거리며 자리로 돌아가 앉은 홍시가 입을 열었다.

"훈회를 내려 주시옵소서, 아바마마……."

"자넨 군부와 아우를 음해하려 한 죄증이 있기에〈대청률(大淸

律)〉에 따라 능지처참형에 처함이 마땅하네. 달리 벌할 방법이 없네."

옹정이 느릿느릿 말을 이었다.

"짐이 사량(思量)해 보니 자넬 부의(部議)에 넘기면 또다시 세상이 시끌벅적해질 것 같네. 자네가 죽는 덴 변함이 없겠지만 많은 사람들이 연루되고, 가문의 흉도 만천하에 공개하는 꼴이 되어 짐이 더 처참해질 것 같네. 그래서 짐은 자넬 체포하는 것도 비밀에 붙일 수밖에 없었네."

설마 아비가 아들을 능지처참(陵遲處斬)에 처할까 싶었던 홍시가 감격어린 시선으로 옹정을 바라보며 나지막한 목소리로 말했다.

"아바마마께서 진심으로 아껴주심에 감사드리옵니다."

옹정이 속으로 깊은 한숨을 토해내며 온돌에서 내려섰다. 그리고는 홍시에게서 등을 돌리더니 단호한 어투로 말했다.

"은혜를 안다니 다행이군! 자네의 죄악은 십악(十惡)에 속하는지라 절대 용서할 순 없네. 다만 짐과 이 나라의 체통을 고수하기 위해서라도 짐은 상서방, 군기처와 상의하여 결정하면 했지 부의에 넘겨 공개적으로 살육하게끔 하진 않을 거네."

"하오면…… 아바마마께오선 이 못난 아들을…… 감금형에 처하실 생각이신지요?"

"……"

"아니면 악종기의 군중으로 보내어…… 죄값을 치를 때까지 효력(效力)하게끔 하실는지요?"

옹정은 여전히 고개를 저었다. 그리고는 말했다.

"군중엔 아무나 보내는 줄 아나? 군중에 보내려고 해도 명분이 없네."

"그럼 아들은 삭발하고 깊은 산중으로 들어가 천년고불(千年古佛) 아래에서 죽을 때까지 참회하는 수밖에……."

이때 옹정이 휙 하고 몸을 돌렸다. 어두운 촛불 밑에서 그 표정이 확연하게 드러나지 않았지만 말투는 무거워 숨이 막힐 지경이었다.

"그래도 죽고 싶진 않은가 보네? 살아 있으면서 죄값을 치르는 쪽으로만 생각하는 걸 보니? 자네 이 신분에 어느 절에서 감히 받아주겠나? 참회라는 미명하에 목숨을 부지하고 싶겠지만 언젠가는 들통날 것이고, 그리하여 상심에 겨워 있는 늙은 아비에게 다시금 치욕을 안겨주고 싶은가? 길게 말할 것 없네! 자네에게 자살을 권유하네!"

"아바마마!"

홍시는 기절초풍할 듯 황급히 무릎걸음으로 다가와 옹정의 다리를 껴안으며 눈물을 비 오듯 쏟았다. 마치 생명줄을 붙잡고 있는 듯 옹정의 다리를 껴안은 팔은 좀처럼 풀릴 줄 몰랐다.

"아바마마…… 아들이, 아들이 죽을죄를 지었사옵니다…… 입이 백 개라도 여쭐 말씀은 없사오나…… 아바마마의 슬하가 허전하시온데, 아들이 죄를 짓고 죽으면 손자들은 어찌 살겠사옵니까……."

"이제야 거기까지 생각이 미쳤나? 너무 늦었어!"

애걸복걸하는 홍시의 눈물로 범벅된 모습을 내려다보는 옹정의 마음은 추호의 흔들림도 없이 결연해 보이기만 했다. 가엾기는커녕 반감만 더해갔다. 옹정은 차가운 표정으로 내뱉었다.

"짐은 더 이상 자네 얼굴을 보고 싶지 않네! 이런다고 짐의 마음이 돌아서리라곤 기대하지도 말게! 길게 시간을 내줄 수 없으니 오늘 저녁에 서둘러 떠나도록 하게. 가인들과 자식들은 주련시키지 않을 테니 걱정하지 말게. 좋게 말할 때 마지막 남은 부자간의 정을 생각해서라도 고분고분 들어주게. 짐이 마지막 얼굴을 보게 하진 말아주었으면 하네. 짐이 친히 걸음 한 것도 자네에게 은혜를 베푸는 것이라네!"

옹정의 말투가 침통해지기 시작했다.

"호랑이가 아무리 지독해도 자기 새끼는 잡아먹지 않는다고 했네. 그러니 짐이 이런 결정을 내리기까지는 얼마나 고통스러웠겠나? 당장은 짐이 죽도록 원망스럽겠지만 자넨 살아있는 것이 죽느니 보다 못하다는 생각이 곧 들 것이네. 살아서 무슨 면목으로 짐과 홍력을 마주하고, 무슨 체면으로 왕공대신들 사이에 서겠나? ……차라리 스스로 목숨을 끊는 것이 그 동안의 죄를 깨끗이 씻어 내고, 세인들에게 진정으로 용서를 구하는 자세이지……. 아들…… 잘 생각해 보게!"

말을 마친 옹정은 힘껏 홍시의 두 팔을 뿌리치고는 무거운 발걸음을 옮겨 밖으로 나왔다. 그는 문 어귀에 있던 투리천에게 명령했다.

"자네는 셋째의 물건을 잘 챙겨주고, 주안상을 풍성하게 마련하여 들여보내도록 하게!"

옹정의 신변을 책임지고 있는 위사(衛士)로서 문가에 바싹 붙어 방 안의 동정에 귀기울여야만 했던 투리천은 부자간의 대화를 빠짐없이 다 듣고 말았다. 가슴이 떨리고 정신이 혼란스럽던 와중에 옹정의 명을 받은 투리천은 한참 후에야 회들짝 놀라며 대답했다.

"예, 폐하! 지의를 받들어 임무를 수행하도록 하겠사옵니다!"

땅바닥에 쓰러져 미동도 하지 않는 홍시를 들여다보고 난 투리천이 서둘러 동아줄이며 칼, 그리고 약주(藥酒)를 준비하였다.

홍시는 들락거리는 투리천을 멍하니 바라만 볼뿐 아무 말도 없었다.

납덩이처럼 무거운 발걸음을 옮겨 옹정이 담녕거로 돌아왔을 때는 자시(子時)가 다 된 시각이었다. 무거운 자명종 소리가 긴 여운을 남기며 울려퍼졌다. 청범사의 종소리도 깊이 잠이 든 것 같았다. 옹정이 침수에 들지 않았기에 궁전에 가득한 태감, 궁녀들은 등촉을 대낮처럼 밝혀놓고 시립하여 옹정을 기다리고 있었다.

장오가와 류철성의 부축을 받으며 들어온 옹정의 얼굴에 분기 탱천한 모습은 찾아볼 수 없었다. 그제야 궁인들은 저마다 가슴을 쓸어 내렸다. 몇몇 나이든 태감들이 옷을 벗겨주고 옹정을 부축하여 온돌에 걸터앉게 했다. 채하, 채운이 더운물수건을 올리자 옹정이 손사래를 쳤다.

"한밤중에 등촉을 대낮처럼 밝혀놓으면 눈이 부셔 어떻게 잠을 청할 수가 있겠나? 촛불 두 개만 남겨 놓고 전부 꺼버리도록 하게. 짐이 발을 담그고 있는 동안 인제, 채운, 채하만 남아 시중들면 되니 나머지는 들어가 쉬도록 하게."

사람들이 서둘러 물러갔다. 인제가 옹정을 마주하고 앉아 자수를 놓고 있었고, 채운과 채하가 더운물에 옹정의 발을 담가 열심히 문질러 닦아주고 있었다.

"후유……!"

한참 침묵이 흐른 뒤에야 옹정이 비로소 긴긴 한숨을 토해냈다.

촛불을 응시하는 두 눈엔 수심이 가득 차 있었다. 인제가 일감을 내려놓고 옹정의 등뒤로 가더니 무릎을 꿇고 가볍게 등을 두드려 주었다. 그리고는 부드러운 목소리로 물었다.

"폐하, 심정이 많이 무거워 보이시옵니다. 말씀이라도 하시면 좀 가벼워지진 않을까 하옵니다."

"짐도 그렇게 생각하네. 그러나 마땅히 할말이 없어서 그러네."

내리깔았던 눈꺼풀을 밀어올리며 옹정이 말했다.

"솔직히 전에 성조께서 생전에 계실 때 짐은 고개를 갸웃한 적이 많았네. 매사에 그렇게 유능하신 분이 어찌 자신의 자식도 마음대로 요리하지 못하실까 하고 말이네…… 그야말로 어리석고 건방졌었지. 그러나, 이제 와 보니 그 어려움을 알 것 같네. 짐은 셋밖에 안 되는 아들들도 간수하지 못하니 성조의 발뒤축에도 못 미치지. 짐은 방금 홍시에게 죽음을 주고 오는 길이네……"

순간 채운과 채하가 손을 멈추고 눈이 휘둥그레진 채 옹정을 뚫어지게 쳐다보았다. 인제도 놀라긴 마찬가지였다. 등 두드리는 것도 잊은 채 맥을 놓고 멍하니 앉아만 있던 인제가 길게 한숨을 내쉬며 말했다.

"이년들이 끼어 들어 왈가왈부할 바는 못 되오나 아무리 죽을 죄를 지었다 해도 필경 폐하의 아들이옵니다……"

"그게 어디 아들인가, 올빼미지(불길한 징조를 뜻함)!"

옹정이 발바닥을 마주 비비며 내뱉듯 말했다.

"자넨 짐이 왜 아들을 죽여야만 하는지 알고 있지 않은가! 어찌 된 인간이 인륜이란 털끝 만큼도 없느냐 이 말이지……"

이같이 말하던 옹정은 갑자기 턱밑이 얼얼해지는 느낌을 받고는 손으로 만져보았다. 늘 뾰루지가 나던 자리에 또 큼직하게 하나가 올라와 있었다. 막 가사방을 부르려던 옹정은 윤상의 임종유언을 떠올리고는 말꼬리를 돌렸다.

"고질병이 발작했군. 좀 쉬면 괜찮아질 거네……. 여긴 인제만 있으면 충분하니 자네들도 그만 물러가게……."

채하와 채운이 물러가자 옹정이 인제에게 몸을 맡겨 안마를 받으며 눈을 지그시 감은 채 말했다.

"이보게, 인제!"

"예, 폐하……."

"짐이 너무 지독하지?"

"그렇게 말하는 사람도 있사오나 소녀는 그리 생각하지 않사옵니다. 폐하께오선 성정이 지나치게 맹렬하시어 그릇된 것을 간과하시지 못하는 경향은 있사오나 내심 깊은 곳은 선한 분이옵니다……."

"자넨 짐을 어찌 그리 잘 아나!"

옹정이 여전히 눈을 감은 채 말했다.

"말년의 성조께서 권근(倦勤)하시는 바람에…… 천하의 이치(吏治)가 부패하기 이를 데 없었네. 짐이 이 퇴풍(頹風)을 바로잡지 못한다면 우리 대청은 건국 8, 90년만에 대란을 맞은 원(元)나라의 전철을 밟게 될 것이네. 짐이 처한 군주의 자리는 운명적으로 고생을 밥 먹듯 하게 돼 있고, 아무리 잘 해도 죽은 뒤에 무덤에 침 뱉는 자가 없으면 다행이라고 생각해야지……. 짐이 증정에게 조서(詔書)를 내려 몇 가지 답변을 받아낸 것도 세인들에게 짐의 마음을 전달하기 위해서네."

그러자 인제가 말했다.

"소녀는 그런 건 잘 모르옵니다. 알고 싶지도 않사옵니다. 폐하께서 그렇게 하셨다면 필히 그럴 만한 이유가 있었을 것이라고만 생각하옵니다."

"짐은 천하 백성들에게 우리 대청은 명나라 주씨네 손에서 천하를 빼앗은 것이 아니라 오히려 주씨네를 대신하여 이자성을 멸망시킴으로써 도적떼들의 손에서 강산을 도로 찾아왔다는 사실을 다시 한 번 강조하여 알려주고자 하네. 그리고 변방 소수민족들 중에서도 얼마든지 성군(聖君)이 나올 수 있다는 것과 짐이 왜 아키나, 싸쓰헤를 죽여가면서까지 이치쉐신에 목숨을 거는지도 분명히 알려주고자 하네! 짐은 전력을 다해 우리 대청을 건실하게 키워가고자 필사적인 몸부림을 쳐 왔건만…… 아들이란 자는 외인들과 결탁하여 아비와 아우를 죽이려고 머리통을 쥐어짜고 있었다니…… 모두들 짐을 인정사정 보지 않는 비정한 군주라고 하지만 다른 사람들이 짐의 목을 옥죌 때는 언제 인정사정을 본다던가?"

아들 홍시에 대한 애기가 나오자 옹정은 다시금 목이 메어 눈물을 흘렸다.

교인제도 눈물을 글썽이며 더운물수건을 가져다 옹정의 얼굴을 닦아주었다. 가까이 다가선 인제의 몸에서 향긋한 냄새가 솔솔 풍겼다. 가냘프게 보이지만 안아 보면 성욕을 주체할 수 없게 만드는 풍만한 몸매를 지닌 인제였다. 한 번 진한 사랑을 나눠본 적이 있는 옹정인지라 고집스레 우뚝우뚝 일어서는 남성을 달랠 길이 없었다.

불타는 눈매로 봉긋 솟은 인제의 젖무덤을 탐욕스레 노려보던 옹정이 와락 그녀를 끌어안고 뒤로 넘어갔다. 어느새 속곳이 벗겨지고 알몸이 되다시피 한 인제가 다급히 말했다.

"폐하, 오늘저녁은 좀⋯⋯."

그러나 인제의 말이 끝나기도 전에 옹정의 뜨거운 입술이 사정없이 인제의 앵두 같은 입에 포개졌다⋯⋯. 어느새 하나가 되어 둘은 음탕한 웃음소리까지 내며 한바탕 질펀한 운우지정을 나누었다. 옹정의 숨소리가 차츰 거칠어지고 인제의 입에서 신음이 저절로 터져 나올 때 둘은 더 이상 황제와 궁녀가 아닌 사나운 들개들 같았다. 거의 한 시간을 엎치락뒤치락 하던 두 사람은 땀범벅이 된 채 저만치 나가쓰러지고 말았다.

한참 후 먼저 일어나 뒷물을 하고 돌아온 인제가 물수건으로 옹정의 하체를 열심히 닦아주며 말했다.

"이것도 너무 자주 하면⋯⋯ 폐하의 건강에 해롭다고 하옵니다⋯⋯."

이에 옹정이 웃으며 말했다.

"자넨 인꿰으로 영글이 있이 너무 맛있는데, 짐이라고 무슨 뾰족한 수가 있겠나?"

그러자 인제가 얼굴을 붉히며 말했다.

"그렇게 말씀하시면 소녀는 쑥스러워 몸둘 바를 모르겠사옵니다. 이제 그만 침수드셔야죠, 폐하."

"알았네."

옹정이 흔쾌히 대답했다. 그러나 졸음은 깡그리 도망가 종적을 잡을 수가 없었다. 다소곳이 앉아있는 인제의 고운 자태를 눈여겨보며 옹정이 물었다.

"자넨 짐이 왜 자네만을 고집하고 자네만을 갖고 싶어하는지 아는가?"

인제가 수줍게 웃어 보일 뿐 말이 없었다.

옹정이 벌떡 일어나 앉았다. 그리고는 무릎을 세워 껴안고 그 옛날 옹친왕 시절에 황하 치수현장을 시찰하던 일이며, 홍수에 떠내려갈 뻔했던 위기의 순간이며, 그 와중에 우연히 소복(小福)이라는 여자를 만나 사랑을 나눴던 과거지사를 숨김없이 털어놓았다. 외간남자와 정분이 나서는 절대 안 된다는 가문의 규칙을 어겨 소복이 감나무 밑에서 불에 타 죽는 대목에서 옹정은 울먹이기까지 했다…….

그 뒤로 이위와 함께 소복이 살았던 동네를 찾았으나 그녀가 남긴 흔적은 없고 여관에서 강도들의 습격을 받아 구사일생으로 뛰쳐나왔던 구구절절한 사연을 무려 한 시간이 넘도록 들려주었다. 교인제는 어느새 옹정의 이야기에 흠뻑 빠져 들어가 있었다.

옹정이 무거운 입을 열었다.

"자넨 분명히 소복이가 환생한 게 틀림없네. 소복이가 짐의 소원을 풀어주려고 이런 식으로 짐의 곁으로 다가왔던 거네. 아니면 어찌 남남끼리 이토록 쏙 빼어 닮을 수가 있단 말인가? 자네, 이제야 짐이 기를 쓰고 윤제에게서 자네를 빼앗아 온 이유를 알 수 있을 거네. 도의적으로는 몰매를 맞겠지만 짐은 절대 후회하지 않네. 자넨…… 짐을 만난 걸 후회하는가?"

"이년도 후회는 없사옵니다. 다만 처음부터 만났더라면…… 하는 아쉬움은 있사옵니다……."

인제가 고개를 들어 칠흑같이 어두운 창 밖을 하염없이 바라보며 중얼거리듯 말했다.

"이년의 고향집도 이사를 떠나고 없어졌다고 하옵니다. 그쪽에서 오는 사람들에게 몇 번씩이나 수소문해 봐도 어머니와 형제들의 행방을 아는 사람은 아무도 없었사옵니다……."

"그건 걱정하지 말게. 살아 있다면 분명히 다시 만날 날이 있을 거네. 이위에게 맡기면 못하는 일이 없거든……"

두 사람은 마땅히 주제도 없이 이런저런 이야기를 공 던지듯 한 마디씩 툭툭 주고받더니 창호지가 희붐히 밝아오기 시작해서야 잠이 들었다.

그러나, 심사가 무거워 숙면을 취하지 못한 옹정은 잠깐 눈을 붙이는데 그치고 말았다. 깊이 잠들어 있는 인제를 깨울세라 살그머니 이불 속에서 빠져 나온 옹정은 돌아서서 인제의 이불깃을 꽁꽁 여며 주었다. 그리고는 모기장을 내려놓고 궁전 밖으로 나왔다.

인기척을 들은 고무용이 밖에서 달려 들어와 문안올렸다. 그리고는 얼어서 벌겋게 된 손을 호호 입김으로 불며 말했다.

"신은 밤새도록 궁려(窮廬)에 있었사옵니다. 셋째…… 아니 홍시가 오늘 새벽 축시(丑時) 경에 대들보에 목을 맸사옵니다. 투리천이 옷을 갈아 입혀 입관시키고 있사옵니다."

고무용이 이같이 말하며 종이 한 장을 옹정에게 받쳐 올렸다.

"홍시의 절명사(絶命詞)이옵니다……"

옹정이 받아보니 깨알같은 해서체로 이같이 적혀 있었다.

　　망망인해(茫茫人海)에 수많은 어진 범부(凡夫)들,
　　묘문(妙門)으로 들어가는 길은 어렵기도 하구나.
　　날은 밝아오고 촛불은 희미한데,
　　저 하늘에 걸린 초승달은 누굴 향해 우는가?
　　서쪽으로 가는 길에 뒤돌아보니
　　인생은 허무하기도 해라.

집에 있는 애들아,

청명이 오거늘 버드나무 밑에서 슬픈 시 읊지 말거라.

"끝까지 허튼 소리군!"

옹정이 종이를 촛불에 가까이 댔다. 돌돌 말리며 타들어 가더니 어느새 한 줌의 재가 되어버리는 걸 지켜보던 옹정의 얼굴에 크게 눈에 띄지 않는 희미한 경련이 일었다. 그는 가벼운 한숨과 함께 뒤돌아 서서 궁전을 나섰다. 그리고는 운송헌을 향해 곧추 발걸음을 옮겼다.

장정옥, 어얼타이, 윤록, 윤례, 방포, 홍주 그리고 이위 모두 운송헌에 있었다. 홍시의 일 때문에 거의 잠을 설친 이들은 인시(寅時) 무렵에 모두 창춘원으로 들어와 대령했다. 옹정이 들어서자 담배 연기 자욱한 가운데 이들은 일제히 무릎을 꿇었다.

"일어나게."

옹정이 장포 자락을 살짝 들고 홍력이 앉았던 자리에 앉았다. 이른 새벽이라 목소리가 아직 트이지는 않았지만 똑똑하게 들렸다.

"홍시는 불초(不肖)했을 뿐만 아니라 살아 남아 종묘사직에 득될 게 없다고 판단하여 짐은 이미 어젯밤에 자살을 권유했네. 이로써 가법(家法)과 국전(國典)을 바로잡을까 하네!"

홍시가 이미 죽었다는 사실을 그제야 알게 된 사람들은 저마다 깊고 깊은 숨을 들이마셨다. 옹정의 엄숙한 표정이 다소 누그러들었다.

"자네들이 무슨 말을 할지 짐은 잘 아네. 그러나 짐은 하나의 저울대로 천하를 재량하는 수밖엔 없네. 주인이 줏대가 없이 어찌 그 집안이 무게중심을 잡을 수가 있겠나."

"폐하의 대의멸친(大義滅親)은 실로 영명하시고 지혜로우신 판단이 아닐 수 없사옵니다. 천고의 제왕들이 감히 폐하의 성총(聖聰)을 따를 수가 없사옵니다!"

장정옥이 재빨리 진정을 취하며 말했다. 그는 천자로서의 옹정의 풍골(風骨)에 찬사를 보냈고, 이치쇄신과 신정(新政) 보급에 대한 옹정의 결심을 읽을 수가 있었다. 이 마당에 그 무슨 위로가 필요하랴 싶어 그는 정색하며 아뢰었다.

"아주 잠깐 폐하를 위해 슬퍼하고 비애에 잠겨 있었사오나 곰곰이 생각해 보니 이젠 폐하를 위해 기뻐해야 할 줄로 아옵니다. 지금의 천하는 대청 개국 이래로 백성들이 가장 부유하고 국고가 가장 충만되고, 이치가 나날이 쇄신을 거듭하는 절호의 시기이옵니다. 수백 년간 유래를 찾아보기 힘든 태평성세이옵니다. 이는 폐하께서 국궁진력하시어 살찌우신 열매이기도 하옵니다만 항상 천하를 먼저 우려하시고 매사에 솔선수범 하시는 풍절(風節)이 저 하늘의 일월과 더불어 빛내온 결과가 아닌가 하옵니다. 지금 이대로 천하를 교화시킨다면 제아무리 완석이라 한들 녹아내리지 않을 수가 있겠사옵니까? 신은 시시각각 마음의 먼지를 털어내고 일편단심 변함없는 충정을 폐하께 약조하옵니다. 폐하…… 부디 옥체를 보존하시옵소서! 신은 자나깨나…… 폐하의 존체가 염려 되옵니다……."

이같이 말하는 장정옥의 눈은 어느새 촉촉이 젖어 있었다. 최고참 재상답게 말솜씨가 좋은 장정옥의 이 한마디에 사람들은 모두 크게 감명을 받은 듯 고개를 떨구고 훌쩍거렸다.

여세를 몰아 한바탕 훈계를 내리려던 옹정은 사족일지도 모른다는 생각에 애써 웃음을 지어 보이며 말했다.

"형신의 말이 자네들 모두의 마음의 소리를 대변했다고 믿고 싶네. 모두 자리한 기회를 빌어 짐이 몇 가지 정무를 배치할까 하네. 자네들도 알다시피 짐은 요즘 들어 건강이 부쩍 악화되었다네. 등짐을 나눠 메고 갈 사람이 필요하네. 그래서 짐은 오늘부터 홍력을 담녕거로 불러 어좌(御座) 앞에 자리 하나를 더 만들어 같이 정무를 볼까 하네. 어비(御批)도 홍력에게 대필시킬 거네. 물론 대사는 짐이 수시로 결책하겠지만 사소한 일은 모두 홍력에게 믿고 맡길 것이네. 십칠아우는 젊고 유능한 데다 과거에 군사를 거느려 본 경험이 있기에 과친왕(果親王) 신분으로 섭정하여 대내의 호위를 책임지고 군기처와 상서방을 독려하는 역할을 맡아주도록 하게. 열여섯째 윤록은 홍주와 함께 내무부와 순천부를 겸하여 관리하도록 하게. 이 밖에도 홍주는 화친왕(和親王)의 작위를 세습받아 자네 십육숙과 십칠숙을 많이 돕도록 하게. 나머지는 전부터 각자 맡은 바에 전력투구하는 짐의 고굉들이니 달리 변동사항은 없네. 윤비(允祕)는 이 자리에 없는데, 짐의 지의를 전해주게. 짐이 가장 아끼는 막내아우 윤비는 운송헌으로 들어와 공부를 시작하고, 틈이 나는 대로 정무에 대해 습득하는 기회를 가지라고 말일세. 말도 많고 탈도 많던 짐의 신정과 이치쇄신 정책은 이젠 시험대를 무사히 통과했다고 볼 수 있네. 충분히 검증을 거친 만큼 이젠 호랑이가 덮치지 않나, 늑대가 따라오지 않나 주춤거리지 말고 과감히 밀어붙이도록 하게. 지금 당장 긴요한 정무는 세 가지가 있네. 즉 악종기의 군사(軍事)와 서남부의 묘족과 요족을 상대로 한 개토귀류 문제와 증정 사건을 매듭짓는 것이네. 자네들, 증정 사건을 우습게 보지 말게. 짐은 일생 동안의 심혈을 이

한 권의 〈대의각미록(大義覺迷錄)〉에 농축시켜 천하를 교화시키는 교본으로 만들 것이네."

말을 마친 옹정은 조금 부기가 있는 얼굴을 쓸어 내리며 장정옥을 향해 물었다.

"별 이의는 없지?"

그러자 장정옥이 급히 상체를 깊게 숙이며 아뢰었다.

"정무 배치가 대단히 적절한 것 같사옵니다."

"그래, 그럼 됐네. 그만 물러들 가게."

옹정이 말했다. 사람들이 분분히 물러간 텅빈 자리에서 옹정은 마음의 안정을 찾았다. 그러나 때를 같이 하여 적막감이 밀물처럼 밀려왔다. 그는 멍하니 서서 용안 앞에 앉아 있는 아들 홍력을 바라보며 등을 돌려 떠나기가 아쉬운 듯한 표정을 지었다.

홍시를 그렇게 떠나보내고 겉으로는 대수롭지 않게 행동하고 있지만 마음 깊은 곳에는 슬픔과 허망함이 가득하다는 걸 아는 홍력이 인삼탕 한 그릇을 가져다 옹정에게 받쳐 올렸다. 그리고는 옹정의 생각을 의도적으로 정무 쪽으로 끌어당겼다. 악종기에게 보낼 전차(戰車)가 만들어지고 있는 데 대해, 유홍도의 하공(河工)이 진전을 거듭하고 있다는 데 대해 홍력은 옹정이 다른 생각을 할 틈을 주지 않고 말했다.

과연 정무에 대한 얘기가 나오자 표정이 한결 밝아진 옹정이 말했다.

"짐이 홍시 때문에 우울한 건 아니니 걱정하지 말게. 짐이 홍시 때문에 괴로울 것 같으면 애당초 그리 무거운 벌을 내렸을 리는 없겠지. 짐은 문득 아키나 등이 떠올라 마음이 무거웠네. 그러나, 어쩌겠나! 국법, 가법이 엄연하거늘 짐이 어찌 사사로운 감정에 휘말려 사정을 봐줄 수가 있었겠나? 사직(社稷)은 천자(天子)라도 맘대로 할 수 없는 중기(重器)라는 걸 명심하게. 짐은 갈수록 기력도 떨어지고 건강이 여의치가 않네. 말년의 성조께서 건강상 이유로 몇 년 동안 권근을 하신 결과 우린 그 국면을 돌리는 데 배로 힘들었지 않은가. 자넨 짐의 곁에서 짐이 그 피해를 고스란히 떠안고 허우적대는 모습을 보며 성장했으니 짐이 똑같은 착오를 범하지 않도록 자네가 정신을 바짝 차리도록 하게."

"명심하겠습니다, 아바마마. 하오나 아바마마께오선 서둘러 어의(御醫)를 부르셔야 할 것 같습니다."

홍력이 덧붙였다.

"예전에 십삼숙께서 말씀하시길……."

홍력이 이같이 말하며 책꽂이에서 〈역경(易經)〉한 권을 뽑아냈다. 그리고는 손바닥만한 종잇장이 끼여 있는 갈피를 펼쳐 보였다. 옹정이 보니 '주살(誅殺) 가사방(賈士芳)'이라고 적혀 있었다.

옹정이 말했다.

"자네 십삼숙이 자네한테도 말했었군. 이 일은 이위 아닌 다른 사람은 상대가 못 된다고 했네. 그러나 아직은 짐이 가끔씩 필요로 할 것 같고, 공로가 있으면 있었지 과오는 없는 사람이니 지금은 시기상조인 것 같네! 아무 이유없이 사람의 목을 칠 순 없지 않은가. 이 글을 잘 건사하게. 그에게 투시하는 초능력이 있을지도 모르니까!"

이에 홍력이 웃으며 말했다.

"〈역경〉까지 꿰뚫어 볼 수 있는 실력이라면 우린 그 누구도 그를 제압할 수 없을 것입니다. 하오나 신은 여태 십삼숙과의 대화를 이 송판(宋板) 〈역경〉을 통해 이루어 왔습니다. 아직까지는 무사한 것 같습니다."

옹정이 웃으며 머리를 끄덕였다. 그리고는 말했다.

"어찌 그런 생각까지 했나! 앞으로 짐도 자네에게 비밀대화를 시도할 땐 〈역경〉 책을 통해 지의를 전달할 것이니, 그리 알게."

그날 저녁 교인제는 '현빈(賢嬪)'으로 승격되어 창춘원에 별궁을 지어 머물게 한다는 내용의 지의를 받았다.

46. 화근을 없애라!

비록 명조(明詔)를 내려 만천하에 공표하진 않았지만 옹정이 홍시에게 죽음을 주었다는 사실은 금세 대내에 알려졌다.

며칠 후부터 장안에는 '홍시가 자살했다'는 소문이 파다했다. 수 년 사이에 윤당, 윤사 두 형을 감옥에서 죽어가도록 방치하고, '국구(國舅) 커룽둬'와 셋째형 윤지를 감금시키고, 그것도 모자라 이번엔 아들에게까지 죽음을 주었다는 사실에 관가는 물론 천하가 술렁거렸다.

오로지 원리원칙만을 고수하고 자신에게 불복하는 자에 대해선 이처럼 가차없다는 피비린내 나는 사실 앞에서 옹정의 신정(新政)에 대해 아직 불평불만을 품고 있던 관원들은 된서리 맞은 가지처럼 기가 꺾이고 말았다. 전문경과 어얼타이가 성의(聖意)에 편승하여 공로를 세우는 데만 혈안이 되어 있으며, 다른 사람들의 사활엔 전혀 무관심하다고 직격탄을 날리던 사람들도 겨울매미처럼 어디론가 꽁꽁 숨어들고 말았다. 옹정은 물론이거니와 옹정의 몇몇 '모범총독'들에 대해서도 더 이상의 비난은 들어볼 수가 없었다.

이토록 정무(政務)는 순항을 하는 반면 군무(軍務)는 고전을 면치 못하고 있었다. 운남성과 광서성의 개토귀류 정책에 크게 반발하던 현지의 토사(土司)들이 정부에서 파견된 주현(州縣)의 관원들을 못 살게 굴어 쫓아내는가 하면 그네들의 등쌀과 입에 풀칠하기조차 어려운 여건에서 배겨내지 못한 관원들은 꼬리를 빳빳이 세우고 도망치기가 일쑤였다.

각 주(州)와 현(縣)의 아문(衙門)에 주관들이 없다 보니 남아 있는 미관말직들이 있지도 않은 정부의 시책을 날조하여 묘족(苗族)과 요족(猺族) 백성들을 착취하여 민분(民憤)이 끊일 새가 없이 빈번했다.

옹정 5년에 현지의 토호세력들이 묘족 백성들을 동원하여 아문을 불지르고 거리를 아수라장으로 만든 대규모 난동 사건이 연쇄적으로 일어났다. 조정에서는 몇 번이고 파병하여 진압하려고 했으나 산속 지형에 더없이 밝은 이들을 추적하기란 사실상 불가능했다.

그곳의 '개토귀류(改土歸流)'가 커다란 성과를 거두었다 하여 성심(聖心)을 얻어 기추 부문의 재상으로 일약 신분상승을 한 어얼타이로서는 누구보다 불안할 수밖에 없었다. 그는 다시 서남으로 돌아가 토사들을 진압하고 오겠노라고 옹정에게 주청을 올렸다.

옹정은 흔쾌히 인준했고, 군기대신(軍機大臣)의 신분으로 운남성, 귀주성의 군정에 촉매제가 되게끔 독려했다. 이밖에 귀주제독

(貴州提督) 함원생(哈元生)을 양위장군(揚威將軍)으로, 호광제독(湖廣提督) 동방(董芳)을 부장군(副將軍)으로 임명하여 어얼타이의 휘하에 편입시켰다.

악종기의 대군은 옹정 7년에 정식으로 출병하면서 북로군(北路軍)과 서로군(西路軍)으로 나뉘어 집게 모양으로 서진(西進)했다. 악종기가 서로군을 진두지휘하고, 장군 기성부(紀成斌)가 북로군을 맡았다.

출정을 앞두고 악종기는 옹정에게 반드시 승전고를 울릴 수밖에 없는 열 가지 이유를 상언했다. 첫째는 주덕(主德)이고, 그 뒤로는 천시(天時), 지리(地利), 인화(人和), 양초(糧草) 충족, 정예병의 용맹성, 병기의 선진성, 진영의 짜임새, 작전의 치밀함, 군영 내부의 결집을 꼽았다. 그는 이렇듯 모든 조건이 구비된 이상 처링 아라부탄을 수일 내에 소탕하는 것은 그리 어려운 일이 아닐 거라고 했다.

옹정은 크게 기뻐하여 악종기의 장자인 악예(岳濬)를 산동 순무로 승진발령내고, 길일을 택하여 친히 태화전에서 악종기를 위한 송별연을 베풀었다. 그리고 악예로 하여금 아버지 악종기를 서녕의 군중까지 바래다 주게 했다.

서부군의 깃발이 하늘을 뒤덮고 출전을 앞둔 병사들이 의기충천해 있을 때 갑자기 악종기의 군중으로 한 통의 전보가 날아들었다. 처링 아라부탄이 파견한 특사 터러이가 북경으로 가던 중 서녕에 들러 악종기를 만나보고자 한다는 내용이었다.

때는 옹정 9년 7월이었다. 비가 많고 수풀이 우거진 계절이었다. 막 순영(巡營)을 마치고 돌아오자마자 이 소식을 접한 악종기는 고개를 갸웃했다. 마침 총병인 장원좌(張元佐), 판팅, 야대웅(冶

大雄) 등이 자리해 있었다.

갑작스런 소식에 잠시 머리가 복잡해진 악종기가 부하들의 의견을 들어볼 양으로 물었다.

"자네들 생각엔 만나보는 게 좋겠는가?"

"이는 분명 시간을 벌기 위한 처링 아라부탄의 간교한 수작입니다."

장원좌가 말했다. 그는 윤제와 연갱요를 따라 두 번씩이나 거얼단과 맞붙어 본 총병이었다. 따라서 아라부탄이 간사하기 이를 데 없다는 사실을 깊이 아는지라 이같이 단언했다. 다른 사람들이 말이 없자 잠시 생각하여 장원좌가 덧붙였다.

"북경으로 가는 특사라면 제 갈길을 가게 내버려두고, 우린 계획대로 밀고 나가면 되지 않겠습니까?"

그러자 야대웅이 말했다.

"지금 우리 대군은 한창 사기가 백 배로 고조되어 있습니다. 우리가 그자의 청을 들어주어 만난다면 휘하 병사들은 강화협정을 맺는 줄 알고 금세 사기가 떨어질 것입니다. 제 생각엔 그자를 유인하여 목을 쳐버리고 우리 계획대로 움직이는 게 어떨까 합니다."

그러나 판팅은 다른 주장을 했다.

"그자가 투항을 목적으로 우릴 만나자고 할 수도 있지 않소? 그리고 아무리 적군이라고 하지만 특사를 우리가 맘대로 죽였다가 폐하께서 이 일을 어찌 생각하시겠소? 한 번 만나본다고 손해 볼 건 없을 것 같은데?"

그러자 야대웅이 말했다.

"모로 가도 목적지에만 도착하면 된다고, 전쟁터에선 오로지 싸워 이기는 게 목적이니까 승전고만 울리면 폐하께서도 웬만한 건 추궁하시지 않으실 거요. 이 토끼새끼를 잡아죽이고 개선하여 모든 책임은 내가 지겠소!"

몇몇 장령들의 의견까지 이처럼 엇갈리니 악종기는 더더욱 혼란스러웠다.

군중에서도 만인(滿人)과 한인(漢人) 장령들은 이처럼 판이한 의견 차를 보이곤 했다. 만인들은 무능한 데 비해 거만했고, 한인들은 불만이 가득했지만 감히 건드릴 배짱이 없었다.

터러이는 필경 지의를 받고 북경으로 황제를 배알하러 가는 특사였다. 적군의 일원이라 하여 자신이 중도에서 목을 쳐버린다면 옹정이 이를 간과할 리가 없었다. 그렇다고 터러이의 요구를 받아들여 만나준다면 사기는 떨어질 게 뻔했다.

진퇴유곡에 빠져 한참 고민을 거듭하던 악종기가 단호하게 말했다.

"무슨 말을 하는지 알아보기 위해서 만나보는 것도 나쁘진 않겠지."

말을 마친 악종기는 곧 부하들을 데리고 대장군의 처소로 들어왔다. 정전 서쪽에 위치한 친병들의 방에 잠시 앉아 있노라니 병사들이 쉰 살 가량 되어 보이는 몽고인을 데리고 들어왔다. 악종기가 대뜸 물었다.

"자네가 바로 터러이라는 사람인가? 곧 두 집 사이에 칼싸움이 벌어질 텐데, 우리 군중엔 무슨 일로 찾아왔는가?"

말을 마친 악종기가 통역관에게 시선을 두었다.

"아이고, 속 터져! 그 실력으로 통역관을 자처하다니."

통역관이 더듬거리는 사이 터러이가 웃으며 말했다.

"난 한어(漢語)를 할 줄 아오. 모친이 한인이고, 장가구(張家口)에서 차마(茶馬) 장사를 하는 아버지를 따라 다니며 한인들과 깊은 정분을 맺고 살다 보니 저절로 익히게 됐소."

터러이는 건장한 체격에 네모난 얼굴은 대춧빛이 나는 전형적인 몽고 사내였다. 살아온 세월이 그리 순탄해 보이지만은 않은 그의 얼굴엔 자상하고 온화한 미소가 넘쳤다. 유창한 한어 실력만으로는 그가 몽고인이라는 걸 점칠 수 없을 정도였다. 터러이가 잠시 숨을 돌리고는 다시 말했다.

"난 장군에게 선전포고를 하러온 것이 아니오. 반면에 난 전쟁을 종식하고 평화를 지향하는 사명을 받고 있소."

악종기가 믿기 어렵다는 표정을 하고 터러이를 매섭게 노려보았다.

"누가 당신 말을 믿을 수 있겠소? 벌써 자네 선배들이 사탕발림 소리나 하며 북경을 수없이 다녀갔지만 진실은 찾아볼 수가 없었지. 아무리 저절로 터진 입이라고 해도 그리 허튼 소리만 내뱉어서야 되겠나? 거짓으로 평화의 손짓을 보내놓고 뒤통수를 치겠다 이건가! 난 그저 대체 어떤 물건인가 보고 싶어서 불렀을 뿐이네."

"난 '물건'이 아니오. 난 사람이오."

터러이가 정색하여 말했다.

"악 장군은 어찌하여 한인이 한어도 제대로 못하오?"

터러이의 우스꽝스러운 반항에 악종기의 부하 장령들은 모두 입을 감싸쥐고 웃었다. 악종기의 얼굴에도 잠깐 웃음기가 스쳤다. 그러나 곧 정색하며 물었다.

"누가 자네를 보냈나? 처링 아라부탄인가?"

"이보시오, 장군!"

터러이가 방 안이 너무 더워서인지 한 쪽 팔소매를 걷어올리며 말했다.

"〈손자병법〉에는 '지피지기(知彼知己)면 백전백승(百戰百勝)'이라고 했소. 그런데 유감스럽게도 장군은 우리 거얼단의 형세를 전혀 모르는 것 같소. 처링 아라부탄은 작년 11월에 벌써 병사(病死)했소. 지금 우리 준거얼 지역은 거얼단 처링 대칸(大汗)이 권력을 장악하고 계시오. 처링 대칸은 줄곧 중앙의 통치에 예속되길 원했고, 중화문명을 흠모해 왔소. 그가 카얼카 몽고를 지켜온 것은 중앙을 위해 튼튼한 울타리가 되어 주라는 강희 버거다칸(황제)의 특별조서를 받고부터였소. 그런 처링 대칸이기에 이번에 표(表)를 올려 화해를 청할 수 있었던 거요. 난 그 화해의 진실된 몸짓에 맨발 벗고 나서서 춤추는 평화의 사자로서, 먼저 우리 사이를 가로막고 있는 오해부터 풀려고 왔소."

"오해라고?"

악종기가 껄껄 웃었다.

"옹정 2년 봄에 우리 대군에 의해 패망하여 도망간 뤄부 짱단쩡을 당신네들이 숨겨준 게 아니란 말인가?"

이에 터러이가 대답했다.

"장군께서 반드시 아셔야 할 것은 그 당시와 지금은 정세가 다르다는 점이오. 그 당시 우리 쪽에선 처링 아라부탄이 집정하던 시기인지라 아라부탄과 뤄부 세가의 연원(淵源)상 죽어가는 뤄부를 받아들이지 않을 수가 없었소. 한인들의 말을 빌자면 '의리'를 지킨 거지. 그러나 뤄부는 독사(毒蛇)이고 초원의 이리였소. 살려준 은혜도 모르고 서서히 원기를 회복해가자 자신의 잔여 세력을 모아 우리 처링 아라부탄을 음해하려고 했소. 이에 격분한 지금의 처링 대칸이 마침 조정과 화해를 시도할 때라 뤄부를 단박에 때려 눕히고 나더러 북경으로 압송하여 황제에게 공품으로 올리라고 하셨소. 그런데……"

터러이가 미간을 찌푸리더니 눈을 크게 뜨고 있는 악종기를 향해 말했다.

"난 뤄부를 압송하여 오는 길에 악 장군의 부대가 서진하여 군영을 트는 장면과 맞닥뜨리고 말았소. 도망가는 몽고인들의 말로는 악 장군이 곧 카얼카 몽고를 들이칠 거라고 했소. 우리 주인이 주군을 향한 충성을 표하기 위해 귀한 선물을 들려 보냈는데, 중도에서 자칫 잘못되기라도 할까 봐 난 뤄부를 잠시 이리 부근에 맡겨 놓았을 뿐이오. 장군, 생명이란 너나없이 소중한 존재요. 내가 방금 했던 말을 옹정폐하께 주해 올렸으면 하오. 그 동안 난 인질이 되어 악 장군의 군중에 남아 있겠소. 어떻소, 장군?"

"그렇게 하지."

터러이의 말에서 이렇다 하게 흠집을 잡아낼 수 없었던 악종기가 자리에서 일어나며 말했다.

"내가 지금 주하더라도 자넨 여기 보름 정도는 있어야 할 거요. 방 하나 내어주고 끼니는 때맞춰 내어올 것이니 조금이라도 우리 군영의 규칙에 어긋나는 짓을 했다간 군법이 무정하다고 원망하지 말게."

그날로 악종기는 터러이를 접견한 자초지종을 소상히 적어 주장을 올렸다. 주장의 끝부분에 악종기는 이같이 덧붙였다.

처링 아라부탄의 유래 깊은 간계에 더 이상 미련을 가져선 아니 되겠사옵니다. 신의(信義)라곤 눈곱만큼도 없는 자들의 미사여구를 멀리하고 당장 터러이를 서녕 현지에서 정법에 처하여 사기를 진작시켜주는 계기가 되었으면 하옵니다. 이에 특별히 주청을 올리는 바이옵니다.

그로부터 12일 후 옹정으로부터 8백리 긴급 주비가 날아들었다.

싸우지 않고 무릎꿇게 하는 것이 진정한 승리라는 걸 알아야 하네. 처링 대칸이 과연 말대로 신도(臣道)를 근수(謹守)하여 궐하(闕下)에 무릎을 꿇는다면 짐도 굳이 피바람을 몰고 올 생각은 없네. 터러이를 북경으로 보내어 짐에게 맡기도록 하게. 그리고 우리 군은 서진(西進)을 잠시 늦추도록 하게. 만에 하나 터러이가 사기를 일삼을 가능성도 배제할 순 없으니 경계를 강화하도록 하게. 작전 배치가 끝났으면 터러이와 함께 북경으로 와도 좋네. 이상!

악종기는 전혀 내키지 않았지만 지의가 분명한지라 울며 겨자 먹기로 따르는 수밖에 없었다. 그날 저녁 군무 배치를 마친 악종기는 몇 십 명의 친병들을 데리고 터러이와 함께 쾌마(快馬)로 북경으로 향했다. 터러이가 가져온 공품은 낙타에 실어 역관에서 책임지고 보내주기로 했다.

악종기 일행이 밤낮없이 달려 북경에 도착했을 때는 추석 명절이 가까워오는 시기였다. 그해 농사는 하남, 산동, 산서를 중심으로 대풍작이 들었는지라 금빛 물결이 출렁이는 수확철을 맞아 백성들은 희망에 차 있었다.

북경성은 벌써 명절의 분위기에 들떠 있었다. 추석 음식인 월병(月餠)을 만들고, 종이토끼를 접고, 재신(財神)을 모시느라 분주

했다. 성 밖에는 현란한 단풍이 추색(秋色)을 자랑했고, 산 위엔 높고 푸른 하늘이 청아했다. 영정하(永定河)의 물은 가슴시리게 맑고 푸르렀다. 바야흐로 북경은 일년 중 가장 좋은 절기를 맞고 있었다.

그러나 온몸 가득 먼지를 뒤집어쓰고, 눈이 알알하고 다리가 퉁퉁 부을 정도로 정신없이 달려온 악종기네 일행은 유유자적 풍년 든 가을들녘을 감상할 경황이 없었다. 북경 근교에 도착한 그들은 그날 저녁은 노하역관에 머물기로 했다.

어느새 장정옥이 악종기 일행을 위로하기 위해 방문했다. 내일 창춘원에서 옹정이 터러이를 접견할 것이라는 지의도 전해 왔다. 장정옥이 대동한 사람들은 공부상서 유홍도와 새로이 경기도대(京畿道臺)로 진급한 이한삼, 그리고 예부 소속 외번사장(外藩司長) 진학해도 있었다.

사람들은 수박과 포도를 먹으며 한담을 나누었다. 수다쟁이 진학해가 손짓발짓까지 곁들여가며 각 지역의 풍작 소식에 대해 신바람이 나서 떠들었고, 네덜란드, 일본, 프랑스, 러시아 등의 나라에서 사절을 파견하여 북경은 '만국래조(萬國來朝)'하는 환락의 도가니에 빠져 있다면서 다른 사람에게는 말할 기회도 주지 않고 혼자 떠들었다……. 사람들은 진학해의 말을 들어주는 것이 더 재미있다는 듯한 표정이었다. 그날은 달리 의논할 거리도 없이 단순히 먼길을 달려온 악종기에 대한 위로의 말로 간단한 만남을 가지는 데 그쳤다.

이튿날 이른 아침, 정갈하게 관포(官袍)를 차려 입고 황제를 배알할 차림새를 빈틈없이 갖춘 악종기는 터러이와 함께 말을 달려 창춘원으로 왔다. 쌍갑문 입구에 이르니 미리 대기 중이던 고무용이 두 사람이 말에서 내리기를 기다렸다가 옹정의 지의를 낭독했다.

"터러이는 쌍갑문에서 명을 대기하고, 악종기만 안으로 들라."

터러이가 공손히 무릎을 꿇는 모습을 보며 악종기가 고무용을 따라 담녕거로 향했다.

"오느라 수고가 많았네."

옹정은 가부좌를 튼 채 온돌 위에 앉아 있었다. 이위와 주식이 양옆에 시립하여 있었고, 남쪽 창문 아래엔 책상과 의자가 따로 마련되어 있었는데, 홍력이 그 자리에 앉아 있었다.

악종기의 대례가 끝나길 기다렸다가 옹정이 웃으며 말했다.

"홍력, 자네가 짐을 대신하여 동미(東美, 악종기의 호) 장군을 부축하여 일으키도록 하게. 모두 짐의 친신(親臣)들이거늘 모두들 자리에 앉아 편히 얘기 나누도록 하지."

그제야 악종기가 유심히 바라보니 옹정은 낙타색 비단 장포에 금룡무늬가 수놓인 솜을 넣은 마고자를 껴입고 있었다. 목엔 밀랍 조주(蜜蠟朝珠)가 길게 드리워져 있었고, 허리엔 노란 띠를 두르고 있었다. 백조털로 만든 관을 쓰고, 온돌 한가운데 정좌하고 있는 옹정은 몸은 2년 전보다 말라서 옷이 조금 커 보일 뿐 신색(身色)은 훨씬 좋아 보였다.

악종기가 그런 옹정을 우러러보며 말했다.

"용안(龍顏)은 신이 떠날 때보다 더 수척해 보이옵니다. 귀밑머리도 더 하얗게 센 것 같사옵니다. 폐하께오선 여전히 소식(素食)을 하시고 계시옵니까? 신은 석가모니 부처님에 대해서 잘은 모르오나 공불(供佛) 시에도 세 가지 가축의 고기는 올려놓을 수 있다고 들었사옵니다. 하오니 폐하께서도 가끔씩 육식을 하셔도 무방

할 줄로 아옵니다. 신이 떠날 때 폐하께서 재계패(齋戒牌)를 달고
계시는 걸 보았사온데, 여태 그걸 달고 계시옵니까? 하오면 폐하
께선 그 뒤로 한 번도 육식(肉食)을 하시지 않으셨단 말씀이옵니
까?"

"짐은 워낙 소식(素食)을 즐겨 먹는다네. 애써 혈식(血食)을
금하는 건 아니라네. 그러나 오늘은 전문경의 사십구재(四十九
齋)라 짐이 재계패를 달고 있는 거네."

옹정이 크게 기침을 했다. 꼬마태감이 재빨리 수세통을 받쳐
올렸다.

그러나 힘겹게 기침을 했지만 가래침은 없었다. 숨을 고르고
자리에 앉은 옹정이 한숨을 지으며 말했다.

"자네는 아직까지 모르고 있었을 거네. 전문경이 저세상으로
먼저 갔다는 걸 말일세. 우린 참 훌륭한 일꾼을 잃었지……. 됐네,
그쯤 알고 있으면 되겠고, 자네가 데려온 터러이에 대한 얘기나
해 보세."

사실 악종기는 이번에 하남성을 경유하면서 그곳 관리들과 선
비들이 전문경이 죽었다고 하여 큰 명절이라도 맞은 양 춤추고
노는 모습을 보았었다. 그러나 그런 말은 차마 옹정의 면전에서
할 수 없었기에 모르는 척할 수밖에 없었다.

그는 무릎에 두 손을 얹고 터러이를 접견한 자초지종을 소상히
아뢰었다. 그리고는 군사를 이끄는 장군으로서 사기(士氣)의 중
요성을 거듭 강조하며 터러이의 공품(貢品)이며 화해를 청하는
표(表)를 되돌려 보냄으로써 불공대천의 원수인 적들에겐 추호도
곁을 주지 않을 거라는 조정의 뜻을 확고히 하는 것이 좋겠다고
간언했다.

"자네 생각이 일리는 있는 것 같네. 짐은 일단 접견해 보고 그 허실을 판명한 뒤에 결정을 내릴 것이네."

옹정이 덧붙였다.

"자네도 관보를 읽어서 알고 있겠지만 예친왕 도르곤의 사건은 평반(平反)되어 도르곤의 일가는 원죄를 씻고 명예를 회복했다네. 오배(鰲拜)의 자손들도 세직(世職)을 되찾았고. 물론 짐은 무조건 선행을 베푸는 사람은 아니네. 하지만 되도록 살생을 적게 하고 덕으로 사람을 감화시킨다면 더할 나위 없이 좋을 게 아닌가. 터러이가 만리 길도 마다하지 않고 찾아와 신하임을 쾌히 인정하고 궐하에 고개 숙였는데, 무조건 잡아 죽칠 순 없지 않겠는가. 요즘 들어서 일본을 비롯한 수십 개 나라들에서 공품을 바리바리 싸들고 예의를 깍듯이 갖춰 우리 대청의 문전에 삼궤구고의 대례를 올리고 있는 추세라네. 이 어찌 상서로운 기운이 아니고 우리 대청(大淸)의 홍복이 아닐 수 있겠는가! 만약 처링 대칸이 순순히 항복해 온다면 짐이 탄환 하나라도 낭비할 이유가 없지 않겠나? 상천(上天)은 호생지덕(好生之德)이 있다고 했네. 이보게, 고무용!"

"예, 폐하!"

"터러이를 들여보내게."

"예, 폐하!"

고무용이 물러가자 옹정이 웃으며 말했다.

"프랑스에서 도금된 조총(鳥銃) 스무 자루를 공품으로 올려 왔다네. 그 중 여섯 자루를 동미 자네한테 하사하겠네. 나중에 보친왕에게서 받아가도록 하게."

악종기가 미처 사은을 표하기도 전에 홍력이 급히 일어서서 대답하고는 웃으며 말했다.

"악 장군, 횡재했네? 나도 두 자루밖에 하사받지 못했고, 이위는 한 자루인데, 자넨 한꺼번에 여섯 자루씩이나 상으로 받고……. 아바마마, 일본에서 올린 왜도(倭刀)도 제법 괜찮아 보였사온데, 그것도 악 장군에게 몇 자루 상으로 내리실 의향은 없으신지요."

"상으로 내리고 말고! 왜도도 스무 자루 하사하지."

옹정이 호쾌하게 웃으며 답했다.

"대장군에겐 팔면위풍(八面威風)이 있어야 하거늘, 당연히 우리 악 장군을 우선 섬겨야지! 악 장군의 친위대들도 이참에 어깨가 들썩해지겠군."

악종기가 급히 허리를 굽혀 절을 하며 사은을 표하고는 웃으며 말했다.

"이는 폐하께서 전군(全軍)의 장사(壯士)들을 향한 격려로 알고 사기가 진작되도록 잘 활용하겠사옵니다. 적들의 고위 장령을 생포하거나 목을 치는 병사들에게 조총 한 자루씩을 상으로 내릴까 하옵니다."

그러자 이위가 웃으며 말했다.

"악 장군 그 방법 한번 기똥차네. 그렇다면 나도 얼굴에 철판 깔고 폐하께 왜도 두어 자루 더 하사받도록 해야지. 장님도사처럼 봉록도 안 받고 조정을 위해 산야의 강도떼를 잡아들이는 숨은 공신에게 상으로 내리면 관직에 등 떠미는 것보다 훨씬 좋아할 텐데!"

이위가 이같이 말하고 있을 때 고무용이 들어왔다. 그러자 옹정이 다그쳐 물었다.

"동작이 어찌 그리 굼뜬가?"

"터러이가 쌍갑문에서부터 매 세 발자국을 옮겨 놓을 때마다 절을 한 번씩 하면서 오고 있사옵니다. 기다리다 못해 쇤네가 먼저 들어와 아뢰는 바이옵니다."

고무용이 조심스런 표정으로 옹정의 눈치를 살피며 말을 이어 나갔다.

"터러이의 말에 따르면 준거얼부는 수 년 동안 복종과 불복을 번복하여 왔기에 자신은 죄를 지은 몸이라고 하옵니다. 하오니 여느 사절단처럼 상례(常禮)로 천자를 배알할 수가 없다고 하였 사옵니다. 그리고 쇤네에게 이런 걸 내어주며 천자께 미언(美言)을 당부한다고 했사옵니다……."

고무용이 소매 속에서 기름떡 정도의 크기는 되고도 남을 금 조각을 꺼내어 공손히 옹정에게 받쳐 올렸다. 사람들은 터러이의 이같은 통 큰 소행에 적이 놀라는 눈치였다.

"자네한테 선물한 것이니, 자네가 넣어두게. 짐이 알았으니 괜 찮네."

옹정은 터러이가 이토록 큰 예를 보이고 있다는 것에 기뻐하며 희색이 만면했다.

"터러이가 이같은 예를 갖추는 걸 보니 이 일은 얼마간의 가망 은 있어 보이네. 동미, 자네와 이위는 먼저 물러가도 좋네. 오느라 노곤할 텐데, 가서 푹 쉬도록 하게. 전방에서 군사에 관한 주장이 올라오는 대로 군기처에서 자네한테 전해줄 것이네. 〈대의각미록 〉은 이제 막 각인(刻印)을 마쳐 전국의 학궁(學宮)들마다 내려보 냈네. 자네도 한 부 가져가서 잘 읽어보게. 증정, 장희 같은 사람들 은 조정의 교화에 적극협조하고 따라만 준다면 굳이 죽일 필요가 없을 뿐더러 그에게 관직을 내려 유용하게 잘 써먹을 수도 있다는 걸 알아두게."

옹정은 책을 악종기에게 건네주며 주식과 홍력을 힐끔 바라보았다. 증정을 죽여 없앨 것을 간곡히 간언했던 두 사람은 고개를 숙인 채 말이 없었다.

이위와 악종기가 궁전을 나왔을 때 공품 목록을 손에 든 터러이는 아직도 수십 걸음은 더 남겨 놓고 있었다. 둘은 터러이를 지나쳐 골목길을 통해 쌍갑문을 나왔다.

악종기가 노하역관으로 돌아가려 하자 이위가 잡아당겼다. 그리고는 웃으며 말했다.

"이젠 이렇다 할 군무가 있는 것도 아닌데, 역관에 코 박고 엎드려 있을 게 뭐 있소. 군말 말고 이리 와 보오. 내가 오늘 중요한 일을 한 가지 처리해야 하는데, 악 장군의 위력을 좀 빌려 써야 할 것 같아서 그러오!"

말이 없고 웃음에 인색한 악종기였지만 언제 보아도 얼굴을 원숭이처럼 찡그리고 익살스런 몸동작을 해 보이는 이위의 모습에 픽 웃어버리고 말았다. 그리고는 말했다.

"다들 자네가 병들어 곧 죽게 됐노라고 수군거리더니, 오늘 보니 아직 팔팔하군! 자네 성화에 당해내는 사람이 어디 있겠소? 그래, 무슨 위력을 어떻게 빌린다는 거요?"

"가사방, 즉 가 신선이 아니었다면 나도 벌써 골골대다가 죽었겠지."

이위가 악종기와 함께 말 위에 올라타더니 웃으며 말을 이었다.

"……어디 한 군데라도 안 아픈 구석이 없어 차라리 죽어버렸으면 했는데, 그 친구가 눈 딱 감고 몇 마디 중얼중얼대니까 거짓말처럼 병이 낫는 거 있지?"

두 사람은 천천히 성 동쪽을 향해 방향을 틀었다. 얼마쯤 가니 두 사람이 겨우 비집고 앉을 만한 작은 가마가 유유자적 흔들거리며 마주오고 있는 게 보였다. 네 명의 순천부 아역들이 가마를 호위하며 따라오고 있었다. 악종기는 이같이 볼품없는 가마가 어찌 금원(禁苑)에 버젓이 나타날 수 있을까 싶어서 적이 놀라워했다.

이때 이위는 벌써 말에서 뛰어내렸다. 가마를 세워놓고 이위가 낄낄 웃으며 말했다.

"이봐, 가사방! 어서 기어 나와!"

악종기가 더욱 오리무중에 빠진 듯한 표정을 짓고 있을 때 가마 안에서 가사방이 웃으며 내려섰다. 그가 옹정의 신임을 받고 있다는 걸 들어서 알고 있는 악종기가 천천히 말에서 내렸다. 그러자 이위가 악종기의 팔을 낚아채듯 끌고 가사방에게로 다가가더니 가사방을 가리키며 말했다.

"이 친구가 이래뵈도 궁중에서 방귀깨나 뀌는 인물로 신분상승했다오. 금은보화도 산더미처럼 쌓아두고 있는 왕부자이면서도 요렇게 청승맞게 군다니까? 이 체구에 가마가 이게 뭐요!"

"처음 뵙습니다, 악 장군!"

가사방이 이위의 비아냥거림에는 아랑곳하지 않고 악종기를 향해 절을 해 보이고는 덧붙였다.

"이 어른, 이 가마가 어떻다고 그리 구박을 하시오? 이래뵈도 말과 시합해도 결코 뒤지지 않을 거요! 난 원래 노새 타는 걸 무척 좋아하는데, 장친왕께서 노새를 타고 어디 금원(禁苑)을 드나드느냐고 하시길래 가마로 바꿔 탔을 뿐이오."

"이 가마로는 금원을 휘젓고 다녀도 괜찮은 줄 아나 봐?"

이위가 여전히 악의없이 비아냥대며 말했다.

"지금 폐하께선 외신들을 접견하시느라 바쁘시다네. 들어가 봐도 퇴짜를 맞을 게 분명하니, 시간이 괜찮다면 우리를 따라나서지 그래. 내가 두 시골뜨기가 눈이 번쩍 뜨이는 곳으로 데려갈 테니까! 그리고 보니 우리 셋은 기똥차게 궁합이 잘 맞네! 하나는 사람을 파리 잡듯 하는 대장군, 하나는 수급(首級)을 따는 게 하늘에 별 따기인 도사에, 난 귀신도 도망간다는 구제불능의 거지! 그야말로 끝내주네!"

그러자 악종기가 으스대며 말했다.

"난 평생 전쟁터에서 잔뼈가 굵었다고 해도 과언이 아니지만 아직 수급 따기가 그리 어려운 사람은 못 봤네!"

이에 이위가 웃으며 가사방을 가리키며 말했다.

"바로 눈앞에 있잖소! 지난번 장오가가 시험삼아 칼을 휘둘러 연신 세 번을 내리찍었는데도 서슬 시퍼렇던 칼날만 못 쓰게 됐을 뿐 이 친구는 목에 흔적 하나 남지 않았다니까!"

악종기는 그저 이위의 허풍쯤으로 받아들이고는 웃기만 했다. 가사방도 미소를 머금은 채 말이 없었다.

번화한 골목에 이르자 세 사람은 말과 가마를 내버리고 아예 걸어서 다녔다. 선무문(宣武門) 서쪽에 위치한 대랑묘(大廊廟) 쪽으로 한 바퀴 돌아보니 서화(書畵) 작품이며 옥기(玉器), 비첩(碑帖), 자기(瓷器), 꽃이며 나무 등등 없는 물건이 없었다. 장사꾼들의 고함소리에 귓전이 어지러웠다.

"우리 약을 가져다 6개월 동안 쥐가 종적을 감추지 않으면 내 목을 따 가시오, 여기 앉아서 기다릴 테니!"

"만능고약이요, 만능 고약! 엎어지고, 깨지고, 찢기고, 찔리고 하는데 이걸 바르면 즉효라오!"

"맹가네 정력제 사시오! 한 알만 먹으면 하룻밤에 대여섯 번은
거뜬히 죽여주지!"

악종기가 연신 픽픽 웃으며 이위의 꽁무니를 따라 다니더니 말
했다.

"역시 거지는 뭐가 달라도 달라! 어디든 모르는 곳이 없으니
말이야. 난 북경에 수없이 들락거려도 아직 이런 저잣거리가 있는
줄도 몰랐소!"

이위는 마치 물을 만난 고기처럼 신이 나서 동에 번쩍, 서에
번쩍 하며 북새통인 골목을 잘도 빠져나갔다. 어디로 잠깐 종적을
감추었던 이위가 메뚜기 열 몇 마리가 든 조롱을 들고 나타났다.
'꼬마황자'들에게 선물한다고 했다. 그리고는 어디서 사왔는지 갖
가지 먹거리를 가사방과 악종기의 품속으로 쑤셔 넣더니 웃으며
말했다.

"별의별 잡것들, 잘난 놈, 못난 놈이 한데 뒤엉켜 있는 이런 시장
바닥이 얼마나 재밌는데! 난 하루에 한 번씩이라도 휘 한 바퀴씩
돌 수만 있다면 정말 행복하겠소! 앞으로 서부 전쟁터에서 가끔씩
오늘을 떠올리면 내가 그리워질 때도 있을 거요. 이런 델 다닌다고
괴물 보듯 하는데…… 저기 좀 보오, 다섯째마마도 구경나오지
않았소!"

사람들의 북새통에 정신이 없던 두 사람이 입안 가득 이위가
사 온 음식을 쑤셔 넣고 우물거리고 있던 중 이위의 손가락이 가리
키는 방향을 보았다. 과연 새로이 화친왕으로 봉해진 다섯째 홍주
가 머리에 착 달라붙는 육각형의 비단 모자를 쓰고 깔끔한 미색
비단 장포를 차려입은 채 유유자적 부채까지 부치며 걸어오고 있

는 것이 보였다.

"어서 숨어버리자고!"

악종기가 가사방의 팔을 잡아끌었다. 그리자 이위가 웃으며 말했다.

"늦었소. 화친왕께서 벌써 우릴 발견하신 모양이오!"

"자네들 셋이 여긴 어쩐 일인가!"

옆에 있던 사람으로부터 귀엣말로 뭔가를 전해들은 홍주가 고개를 끄덕이더니 빠른 걸음으로 다가왔다. 그리고는 웃으며 말했다.

"이봐, 이위! 지금 날보고 도망가려고 했지?"

이에 이위가 익살스레 웃으며 말했다.

"동미 장군이 이런 자리에서 알은체하기가 부담스럽다며 숨자고 했습니다. 전 영벽(永璧) 세자(世子)를 비롯한 여러 세자들에게 선물하려고 메뚜기를 샀는 걸요!"

그러자 홍주가 웃으며 말했다.

"이런 데서 인사는 무슨! 방금 나도 저쪽에서 태감들과 함께 놀고 있는 막내 숙왕(叔王)을 보고 그저 눈인사 정도를 나누고 말았는걸."

홍주가 웃으면서 그냥 비껴 지나가려고 하자 이위가 재빨리 물었다.

"패륵마마, 이 근방에 어디 좋은 곳 없습니까? 모처럼 저희들에게 구경 좀 시켜주시면 안 될까요? 저잣거리에서 만난 것도 연분인데 말입니다. 저흰 지금 창춘원에서 나오는 길인데, 배가 고파 뱃가죽이 등에 붙었습니다. 그래서 이런 떡 조각이나 씹고 있지 뭡니까!"

"우는 소리 작작해! 누가 거지가 아니랄까 봐?"

홍주가 웃으며 말했다.

"사실 난 경운당(慶雲堂)이라고 먹고, 놀고, 즐기는 데는 끝내주는 곳으로 가고 있네. 그런데 자네들을 데려가고 싶지 않아서 이러는 게 아니네. 이위, 자네가 그 항문 같은 입을 제대로 단속하지 못해 내가 곤욕을 치를까 봐 그러지. 그리고 가사방은 출가인인데 그런 곳에 가서 파계(破戒)를 당하는 날엔 사람들이 그 신통력을 믿어주질 않지."

홍주가 가고자 하는 곳이 어떤 곳인지를 알 것 같은 가사방이 웃으며 말했다.

"빈도가 그런 유혹도 못 이기면 어찌 오늘날까지 수련을 해 왔겠사옵니까? 빈도에겐 성욕 자체가 없사옵니다. 하오니 그런 자리에 갈 시간이면 불경을 몇 쪽이라도 더 읽는 것이 나을 것 같사옵니다."

말을 마친 가사방은 곧 떠나가려고 했다. 그러자 이위가 급급히 팔꿈치를 잡아당기며 말했다.

"그놈의 불경은 평생 읽을 텐데 뭘 그리 극성을 떨어! 오늘은 다섯째마마께서 크게 한턱 내실 테니까 이럴 때 입요기, 눈요기 실컷 해보지 않고 언제 하겠어? 그리고 유혹에 넘어가지 않는다고 큰소리 뻥뻥 쳤는데, 어디 우리에게 한 번 진짜 신선의 풍모를 보여주게나!"

가사방에겐 말할 틈도 주지 않고 이위는 악종기와 두 사람을 무작정 끌고 갔다. 어쩔 수 없이 따라나선 두 사람이 홍주를 따라 서쪽으로 갔다가 다시 북쪽으로 꺾어 드니 분홍색 담으로 둘러싸인 그림 같은 하얀 이층집이 모습을 드러냈다. 그곳이 바로 그 이름도 유명한 '경운당(慶雲堂)'이었다.

앞뜰은 시끌벅적한 주루(酒樓)였다. 주루 뒤편으로 돌아가니 자그마한 측문이 보였다. 측문으로 들어가니 계단이 보였다. 계단을 올라가니 이층 입구엔 금과 옥이 점점이 박힌 유리병풍(그 당시 유리는 대단히 귀한 장식품이었음)이 들어가는 사람의 마음을 산뜻하게 했다. 창문마다엔 방 안의 물체가 보일 듯 말 듯한 매미날개처럼 얇은 연초록 망사 주렴이 드리워져 있었고, 낭하엔 붉은 담요가 길게 깔려 있었다. 벽면은 온통 미색 벽지로 도배되어 있었고, 앙증맞은 궁등(宮燈)들이 촘촘히 내걸려 있었다…… 전체적으로 몽환적인 색채가 마치 황홀경에 들어선 것 같은 느낌을 주는 곳이었다.

홍주는 이곳의 단골답게 누구의 안내도 없이 잘도 찾아갔다. 이위가 웃으며 말했다.

"패륵마마! 경운당 뒷골목에 이런 선경(仙境)이 있었다니, 실로 놀랍습니다!"

"까불지 말고 따라오기나 해!"

홍주가 뒤돌아 서서 이위를 보더니 웃으며 말했다.

"여긴 우리 같은 친왕들을 전문적으로 접대하는 곳이니, 자네들이 알 리가 없지! 저기 저 기생어멈 좀 봐."

어리벙벙해진 세 사람이 이위가 가리키는 곳을 보니 서른 살가량 되어 보이는 곱상하게 생긴 젊은 여자가 다가오고 있었다. 한 듯 안 한 듯한 엷은 화장이 뽀얀 피부를 더욱 돋보이게 했다. 단정한 용모며, 하느작거리며 걸어오는 모습이 쥐를 잡아먹은 듯한 빨간 입술로 쪼르르 달려나와 천박하게 아양을 떠는 여느 기생집 어멈과는 판이하게 달라 보였다.

네 사람 앞으로 다가온 그녀는 두 손을 맞잡고 고개를 살포시 숙인 채 몸을 살짝 낮추며 인사를 했다.

"다섯째패륵마마, 오셨사옵니까! 여러 어르신들, 처음 뵙겠사옵니다!"

"난 다섯째패륵이고, 자넨 오낭(五娘)이라 부르니, 우린 안팎으로 찰떡궁합일 것 같아."

홍주가 웃으며 농담을 했다.

"이네들은 내 친구들인데, 촌놈들이라서 아직 계집맛을 모른다기에 구경시켜 주려고 데려왔네."

그러자 오낭이 얼굴을 살짝 붉혔다. 그리고는 애교스런 몸짓과 함께 말했다.

"다들 저쪽 무대에서 연극연습을 하고 있사옵니다. 여긴 다섯째와 여섯째밖에 없사옵니다. 일단 들어가셔서 노래나 듣고 계시죠. 이년이 애들을 불러오도록 하겠사옵니다. 그런데, 어떤 걸 보여드릴까요?"

이위 등이 말귀를 못 알아듣고 어리둥절한 표정을 짓자 홍주가 웃으며 말했다.

"내가 말 안 했소? 이네들은 왕초보들이라고 말이오. 자네 맘대로 보여주게."

네 사람은 곧 오낭을 따라 방안으로 들어왔다. 4면이 난간으로 둘러져 있고, 중간이 탁 트인 환형(環形) 이층집이었다. 난간에서 내려다보면 주루에서 술을 마시는 사람들이 한 눈에 내려다 보였다. 그러나 아래층의 불빛이 훨씬 밝아서 밑에선 위층에 앉은 사람들을 알아볼 수가 없게 되어 있었다.

홍주와 가사방이 식탁을 사이에 두고 마주앉고, 이위와 악종기가 그 옆에 하나씩 자리했다.

현란한 불빛과 벽면 여기저기에 붙어 있는, 여인네들의 육감적인 몸매를 그린 그림을 넋 놓고 바라보고 있을 때 오낭이 쟁반에 갖은 과일을 받쳐든 두 아가씨를 데리고 들어섰다.

포도, 수박, 파인애플, 바나나, 사과 등 모든 과일들이 상큼하고 먹음직스러워 보였다. 하지만 그 중에서도 믿어지지 않을 만큼 큰 복숭아가 사람들의 이목을 사로잡았다.

이위가 연신 숨을 들이마시며 입맛을 쩝쩝 다셨다. 그리고는 물었다.

"고년의 복숭아 잘도 빠졌다! 다섯째마마, 이런 데서 한 번 놀려면 적어도 몇 십 냥은 넣고 와야겠죠?"

"몇 십 냥?"

홍주가 어이없다는 듯이 푸우! 하고 웃음을 터뜨렸다. 그리고는 오낭을 향해 말했다.

"역시 초짜들이라 뭘 몰라도 한참 모르는구만! 천 오백 냥 짜리가 있고, 이천 냥 짜리가 있어!"

홍주가 이같이 말하며 소매 속에서 은표(銀票) 한 장을 꺼내더니 오낭에게 쥐어주며 말했다.

"이천 냥이네. 자네가 알아서 나눠 갖도록 하게!"

오낭이 활짝 웃으며 은표를 받아 넣었다. 이윽고 다섯째와 여섯째로 불리는 두 아가씨가 비파와 거문고를, 그리고 다른 한 아가씨가 퉁소를 불어 화음을 만들어내기 시작했다. 때론 가볍게 미끌어지듯, 때론 비단같이 부드럽게, 때론 흐느끼는 듯한 음악소리가 잔잔한 물결처럼 흐르기 시작했다.

저절로 눈이 감기는 듯 홍주가 도취되어 고개를 까닥이며 박자를 맞추고 있을 때 느닷없이 악종기가 가벼운 한숨을 지으며 말했다.

"다들 풀 한 포기 나지 않는 모래밭에서 고생하는데, 이런 데서 이러고 앉아 있으니 어째 영 부자연스럽구만."

그러자 이위가 웃으며 말했다.

"사람이 백년을 사나? 천년을 사나? 먹을 게 있으면 집어먹어 보고, 즐길 수 있으면 맘껏 즐겨야 제격이지! 괜히 판 깨지 말고 가만히 입 다물고 있게나."

이때 음악소리는 광풍이 산골짜기를 훑고 지나가는 듯 격렬하게 울려 퍼지기 시작했다. 아무런 감동도 없어 보이는 가사방을 보며 악종기가 목소리를 낮춰 귀엣말을 했다.

"가 신선, 하나 여쭤보고 싶은 게 있소……."

"예?"

"이번 전사(戰事)가 어찌 될는지 혹시 점괘를 본 적이 있나 해서……."

왠지 표정이 불안정해 보이던 가사방이 대수롭지 않게 웃으며 말했다.

"반반씩이라고 보는 게 무난할 것 같네요……. 며칠 후면 판가름나지 않을까……."

악종기가 다시 물으려 할 때 이위가 나섰다.

"가 신선, 저 정신병자의 말은 듣지 말고 음악에나 열중하오."

가사방은 씩 웃어 보이더니 말이 없었다. 다시 홍주를 보니 그는 여전히 음악에 심취해 있었다.

바로 이때 사뿐사뿐 발걸음 소리가 들려왔다. 네 사람이 계단 쪽을 바라보니 여섯 쌍의 남녀가 올라오고 있었다. 이들은 저마다 절세의 미남미녀들이었다. 여자애들은 열 네댓 살 정도, 많아야 열 아홉 살 가량 되어 보였다. 살결이 다 드러나 보이는 얇은 치마를 입고 있는 이들은 몸매가 이위가 탐내던 복숭아처럼 풍만하고 탱탱하여 톡 건드리면 과즙이 물줄기처럼 뿜어져 나올 것만 같았다. 남자애들도 옥을 곱게 다듬어 놓은 것처럼 얼굴이 말쑥하고 체격이 그만이었다.

이들은 둘씩 짝을 지어 음악에 맞춰 춤을 추며 추파를 보내기에 바빴다. 과분하다 싶을 정도로 바짝 밀착되어 돌아가던 이들은 갈수록 음란한 동작을 보이는가 싶더니 어느새 옷을 한 겹씩 벗어던지기 시작했다……

악종기는 황당한 나머지 얼굴까지 붉히며 몸둘 바를 몰라 쩔쩔맸다. 여자, 남자 모두 완벽한 알몸이 되어 돌아갔다. 긴 입맞춤이 시작되더니 약속이나 한 듯 이들은 서로 껴안은 채 일제히 붉은 담요 위에 누웠다.

주위의 시선은 전혀 의식하지 않은 채 이들은 물 흐르는 듯한, 구름이 흘러가는 듯한 음악소리에 맞춰 혀를 날름거리며 서로의 은밀한 구석을 핥기 시작했다. 가끔씩 이상야릇한 신음소리가 터져나오고, 저마다 터질 듯한 남성을 여자에게로 집어넣기에 급급했다.

여자가 육감적인 엉덩이를 들썩이며 방아를 찧어대는가 하면, 엎드린 채 남자의 그것을 빨고 있는 여자의 뒤에서 또 다른 남자가 습격하여 자지러지는 장면을 연출하기도 했다. 또한 그 남자의 손은 다른 여자의 젖가슴을 꽉 움켜쥐고 있었다. 그야말로 동물의 원초적인 본능이 적나라하게 표출된 난륜(亂倫)의 현장이었다……

미친 듯한 탐닉이 이어지고 있는 가운데 여자들의 자지러지는 신음소리가 절정에 달했다. 참다 못한 홍주가 옆에 있던 오낭을 와락 끌어당겨 입을 맞추고 아래춤에 손을 집어넣었다. 그리고는 모든 걸 잊은 듯 정신없이 빨고 비비고 탐닉했다.

어느새 '중간다리'가 길게 뻗어 괴로워 어쩔 줄 모르는 악종기를 힐끗 훔쳐보며 이위가 몰래 웃었다. 그리고는 거문고를 뜯고 있던 여자애를 끌어당겨 입을 맞추기 시작했다. 이위가 곁눈질하여 훔쳐 보니 대단히 태연해 보이던 가사방도 포도를 뜯어 입 안에 넣는 모습이 경황없어 보이기 시작했다.

"좀더…… 밑으로…… 아이, 좋아라……."

"빨아줘요…… 좀 살살……."

"아…… 너무 좋아…… 아! 좀더……."

……여자들의 광란의 신음소리는 끝없이 이어졌다. 마침내 원초적인 욕망의 한계를 느낀 듯 가사방이 다급하게 눈을 감고 합장하더니 부지런히 입을 실룩대며 뭔가를 중얼거리기 시작했다. 이위가 힐끗 훔쳐보니 가슴이 세차게 오르내리는 게 보였고, 숨소리가 위태롭다 싶을 정도로 거칠었다. 합장한 두 손도 바람에 나뭇가지 흔들리듯 끊임없이 흔들렸다…….

이위는 때가 왔다고 생각했다. 그는 재빨리 여자를 살며시 밀치고 자리에서 일어났다. 그리고는 순식간에 악종기의 허리춤에서 장검을 뽑아들었다.

"너도 별 수 없군!"

이위는 그렇게 고함을 지르더니 눈 깜짝할 사이에 가사방의 목을 힘껏 내리쳤다. 허공에서 불이 번쩍 하는가 싶더니 가사방의 목은 어느새 시뻘건 핏줄기를 뿜으며 저만치 나가떨어지고 말았다! 그와 동시에 이사를 간 가사방의 입에서 섬뜩한 소리가 흘러나왔다.

"역시 이위로군!"

불과 몇 초밖에 안 되는 사이에, 그야말로 순식간에 발생한 사건이었다. 사람들이 비명을 지르며 갈팡질팡 하는 사이 그제야 제정신이 든 악종기가 한 쪽에 서서 소름끼치는 미소를 짓고 있는 양강총독(兩江總督) 이위(李衛)를 멍하니 바라보았다.

"여러 사람의 좋은 일을 그르치게 해서 미안하오."

이위가 히죽 웃으며 창가에 드리워져 있는 망사주렴을 찢어 장검에 묻어 끈적끈적 굳어지는 피를 닦아냈다. 그리고는 장검을 악종기에게 돌려주며 홍주를 향해 말했다.

"황공합니다만 다섯째마마께서 남으셔서 수습을 좀 해 주십시오. 신은 폐하께 보고 올리러 가야겠습니다."

47. 깊어가는 병세

　손쉽게 가사방(賈士芳)의 수급(首級)을 취하고 난 이위가 넋이
빠져 있는 사람들을 향해 웃으며 말했다.

　"내일은 팔월 추석인데, 내가 여러분들에게 아주 이색적인 선물
을 한 셈이네! 가사방이 정 억울하면 저승에서도 나 이위를 찾아
괴롭힐 테지. 오늘 이 모든 것은 처음부터 끝까지 나랑 다섯째마마
가 고민 끝에 꾸며낸 연극이었소. 워낙 만만찮은 상대라 어쩔 수
없이 이런 낯뜨거운 장면을 연출하게 되었으니 그리 알고 경운당
(慶雲堂)에서 앞으론 두 번 다시 이런 일이 있어선 안 되겠소.
국법이 용서치 않고 천리(天理)가 불허하는 일이지. 오낭, 나랑
다섯째마마는 창춘원으로 보고 올리러 가야 하니 말을 대기시켜
놓게."

　그러자 홍주가 웃으며 말했다.

　"가사방의 머리통이 저렇게 쉽게 나가떨어질 줄은 몰랐네! 동

미 장군, 오낭, 놀라게 해서 미안하오!"

악종기는 그제야 이 모든 것이 가사방을 없애기 위해 두 사람이 고심에 고심을 거듭한 끝에 꾸며낸 자작극이었다는 사실을 알았다. 하지만 그는 쉽게 믿어지지 않는다는 눈치였다. 한참 후에야 악종기가 입을 열었다.

"이런 식으로 수급을 따는 수도 있네요. 이색적이긴 한데 돈이 너무 많이 들어 부담스럽사옵니다."

이같이 말하며 악종기는 이위와 홍주를 따라나섰다. 밖으로 나오니 올 때 만났던 장사꾼들은 여전히 똑같은 소리를 반복하며 장사에 열을 올리고 있었다. 여전히 붐비고 소란스러운 저잣거리는 변한 것이 하나도 없었다. 그러나 악종기는 마치 깊은 잠에서 깨어난 듯한 몽환적인 느낌에 사로잡혔다.

선무문(宣武門)에 도착하자 악종기는 역관에 지의가 전달돼 있거나 친구가 찾아와 있을지도 모른다면서 총총히 떠나갔다. 이위는 그러는 악종기를 굳이 붙잡지 않았다. 그러나 홍주와는 함께 창춘원으로 들어가고 싶어했다.

그러나 홍주는 생각이 달랐다.

"난 집에 돌아가 가사방에게 수륙도량(水陸道場)을 마련해 줄 준비를 해야겠네. 진짜 도행(道行)이 있었던 사람이라 죽어서도 작심만 하면 얼마든지 우리를 괴롭힐 수 있네. 자네 혼자 가서 보고 올리면 되겠네."

어쩔 수 없이 이위는 혼자 창춘원으로 들어와 담녕거로 향했다. 지의에 따라 임무를 훌륭하게 완수했다는 흥분도 잠시, 이위는 돌연 마음이 우울해지는 걸 어찌 할 수 없었다. 담녕거로 향하는 길에서 몇몇 지인을 만났지만 그는 인사마저 제대로 받을 여유조

차 없었다.

담녕거 돌계단 앞에서 그는 한참을 서성거렸다. 막 이름을 아뢰려고 할 때 꼬마태감 진미미(秦媚媚)가 주렴을 걷어올리며 말했다.

"폐하께서 들라고 하십니다!"

이위는 마음을 진정시키고 성큼 궁전 안으로 들어갔다. 옹정은 손가감, 주식을 접견하고 있는 중이었다. 그는 급히 엎드려 머리 조아리며 대례를 올렸다.

"자네, 낯빛이 여의치가 않아 보이네. 놀란 사람 같기도 하고 말일세."

옹정이 관심어린 표정으로 이위의 얼굴을 찬찬히 들여다보며 말했다.

"손가감 옆자리에 가서 앉게! 고무용, 짐의 인삼탕을 이위에게 내어주게. 짐은 우유 한 잔이면 되네."

고무용이 급히 대답하고 물러갔다.

주식이 잠시 끊어졌던 말을 이었다.

"하남성은 중원(中原)에 위치하여 사실 총독아문이 필요할 정도로 군무가 많은 건 아니옵니다. 애초 총독아문을 설치할 땐 전문경의 인망과 능력으로 보아 총독 자리에 오를 게 분명하여 하남성의 재정 여건상 다소 버겁지만 설치했던 것이옵니다. 하오나 이젠 전문경이 없는 텅 빈 총독아문을 그대로 유지할 필요가 없다고 생각되옵니다. 안휘순무 왕사준(王士俊)을 하남순무로 발령낸다고 해도 이는 승진발령인 셈이니 이참에 아예 총독아문을 없애는 것이 어떨까 하옵니다."

이위는 주식의 말에 일리가 있다고 생각했다. 그러나 옹정은 달리 생각했다.

"왕사준도 일을 잘하는 관원이네. 자신이 발령받아 오자마자 총독아문을 없애버리면 그 사람 기분이 어떻겠나? 자넨 평생 순무에 만족하라는 뜻으로 오해하기 십상이지 않겠는가. 악종기의 서부 군사가 아직 끝나지 않았고, 하남성은 군량미 운송에 있어 중요한 거점이니 그것도 군무라고 볼 수 있네. 그러니 잠시 총독아문을 손대지 않는 게 바람직하겠네."

이에 손가감이 나섰다.

"우연의 일치인지 모르지만 왕사준도 전문경과 대동소이한 성격적인 약점을 가지고 있다고 하옵니다. 부디 전 중승의 취약점을 버리고 그 장점만 따라 배우도록 폐하께서 주문해 주셨으면 하옵니다."

"전문경은 말년에 기력이 쇠잔하여 정무에 구멍이 뚫리는 경우가 많았지."

옹정이 마치 뭔가를 씹는 듯 천천히 입을 열었다.

"공로를 세우는 데 급급하여 복병을 키우는 격이었지. 이는 자네들도 주지하는 바가 아닌가. 모두들 짐이 전문경을 감싸고돈다고 불평불만을 해왔는데, 사실 짐은 사적인 자리에서 얼마나 주의를 주고 훈계를 했는지 모르네! 신하로서 이런 마음을 가지고 군주의 성의(聖意)에 편승한다면 그 마음이 아무리 진실할지라도 하늘은 그 뜻을 받아주지 않을 것이네. 몇 년째 하남성에 자연재해가 끊이지 않는 것도 모두 하늘이 경종을 울리는 거라고 볼 수 있지. 이는 자네들이 짐이 전에 전문경에게 내렸던 주비(朱批)를 보면 알게 될 거네. 그는 희소식만 전해오는데 병적인 집착을 가지고 있었어. 그리하여 진짜 문제가 되는 우려되는 소식은 감히 상주

올릴 엄두를 내지 못하고 껴안고 있으면서 병을 키웠지. 하늘은 사람을 만들 때 애당초 완벽한 인간은 만들어 내지 않았나 보네. 짐이 전문경의 결함을 공개적으로 꼬집지 않은 것은 그 사람이 짐에 대한 충정만은 변함없고, 맡은 바에 최선을 다하는 모습이 눈에 보였기 때문이네. 그리고 힘들고 지쳐서 병도 고황(膏肓)에 든 상태였고! 그래서 짐은 내심으로 그가 선종(善終)을 하는 것이 소원이었네."

그사이 홍력이 들어서는 걸 본 옹정은 홍력을 자신의 서안(書案) 앞에 앉게끔 고갯짓을 보내고는 다시 이위를 향해 말했다.

"조운(漕運)을 하던 양선(糧船)과 염선(鹽船)이 산동성과 안휘성 경내에서 수차례 강도들의 습격을 받았다고 하는데, 그 주장을 전해 받아 읽어보았나?"

인삼탕을 마시고 한결 정신이 맑아진 이위가 조심스레 웃으며 말했다.

"호부에서 전해 받아 대충 읽어보았사옵니다. 이미 조사단을 그쪽으로 파견한 상태이옵니다. 신은 이미 가사방을 죽여 없앴사오니 며칠 사이에 북경을 떠나 남경으로 돌아가 아문 업무와 조운에 진력할 것이오니 심려 놓으시옵소서, 폐하."

"벌써 가사방을 처치해 버렸단 말인가?"

자신의 자리에 앉아 주장을 읽어보고 있던 홍력이 깜짝 놀라며 다그쳐 물었다.

"그게 언젠가?"

옹정도 물었다.

"홍주는 같이 오지 않고 어디 갔나?"

이위가 들어오기 전까지 옹정에게 "가사방은 사실 요인(妖人)

에 불과하오니 반드시 황궁에서 내쫓아 금원(禁苑)의 기운을 청정케 해야 하옵니다"라고 간언하고 있었던 주식과 손가감도 적이 놀란 눈치였다. 그러나, 가사방의 수급을 따는 것은 하늘의 별을 따는 것과는 다르다고 한 이위의 말을 의심치 않았던 옹정은 그저 웃기만 할뿐 말이 없었다.

이위가 급히 자리에서 나와 엎드려 절하며 아뢰었다.

"화친왕께오선 가사방에게 수륙도량을 마련해 주어야겠다며 왕부로 돌아가셨사옵니다."

이위가 방금 경운당에서 있었던 일을 중요한 부분만 소상히 주해올렸다. 그리고는 웃으며 말했다.

"신도 이 방법이 저질스럽고 취할 바가 못 된다는 걸 알고 있사옵니다. 하오나 이 자는 물, 불, 칼 모두 무색케 만드는 괴력이 있사오니 달리 방법이 없었사옵니다……. 주 어른과 손 어른은 지극히 이위다운 방법이라며 비웃을지도 모르겠사옵니다."

"나를 알고 상대를 알면 백전백승한다고 하지 않았소? 우리는 다만 이 어른의 지혜를 높이 살 뿐 비웃는다는 건 있을 수도 없는 일이오."

주식이 단호히 말했다. 손가감도 공감한다는 듯이 고개를 힘있게 끄덕였다.

임무를 완수하고도 그 방법이 저질스럽다 하여 주변으로부터 공격을 받지 않을까 하여 내심 두려웠던 이위는 그 어떤 부조리하다고 생각되는 것에 대해선 가차없는 손가감과 주식이 이같이 너그럽게 나오자 금세 얼굴에 희색이 돌았다. 옹정 또한 비슷한 우려를 했던 터라 흡족스런 표정을 지어 보였다. 시계를 꺼내보던 옹정이 밝은 웃음을 지으며 말했다.

"짐은 근래에 건강이 급격히 악화되면서 백약(百藥)이 무효하다고 느껴 가사방을 불러들여 몇 번 신비스러움을 체험한 것이 사실이네. 하지만 가사방은 갈수록 겸허함을 잃고 감히 짐의 면전에서 유아독존식의 거만함을 보였네. 천지신(天地神)을 모두 자신의 수중에 움켜쥐고 있다고 하면서 스스로 살신지화(殺身之禍)를 자초했지. 처음 들어왔을 때의 초심을 잃지 않고, 하늘의 뜻을 존중하고, 그 위엄을 무서워 할 줄 알았더라면 어찌 이 지경에까지 이르렀겠나? ……됐네, 그 얘긴 이제 그만 하세. 내일은 팔월 추석이네. 올해는 짐의 고굉(股肱)인 자네 몇몇에게만 조촐한 연회석을 하사할까 하네. 벌써 땅거미가 내리기 시작하는군. 홍력, 자네가 짐을 대신하여 자리를 같이 하도록 하게."

"예, 아바마마!"

홍력이 급히 대답했다. 고무용더러 주안상을 마련하라고 명령하고 난 홍력이 서안 위의 문서를 정리하면서 그 중 하나를 뽑아 옹정에게 받쳐 올렸다. 그리고는 조심스런 표정을 지으며 아뢰었다.

"올해 추결(秋決, 가을에 실시하는 사형)자의 명단입니다. 막 형부에서 전해 받았습니다. 그 밑에는 운남순무 주강(朱綱)이 양명시(楊名時)가 운남에서 순진한 백성들을 끌어들여 총독아문을 포위하고 자신에 대한 구명운동을 펴게끔 선동했다며, 이번 추결 명단에 반드시 포함시킬 것을 강력히 주장하는 내용의 상주문입니다."

옹정이 상주문을 대충 훑어보고 나서 말했다.

"주강은 운남총독 서리에 앉혀 놓았더니, 명실상부한 총독 자리에 앉는 것이 시급한 모양이군! 양명시는 하옥당한 지 한참 됐거늘, 수감되어 있는 사람이 어찌 '백성들을 끌어들여' 난동을 부릴 수 있단 말인가? 새빨간 거짓말로 되레 양명시의 결백을 증명하는 격이 되지 않았던가? 양명시는 절대 목을 쳐선 안 되네. 좀더 지켜보고 재수사를 해야겠네."

물러가려고 일어섰던 주식이 한 발 앞으로 나서며 허리를 숙였다.

"괜찮으시다면 신이 운남으로 내려가서 양명시를 재심문하도록 하겠사옵니다!"

그러자 손가감이 말했다.

"신은 양명시가 공금을 횡령했다는 사실을 전혀 믿을 수가 없사옵니다."

"주안상이 마련됐다고 하니 자네들은 어서 건너가게."

옹정이 손사래를 치며 덧붙였다.

"이 일은 말로 설명이 되는 일이 아니네. 짐이 따로 생각이 있으니 그리 알게."

사람들이 물러가고 난 담녕거는 순간 휑뎅그렁한 적막감에 사로잡히고 말았다. 왠지 모를 불안감에 주위를 두리번거리던 옹정은 가사방이 앉았던 방석에 시선이 닿는 순간 갑자기 심장이 오그라드는 공포에 온몸을 부르르 떨었다.

소름이 쫘악 끼치고 간담이 서늘해진 옹정이 급히 꼬마태감 진미미를 불러 명령했다.

"저걸 후원에 가져가 태워버리게. 그리고 인제가 뭘 하나 보고 불러오게."

진미미가 물러가고 얼마 안 되어 교인제가 두 궁녀의 시중을 받으며 다가왔다. 새로이 빈비(嬪妃)로 봉해진 인제는 머리에 열

일곱 개의 진주가 박힌 관을 쓰고, 색깔이 화려하고 무늬가 고운 조복(朝服)을 받쳐입고 있었다. 걸을 때마다 보석이 눈부신 빛을 발했고, 패환(珮環) 소리가 찰랑거렸다.

그 모습을 지켜보던 옹정이 웃으며 말했다.

"이렇게 차려입고 머리까지 올리니 누구도 자네가 한인(漢人)이라고는 짐작하지 못할 것이네. 자네가 머무를 별궁(別宮) 공사가 거의 마무리되고 있다네. 우리 같이 나가서 산책이나 하며 자네 집 구경 좀 하고 오는 게 어떨까? 짐은 오늘 가사방의 목을 땄다네. 맘이 안녕치가 못하여 바깥바람이라도 쐬어야겠네."

"예? 가사방이 죽었다고 하셨사옵니까!"

교인제가 경악을 금치 못했다. 한참 후에야 놀란 가슴을 쓸어내리며 그녀는 말했다.

"어쩐지 진미미가 방석을 태워버리는 것이 석연치 않았사옵니다!"

이에 옹정이 웃으며 말했다.

"죄가 있기에 죽였을 뿐이네. 그리 호들갑을 떨 게 뭐 있나? 추석 지나고 짐은 수백 병의 죄수들을 처형할 거네. 징악(懲惡)없이 양선(揚善)이란 있을 수 없다! 이는 공자의 말씀이네. 됐네, 더 이상 그 얘긴 꺼내지 말게."

옹정은 애써 잊으려는 모습이 역력했다. 그러자 인제가 합장하며 말했다.

"며칠 전에 만났을 때 소첩에게 곧 모녀 상봉이 있을 거라며 경하한다고 말했었사옵니다……."

인제는 고개를 떨구고 옹정을 따라 밖으로 나왔다.

해는 서산으로 넘어가고 간신히 걸려 있는 저녁놀이 빨갛게 달아올랐던 쇠가 차츰 식어가는 것처럼 어둡고 암담해지기 시작했다. 구름이 얇은 곳엔 죽은 물고기 뱃가죽을 연상케 하는 희끄무레한 색깔이 번졌다. 간간이 불어오는 서풍이 대나무 가지를 소스라치게 했다.

옹정과 인제는 찬바람에 흐느끼며 거의 마무리 단계에 있는 별궁을 둘러보았다. 장식을 하다 남은 풀통이며 붓, 그리고 색감들이 여기저기에 어지러이 널려 있을 뿐 인부들은 보이지 않았다. 바람이 불어올 때마다 그 속에서 뭔가가 뛰쳐 나올 것만 같은 공포에 옹정이 의식적으로 뒤를 돌아보았다. 장오가와 더렁태 두 믿음직스러운 시위가 멀지도 가깝지도 않은 거리에서 따라오고 있었다. 다소 마음의 여유를 가지며 옹정이 꽃밭을 거닐었다. 그리고는 인제에게 물었다.

"자네 고향엔 누구누구가 있다고 했던가?"

"어머니, 아버지, 그리고 남동생이 있사옵니다."

"입궐하고 나서 고향 소식은 들었나?"

"소첩 때문에 고향을 등지고 뿔뿔이 흩어졌다고 들었사옵니다……. 그 뒤론 감감무소식이옵니다. 전에 내무부 관원이 산서성을 다녀온다기에 수소문해 보라고 했사옵니다. 관원이 돌아와서 그러는데…… 아직 고향엔 돌아오지 않았다고 하옵니다……. 가사방이 죽을죄를 지었다고는 하오나 신통력은 믿고 싶사옵니다. 모녀 상봉이 정말로 이뤄진다면 소첩은 죽어도 여한이 없겠사옵니다. 어머니도 마흔을 넘겼을 것이오니, 몇 년 뒤엔 만나도 못 알아볼 것 같사옵니다!"

인제는 흐느끼며 눈물을 훔쳤다.

옹정도 마주 불어닥치는 찬바람에 흠칫 흐느끼며 인제를 품안에 끌어안았다. 그리고는 바람을 등지고 돌아서서 걸으며 나지막한 목소리로 위로했다.

"정 못 찾으면 짐이 내일 산서순무에게 밀지(密旨)를 보내어 찾아보라고 할 테니 걱정하지 말게! 자넨 해마다 2천 냥의 봉록은 받게 될 것이네. 이곳 경사(京師)에서도 은 5백 냥만 주면 좋은 거처를 마련할 수 있다네. 조정의 제도상 자넨 맘대로 경사를 떠날 수 없지만 자네 모친은 한 달에 한 번씩 다녀갈 수 있지 않은가. 아이고…… 이게 뭔가?"

"뭘 말씀이옵니까, 폐하?"

옹정의 말에 귀기울이고 있던 인제는 옹정이 갑자기 뭔가에 걸려 넘어지려는 듯 기우뚱하는 바람에 급히 부축했다. 그리고는 그 자리에 엎드려 손으로 만져 보았다.

더듬거리는 인제의 손에 차갑고 끈적끈적한 물체가 만져졌다. 짙은 어둠 속에서 애써 눈여겨보니 물통만큼 굵은 것이 꾸물꾸물하며 기어가는 것 같기도 했다.

"어머나!"

순간 인제가 자지러지는 비명을 지르며 뒤로 벌렁 나가 넘어졌다…….

바람에 나뭇가지 흔들리는 소리에도 속으론 깜짝깜짝 놀라던 옹정의 눈이 휘둥그레지고 말았다. 그 역시 풀섶으로 느릿느릿 기어 들어가고 있는 물체를 보았던 것이다. 옹정이 허둥지둥 인제에게로 달려가 기절한 듯 엎드려 있는 인제를 껴안았다. 그리고는 떨리는 목소리로 다그쳐 물었다.

"괜찮아? ……어디 다친 데는 없나?"

그제야 인제가 옹정의 목을 와락 끌어안으며 필사적으로 옹정의 품속으로 파고들며 말했다.

"뱀이었사옵니다! 차갑고 끈적끈적한 것이…… 아휴! 징그러워……."

그러자 옹정이 가쁜 숨을 몰아쉬며 말했다.

"짐이 잠깐 만졌을 땐…… 바늘 같은 것에 콕 찔리는 느낌이었네. 손에 피도 났고!"

두 사람이 모골이 송연하여 서로 껴안고 어찌할 바를 모르고 있을 때 갑자기 대나무 숲속에서 부엉이의 괴성이 들려왔다. 옹정이 듣기에 그것은 마치 가사방이 평소에 득의양양하여 웃는 소리 같았다.

다급해진 옹정이 더욱 힘을 주어 인제를 끌어안으며 소리쳐 불렀다.

"이봐, 장오가! 더렁태!"

"폐하, 쇤네 대령하였사옵니다!"

벌써 이상한 인기척을 듣고 달려오고 있던 두 사람이었다. 두 태감이 인제를 부축하고 장오가와 더렁태는 옹정의 지시에 따라 횃불을 치켜들고 숲속을 샅샅이 뒤지기 시작했다. 그러길 한참, 따로 저만치 나가 발로 툭툭 차 보기도 하고 숲을 헤쳐보기도 하던 장오가가 고함을 질렀다.

"여기 있다! 여기, 이 빌어먹을 것! 네가 도망가 봐야 내 손바닥 안이지."

더렁태와 태감들이 우르르 달려갔을 때는 장오가가 이미 옷을 벗어 그 물건을 덮친 뒤였다. 발로 짓이겨 기절하게 만들고 보니 그건 놀랍게도 호저(豪猪) 한 마리였다!

"아니 이곳에 어찌 호저가 있을 수 있단 말인가? 인제가 만져

보니 차고 미끄럽더라고 했는데…… 짐의 촉감엔 바늘 같았고……."

그러자 장오가가 말했다.

"여기를 보십시오, 폐하! 폐하께오선 이놈의 가시에 찔리셨을 것이고, 인제 귀인께선 이놈의 코를 만지셨던 것 같사옵니다……. 이곳은 방비박(放飛泊)과 가깝고, 근처 원명원(圓明園) 남쪽에 방생원(放生園)이 있사옵니다. 그곳의 고슴도치, 호저, 사슴들이 먹거리를 찾아 이쪽으로 내려오는 경우가 종종 있는 걸로 알고 있사옵니다!"

옹정이 그제야 안도의 한숨을 토해냈다. 찬바람이 목덜미를 타고 들어오는 느낌에 소스라치며 옹정은 그사이 내의가 식은땀에 흠뻑 젖어 있었다는 걸 느낄 수 있었다.

옹정이 애써 웃으며 말했다.

"방생하게! 십 년은 감수한 것 같네!"

이때 동쪽에서 등롱(燈籠)이 가까워지더니 주식, 손가감, 그리고 이위가 홍력과 함께 다가오고 있는 게 보였다. 자신이 내린 주안상을 받고 사은을 표하러 온다고 생각한 옹정이 궁전 안으로 들어가는가 싶더니 발걸음을 멈추고 말했다.

"홍력, 자네는 내일 할일이 많을 터이니 먼저 들어가 쉬도록 하게! 나머지는 들게! 방포도 불러오게. 다들 짐이 잠들 때까지 말동무 좀 해주게……."

홍력이 뭔가 할말이 있는 듯 입술을 빨았다. 한참을 그렇게 서 있던 홍력이 마침내 물러갔다.

눈치 빠른 이위는 신색이 황홀해 보이고 어딘가 불안한 느낌이 드는 옹정을 유심히 바라보았다. 그리고는 웃으며 말했다.

"폐하, 쇤네가 뵙기에 폐하께오선 방금 뭔가 경동(驚動)에 놀라신 것이 아닌가 생각되옵니다……. 혹시 방금 무슨 일이라도 있었던 것이옵니까?"

"아무 것도 아니네."

옹정은 사실 마땅히 할말이 있어 이들을 붙잡아 둔 건 아니었다. 그저 곁에 사람들이 많아 인기척을 들려주는 것이 불안을 해소하는 데 도움이 될 거라고 생각했을 뿐이었다. 방금 있었던 사실을 들려주고 난 옹정이 말했다.

"별 것 아니야! 살다 보면 무슨 일인들 없겠느냐고 생각해 보지만 이건 아무래도 석연치가 않네. 짐은 가사방의 원귀(冤鬼)가 수작을 부리는 게 아닌가 싶네……."

옹정의 말이 이어지고 있을 때 방포가 성큼 안으로 들어섰다. 그 뒤엔 홍주의 모습도 보였다. 밖에서 옹정의 말을 다 들은 듯한 방포가 웃으며 말했다.

"방금 전 폐하의 조우를 장오가한테서 다 들었사옵니다. 폐하께오선 마음을 안정시키시고 조금만 명상에 잠겨 계시노라면 금세 평상심을 회복하실 수 있으리라고 생각하옵니다. 가사방 같은 요술쟁이는 백 번 죽어 마땅하오니 폐하께오선 하늘의 뜻에 따랐을 뿐이옵니다! 그것이 억울한 죽음을 당했어야 원귀가 되어 수작을 부리든가 말든가 하지 않겠사옵니까!"

그러자 주식이 말했다.

"가사방은 잠깐잠깐의 속임수로 사람들의 환심을 취해가는데 이골이 난 사기꾼에 불과하옵니다. 세상엔 귀신이라는 것이 애당초 존재하지 않사옵니다! 폐하께오선 불교에 귀의하셨기에 이런 일이 있는 것 같사옵니다만 여태 귀신을 직접 본 사람도, 부처나

보살을 만난 사람도 없지 않사옵니까? 당사자가 귀신의 존재를 인정하지 않으면 그 무슨 귀신이 그를 괴롭힐 수가 있겠사옵니까!"

신하들에게서 위로의 말을 들으며 어느새 훨씬 마음이 가벼워진 것 같은 옹정이 한숨을 지으며 말했다.

"짐은 이제 맘이 좀 편해지는 것 같네. 한 사람만 남고 다들 들어가 쉬게."

옹정의 말이 떨어지기 바쁘게 몇몇 신하들은 서로 남아 시중들려고 했다. 그러자 홍주가 말했다.

"주 사부께서는 연세가 계시니 댁으로 돌아가시고, 이위가 초저녁에, 손가감이 자시에, 그 뒤론 내가…… 이런 순으로 불침번을 서는 게 좋겠네……."

이때 태의원 의정(醫正)이 두 명의 태의를 데리고 종종걸음으로 들어섰다. 그러자 옹정이 손사래를 치며 말했다.

"짐이 병이 발작한 것도 아닌데, 웬 호들갑인가? 썩 물러가게! 그리고 자네들은 홍주의 의사에 따르게."

"나를 따라오게."

아무리 봐도 옹정이 예삿일은 아니라고 생각한 주식이 어찌할 바를 모르는 태의들을 손짓하여 말했다.

"여긴 이위만 남고 나머지는 모두 동쪽 서재로 가서 잠깐 얘기나 나누지."

사람들은 묵묵히 주식을 따라 동쪽 서재로 건너왔다.

"신이 벌써 사람을 병부로 보내어 넷째마마를 모셔오게 했습니다. 그 동안은 다섯째마마께서 주지하셔야겠습니다."

방포가 생쥐의 그것 같은 수염을 달싹이며 말했다.

"일단 이 일은 밖으로 소문나지 않게 하는 것이 무엇보다 중요합니다. 폐하께서 병을 앓고 계신다는 사실은 아는 사람이 적으면 적을수록 좋습니다. 내일은 추석 명절이니 종전대로 백관들에게 연회를 내리시고 강녕하신 모습을 보여 주셔야 하니 오늘저녁에 제발 무슨 일이 없어야겠습니다."

그러자 홍주가 말했다.

"걱정하지 말게. 안 그래도 가사방이 죽어서도 요술을 부려 조정의 기강을 어지럽힐 것이 우려되어 내가 벌써 그 스승이라고 하는 용호산(龍虎山)의 루사원(婁師垣) 진인(眞人)을 불렀다네. 곧 도착할 것이네."

그의 말에 사람들은 모두 미간을 찌푸렸다. 옹정은 단지 불시에 호저 한 마리와 맞닥뜨려 잠시 놀란 것 뿐인데, 필요 이상으로 민감하게 반응하여 괜히 대외적으로 긁어부스럼 만드는 수가 있다고 생각했던 것이다.

이때 홍력이 들어섰다. 사람들은 일제히 자리에서 일어나 깍듯이 맞았다.

"악종기를 잠깐 접견하고 오는 길이네."

홍력의 기분은 퍽 무거워 보였다.

"준거얼의 2만 졸병들이 우리 북로군을 돌연 습격하여 쌍방은 교전에 들어갔다고 하네. 악종기가 급히 대영으로 돌아가야 할 텐데, 이 중요한 군무를 폐하께 주해야 하나, 말아야 하나 자네들의 의견을 듣고자 왔네."

황제의 건강에 이상 신호가 왔다며 고민하고 있던 사람들은 루사원을 불러 가사방의 요기(妖氣)를 꺾어버릴 거라는 홍주의 말에 머리가 복잡하여 저마다 생각에 잠겨 있었다. 그런데 설상가상으로 느닷없는 서부의 교전 소식까지 덮쳐 한층 곤혹스러운 표정이었다.

"터러이, 이 새끼를 당장 끌어내 죽여버려야겠어!"

홍주가 눈에 쌍심지를 켜고 포효했다.

"죽이든 살리든 그건 폐하께서 성재(聖裁)하실 일이고……."

홍력이 초조하여 미간을 좁히며 말했다.

"이렇게 합시다!"

주식이 입을 열었다.

"넷째, 다섯째마마께오선 지금 담녕거로 다녀오시는 것이 좋겠습니다. 폐하께서 여유가 있어 보이시면 주청 올리시고, 아니면 장정옥, 어얼타이를 부르고, 열여섯째, 열일곱째 숙왕을 모셔 어떤 식으로든 결정을 내려야 할 것 같습니다."

당장은 이 방법이 상책일 것 같았다. 홍력은 손짓하여 홍주를 불러 함께 서재를 나섰다.

서쪽으로 걸어가며 홍력이 물었다.

"방금 내가 들어서기 전에 무슨 말을 신나게 하는 것 같더니, 내가 알아선 안 되는 건가?"

그러자 홍주는 잠시 머뭇거리다가 루사원을 부른 사실을 실토하고는 덧붙였다.

"형은 정통 도학파라 알면 제동을 걸까 봐 잠시 비밀리에 붙일 수밖에 없었어요."

이에 홍력이 한참 침묵한 채 생각하더니 말했다.

"자넨 역시 효심이 지극한 착한 아우야. 병이란 깊어지면 아무한테나 매달리게 되는 건 인지상정이네. 나도 이 일을 걱정하고 있었어! 그러니 어찌 자네의 효심에 제동을 걸 수가 있겠는가?

되도록 비밀에 붙여 조용히 끝내면 별문제 없을 거네. 어사들이 알게 되면 골치 아플 것이니, 기밀이 발설되지 않도록 조심하게."

말을 마친 홍력은 때마침 맞은편에서 오는 이위를 발견하고는 물었다.

"폐하께선 좀 어떠신가?"

"폐하께오선 여전히 좌불안석이십니다."

이위의 표정이 어두웠다.

"지금 또 양치질을 하고 계십니다. 아뢸 말씀이 있으시면 지금 뵙는 것이 좋을 듯합니다."

이위가 이같이 말하며 홍력과 홍주를 궁전 안으로 안내했다.

대례를 마치고 고개를 들어 옹정을 바라보던 두 아들은 깜짝 놀라 그 자리에 굳어지고 말았다. 몇 시간도 안 되는 사이에 옹정은 안색이 몰라보게 초췌해 있었던 것이다. 머리도 볼썽사납게 헝클어져 있었고 관골이 튀어나온 양 볼은 적신호를 알리는 홍조가 피어 있었다.

그제야 옹정의 병이 사람들이 말하는 것보다 더 깊다는 사실을 절감한 홍력이 다급하게 말했다.

"아바마마, 태의를 돌려보내셨다고 들었습니다. 잘하셨습니다. 아들이 보기에 아바마마께오선 그저 풍한(風寒)에 드셨을 뿐입니다. 흔한 병이오니 약 몇 첩만 달여서 드시면 금방 좋아질 것이옵니다."

"짐은 병이 나서 이러는 게 아니야⋯⋯. 가사방이 아직 가지 않고 짐을 괴롭히고 있을 뿐이네. 눈만 감으면 찾아와 짐을 향해 낄낄대며 웃고 있네⋯⋯."

베개에 반쯤 기대어 힘겹게 널뛰는 촛불을 바라보는 옹정의 움푹하게 꺼진 두 눈이 퀭해 보였다. 끊어질 듯 간신히 이어지는 옹정의 목소리가 가냘팠다.

"병이 있으면 당연히 태의를 불렀지. 허나 이건 그네들이 치료할 수 있는 범위를 벗어났어⋯⋯. 방금 가⋯⋯ 가사방이 그러는데, 짐은 연갱요⋯⋯ 호저로 변한 연갱요를 만났었대⋯⋯."

두 형제는 갈수록 모발이 곤두서는 오싹한 느낌에 사로잡혔다. 홍력이 다시 입을 열어 위로의 말을 하려고 할 때 옹정이 갑자기 물어왔다.

"서부 군정(軍情)에 이상변화가 있는 겐가, 홍력?"

그러자 홍력이 급히 머리를 조아리며 말했다.

"예⋯⋯ 아바마마, 그건 어찌⋯⋯?"

"가사방이⋯⋯ 방금 짐에게 알려주고 갔지⋯⋯."

옹정이 불안스레 움찔거리는 사이 촛불 하나가 "탁!" 하는 소리와 함께 저절로 꺼지는 것이었다. 흠칫 놀란 홍주가 조금씩 홍력에게로 다가들었다.

그러자 옹정이 희미한 목소리로 말했다.

"괜찮네! 그 친구⋯⋯ 물러가는 소리네. 이제 군무에 대해 말해보게."

홍력이 극도의 불안을 억누르며 악종기에게서 보고 받은 정보를 낱낱이 주했다. 그리고는 이에 따른 여러 신하들의 주장도 천명했다.

"짐은 이 몰골로 신하들을 접견하고 싶진 않네. 자네들 형제가 짐을 대신하여 악종기를 잘 바래다주도록 하게. 화속(火速)으로 귀영(歸營)하여 군무를 처리하라고 명하게⋯⋯."

옹정은 더 이상 가슴이 옥죄어 오진 않았으나 심장의 박동이 거칠어졌다. 이마의 혈관도 확연히 부어 올랐다. 애절한 눈빛으로 자신을 바라보는 두 아들을 향해 가냘픈 미소를 지어 보이며 옹정이 말했다.

"긴급한 군정(軍政)이 있으면 더 이상 짐의 성재를 바라지 말고 홍력, 자네가 지혜롭게 처리해 주길 바라네. 그러나 독선과 아집은 금물이네. 자넨 아직 군사에 대해선 경험이 부족하기에 특히 경험이 풍부한 신하들의 의견에 귀기울여야 하네……."

"명심하겠습니다, 아바마마."

홍력이 이를 악물어 보이며 말했다.

"터러이 그 자식은 아니나 다를까, 기군(欺君)이 목적이었습니다. 준거얼은 조상 대대로 조정을 기만하는 악습을 물려받아 오늘날까지 이런 졸렬한 짓을 일삼고 있습니다. 우린 절대 약한 모습을 보여선 안 되겠습니다. 그 자의 목을 치는 것이 마땅하겠습니다."

옹정이 깊은 한숨을 토해냈다. 그리고는 말했다.

"짐이 어찌 기군을 일삼은 자가 죽어 마땅하다는 도리를 모르겠나? 허나 짐은 더 이상 칼을 잡을 기운이 없네. 더욱이 스스로 그물에 걸려든 자라 죽여버리는 건 의미가 없어 보이네. 모두들 자기가 섬기는 주인이 있기 마련인데…… 그 사람은 자기 주인에게 충성을 다하는 충성파일 테지!"

그러자 홍주가 말했다.

"하오면 폐하께서 그 자식한테 하사하신 물건이라도 몰수해야 마땅하지 않겠습니까!"

"죄도 용서해 주었거늘 그깟 물건을 몰수해선 뭘 하겠나? 너무 옹졸하게 생각하지 말게. 짐이 말을 시켜보니 용감하고 의리있는 사내였어! 풀어주도록 하게, 홍력."

옹정은 기력은 미약해져 가는 것 같았으나 의식은 여전히 또렷해 보였다.

"그만 물러가게. 내일 추석날엔 짐이 신하들을 접견할 수 없을 것이니, 자네들이 알아서 문무대신들을 불러 연회를 베풀도록 하게. 짐의 어좌를 향해 대례를 올리면 되겠네. 괜히 짐의 건강을 둘러싸고 떠들지 말게. 근간에 짐의 건강이 자주 말썽을 일으켰기에 사람들이 그리 놀라진 않을 것이네."

"알겠습니다, 아바마마!"

두 아들은 깊이 머리를 조아려 보이고는 천천히 담녕거에서 물러갔다.

시계소리가 열 한 번 울렸다. 피곤하여 눈꺼풀이 마구 주저앉았지만 옹정은 감히 눈을 감을 수가 없었다. 창 밖의 바람소리는 멀리서 누군가를 부르는 음성처럼 들렸다. 잠시 후 백양나무 잎이 다급한 물소리처럼 들려왔다. 마치 수많은 사람들이 박수를 치며 환호성을 내지르는 것 같은 착각이 들었다. 오싹 소름이 끼쳐왔다……

돌연, 유리창에 누군가 모래를 한 줌 뿌리는 것 같은 소리가 들렸다. 처마 밑에 달려있던 철마(鐵馬) 모양의 풍경(風磬)이 뎅뎅거리며 떨었다. 바람이 더욱 거세진 모양이었다. 그도 모자라 이번엔 선잠에서 놀라 깬 듯한 비둘기들이 푸드득대며 날아올랐다.

구구!

그 소리가 어둠 속에서 퍼지는 괴성에 가까워 등골이 오싹해졌다.

순간 옹정은 어디서 그런 힘이 솟구쳤는지 벌떡 일어나 앉았다.

그리고는 마치 눈앞에 사람이 서 있기라도 한 것처럼 두 눈을 무섭게 부라리며 악에 받쳐 고함을 질렀다.

"그래, 짐이야! 어쩔 셈인가? '군신무옥(君臣無獄, 군주는 신하와 똑같은 표준으로 시비를 가르지 않는다는 뜻)'이라고 했어. 난 자네를 억울하게 죽이진 않았네. 설령 그럴지라도 그건 짐의 마음이야!"

병풍 뒤에서 숨죽이고 있던 몇몇 태감들은 그 광경에 혼절하기 일보 직전이었다. 손가감이 비호같이 달려와 씩씩한 목소리로 말했다.

"신 손가감이 폐하를 지켜드리고 있사옵니다. 심려 놓으시고 안식하시옵소서, 폐하!"

"아, 자네 왔나!"

옹정이 낚아채듯 손가감의 손을 잡아당기며 말했다.

"짐에게 가까이 오게. 자네가 있으면 짐은 안심할 수 있겠네……."

이토록 불안해하는, 초췌하기 이를 데 없는 옹정을 바라보는 손가감의 두 눈에서 주르륵 두 줄기 눈물이 흘러내렸다. 그는 숨죽여 흐느꼈다.

"신이 영원히 폐하를 지켜드리겠사옵니다. 신이 있는 한 어떤 놈도 감히 폐하의 곁을 얼쩡거리지 못할 것이옵니다! 편히 침수드시옵소서!"

옹정은 어린애처럼 머리를 끄덕이며 눈을 감았다. 과연 옹정은 금세 훨씬 차분한 표정이 되었다. 그는 중얼거리듯 천천히 입을 열었다.

"자네가 곁에 있어 주니 잠이 쏟아지네……. 짐은 즉위 초부터 자네를 크게 부려먹으려고 작심했다네. 우리 아들들에게도 부디 큰 힘이 되어 주게. 제멋대로 생겼지만 마음만은 올곧은 손가감, 청렴하고 강직한 양명시, 짐은 다 알고 있다네……."

마침내 옹정은 숨소리가 고르기 시작하더니 깊고 깊은 잠 속으로 빠져들었다.

48. 비녀에 감추어진 비밀

　악종기가 북경을 떠난 후 보름만에 서부전선으로부터 팔백리 홍기첩보(紅旗捷報)가 날아들었다. 청병(淸兵)은 거얼단 몽고부락과 교전하여 적군 2,400명을 소멸하고 대포 두 문과 대량의 식량과 건초를 빼앗았다는 것이었다.
　이때의 옹정은 심신이 예전의 안정을 회복해가던 중이었다. 전선에서 날아온 개선전보를 받아든 장정옥은 접견을 기다리는 몇십 명의 관원들을 물리친 채 즉각 담녕거로 달려왔다.
　"역시 악종기는 짐의 믿음을 저버리지 않았군! 참으로 장한 일이네!"
　첩보를 들여다보던 옹정의 두 눈이 빛났다. 옆자리에 앉아 있는 홍력을 향해 말했다.
　"당장 악종기에게 지의를 작성하여 보내게. 그가 서부전선을 사수하고 있는 한 짐은 두 발 쭉 뻗고 누워 첩보만을 기다리겠노라고 말일세! 악종기의 부하장령 기성빈과 판팅의 직급을 두 등급씩 올려주고 완승을 거두고 개선하는 날에 짐이 크게 공로를 치하할 것이라고 하게!"

한 번 홍역을 치르고 나서 훨씬 수척해진 옹정이었다. 워낙 가늘고 흰 손가락은 핏기 하나 없이 창백하여 다소 신경질적으로 떨렸다.

알겠노라고 연신 대답하며 붓을 놀리던 홍력이 잠시 멈추고 부친 옹정을 바라보며 말했다.

"아들의 생각으로는 명발(明發)하지 않는 것이 어떨까 하옵니다. 필경 이는 자그마한 승리에 불과하오니 적의 주력을 전멸하는 대승을 거둔 후에 만천하에 첩보를 공개하는 것이 더 나을 듯합니다."

온돌에서 내려와 신발을 신고 두어 걸음 떼어놓던 옹정이 장정옥에게 물었다.

"형신, 자네 생각은 어떠한가?"

장정옥은 사실 크게 원기가 상한 옹정으로 하여금 모처럼 기쁘게 해주기 위해 허겁지겁 달려왔을 뿐이었다. 하지만 그도 첩보 내용에 대해선 적이 아리송했었다. 옹정의 질문에 장정옥은 상체를 깊숙이 숙이며 말했다.

"그제 어얼타이가 운남성 묘족들의 반란을 완전히 진압하지 못하였다고 하여 폐하께서 불쾌하셨지 않사옵니까? 어찌 됐건 그 일에 비하면 이는 희소식이 아닐 수 없사옵니다. 물론 악종기가 우리 군의 사상인원 수는 보고 올리지 않았기에 이번 '승전'은 전혀 의심쩍은 부분이 없다고 볼 순 없사옵니다. 고로 신은 넷째마마의 말씀대로 명발 아닌 밀주의 형식을 취하는 것이 바람직할 것 같사옵니다."

"아니야!"

한참 침묵 끝에 옹정이 미소를 지으며 입을 열었다.

"어얼타이가 서남에서 묘책이 떠오르지 않는 곤궁한 처지에 빠져 있는 것 같네. 그러니 비록 자그마한 승전이지만 만천하에 명발하여 그에게 힘을 실어주어야겠네. 터러이가 뒤통수를 치는 바람에 악종기의 병사들도 사기에 타격을 입었을 터이니, 그네들도 힘을 얻는 계기가 되게끔 해야겠네. 짐은 이 때문에 명발을 주장하는 것이지 결코 태평을 분식(粉飾)하려고 그러는 건 아니네."

옹정이 생각을 굳혔다는 걸 짐작한 홍력이 더 이상 말없이 부지런히 붓을 날려 성유(聖諭)를 작성했다. 장정옥이 급히 다가와 성유를 직접 옹정에게 받쳐 올렸다.

장정옥은 어제 경기하독(京畿河督) 유홍도(兪鴻圖)가 직권을 남용하여 공금을 횡령했다는 내용으로 이한삼(李漢三)이 올린 탄핵안을 옹정에게 전해 올렸었다. 그 탄핵안을 읽었는지 여부에 대해 장정옥이 조심스레 여쭈려 할 때 고무용이 환약 하나를 쟁반에 받쳐들고 들어왔다. 눈치 빠른 꼬마태감 진미미가 재빨리 은병에서 더운물 한 잔을 따라왔다.

붉기가 주사(朱砂)같고 크기가 누에고추 만한 것이 루사원(婁士垣)이 만든 단약(丹藥)이 틀림없다고 생각한 장정옥이 저도 모르게 한숨을 지으며 말했다.

"폐하, 루사원은 귀신을 내쫓는 술수가 있다고 하오니, 용체(龍體)를 치유한 후엔 산속으로 귀환하게끔 장려하시는 것이 좋겠사옵니다. 신이 알기로 이런 약은 속열을 극성케 하는 부작용이 있사오니 절대 상복(常復)은 금물이옵니다…… 폐하, 기휘를 범하는 말씀이오나 신은 이 약을 보자마자 전명 때의 '홍환사건(紅丸事件)'이 떠오르는 걸 어찌할 수 없사옵니다……"

그는 고개를 떨구고 더 이상 말하지 않았다. 홍력이 조심스레 아뢰었다.

"아바마마, 아무래도 태의원에서 조제한 소열제(消熱劑)가 효과는 느리오나 몸에 무해한 것 같사옵니다."

"짐은 이 단약을 매일 복용하는 게 아니네."

옹정이 물과 함께 약을 꿀꺽 삼켰다. 그리고는 말했다.

"이 약은 루사원이 조제한 것이 아니라 백운관에서 몇 백년 동안 도사들이 먹어온 처방대로 조제한 것이라네. 루사원도 짐더러 이런 약을 먹지 말라고 권유한 적이 있네. 걱정하지 말게, 짐이 먹기 전에 수많은 사람들이 먼저 맛을 보아 무사하다는 것이 검증되었으니 말이네."

이번에는 장정옥이 다시 입을 열어 말하려고 하자 옹정이 웃으며 말했다.

"됐네, 그만하게. 자네도 손가감처럼 짐의 약점만을 캐고 들 텐가? 짐이 다신 이 약을 안 먹으면 되잖아?"

옹정의 말에 두 사람 모두 웃었다. 홍력이 말했다.

"이번에 아바마마께서 흠안(欠安)하시는 모습에 이 아들은 기겁을 했었습니다. 그 당시 아들은 아바마마께서 쾌차하시면 올해의 추결(秋決)은 취소하게끔 주청들려고 다짐했었습니다. 오늘 아바마마께서 심정이 좋아 보이시니 아들의 주청을 받아주셨으면 합니다."

장정옥도 거들고 나섰다.

"폐하께선 벌써 즉위 10년을 앞두고 계시옵니다. 한 해 정도는 추결을 취소해도 여러 모로 의미가 클 듯합니다."

"이는 자네들의 충효심의 발로라는 걸 알겠네."

옹정이 살짝 미간을 찌푸려 보이더니 자실(自失)에 가까운 웃음을 지으며 말했다.

"짐이 용법(用法)에 있어 유난히 지엄한 것은 우리 대청의 정세로 보아 그럴 수밖에 없다는 걸 자네들도 잘 알 거네. 올해의 추결을 취소하지. 단, 두 부류의 죄수들은 제외하네. 공공연히 조정에 반기를 드는 자와 유홍도처럼 조정의 하해같은 은혜를 받고도 겁 없이 뇌물을 수수하고 공금을 횡령하는 묵리(墨吏)들이 바로 그런 부류네. 자네들은 어찌 생각하는가?"

이에 장정옥이 깊은 생각 끝에 한숨을 내쉬며 말했다.

"설마 유홍도가 이렇게 할 줄은 몰랐사옵니다. 보기 드문 인재인 것은 사실이옵니다! 하도(河道)의 업무도 발벗고 뛰어왔사옵고……. 하오나 워낙 횡령한 금액이 천문학적이라 감히 용사를 구할 순 없사옵고 그저 유감스러울 따름이옵니다."

홍력 역시 신색이 암담해져서 말했다.

"그렇지 않아도 왠지 위태롭게 느껴져 평소에도 틈만 나면 알아듣게끔 지적을 했었는데, 이토록 실망을 안겨줄 줄은 몰랐습니다."

"유홍도 사건을 두고 짐도 전전반측하며 고민에 고민을 거듭했었네."

옹정이 애석하고 유감스런 감정을 숨기지 않았다.

"오늘날 이치(吏治)가 새 국면을 맞기까지는 실로 피나는 노력이 필요했지. 짐이 수십 년 동안 수없이 넘어져도 다시 털고 일어나는 오뚜기 정신으로 개척해 낸, 그 무엇과도 바꿀 수 없는 노력의 결실이지. 집안은 말아먹긴 쉬워도 일으키긴 힘이 든다네. 천길 제방을 무너뜨리는 데는 미꾸라지가 드나들 만한 구멍 하나로 충분하다는 걸 명심하게. 그런 뜻에서 짐은 결코 유홍도를 용서할 수 없네. 목을 치게…… 주저하지 말고. 인재는 다시 천천히 찾아보면 생길 것이네. 사람 위에 사람 없고, 사람 아래 사람 없는 법이네."

문득 윤사와 철모자왕들이 건청궁에서 발호할 때 유홍도가 선뜻 나서서 호기롭게 대적하던 모습을 떠올리며 가슴이 뭉클해졌지만 옹정은 단호히 손사래를 치며 지시했다.

"자네들은 더 논의할 일이 있으면 계속 하게. 짐은 서편전으로 가서 누워야겠네."

새로 지은 교인제의 별궁엔 벌써 불을 지피기 시작했다. 늦가을의 찬바람을 맞으며 궁전 안에 들어선 옹정은 온몸 가득 안겨오는 훈기에 기분이 상쾌했다.

몇몇 궁녀들과 함께 수(繡)를 놓는 것에 대해 견해를 주고받던 인제가 옹정이 들어서자 급히 하던 일을 멈추고 다가와 겉옷을 벗겨주었다. 그리고는 웃으며 말했다.

"벌써 엿새째 모습을 보여주지 않으셨사옵니다. 어쩐 일이시옵니까! 내무부에서 꿩 몇 마리를 보내왔길래 지금 은근한 불에 끓이고 있는 중이옵니다. 익으면 깨워드릴 것이오니 여기 누워 계시옵소서."

인제의 애교에 옹정이 미소를 지으며 그녀의 뽀얀 볼살을 살짝 비틀었다. 그리고는 말했다.

"역시 자네한텐 한인복장(漢人服裝)이 어울리네. 갈수록 자태가 고와지는 걸? 요즘 들어…… 황후와 이씨, 경씨를 너무 홀대한 것 같아 한 번씩 위로해 주느라 며칠 동안 못 와 봤네. 자네 혹시 질투하는 건 아니지?"

이에 인제가 얼굴을 살짝 붉히며 대답했다.

"소첩은 질투라는 걸 모르옵니다! 모두 그 단약(丹藥) 때문인 것 같사옵니다……. 전엔 지금처럼 하룻밤에도 몇 번씩이나 소첩을 괴롭히진 않으셨지 않사옵니까……?"

"괴롭히다니, 뭘?"

……옹정이 자상한 미소를 보이며 인제를 품안으로 끌어당겨 안았다. 한 손으로 까맣고 반지르르한 머리를 쓸어내리며 옹정이 웃으며 말했다.

"아들없는 빈어(嬪御)들은 자연스레 냉대받게 돼 있다네. 짐이 하루에도 몇 번씩 자네를 괴롭히는 건 자네를 위해서라는 걸 모르진 않겠지? 단약이 조금 효험이 있을지도 모르나 꼭 단약 때문은 아니네. 요며칠 마음이 좀 편해지는 것 같네. 악종기와 어얼타이가 각자 군사(軍事)와 개토귀류(改土歸流)에서 승전고를 울려온다면 짐은 더 날아갈 것 같겠지."

잠자코 듣고만 있던 인제가 손가락으로 옷자락을 감았다 폈다 하더니 나지막한 목소리로 불렀다.

"폐하……."

"왜?"

"폐하께오선 어찌하여 소첩을 이토록 위해주시옵니까?"

"짐도 뭐라고 꼬집어 말할 순 없네."

"사람들이 그러는데, 폐하께오선 젊었을 때 좋아했던 그 천민 여인 때문에 특지를 내려 천적(賤籍)을 없앴다고 하옵니다. 그게 사실이옵니까?"

옹정이 살며시 인제를 끌어안고 있던 팔을 풀며 천천히 고개를 끄덕였다.

"그렇네. 하늘이 사람을 만들 땐 귀천(貴賤)의 구별이 없었거늘 단지 불아(不雅)한 업종에 종사한다고 하여 천민으로 분류시키는 건 분명 잘못됐다고 생각한 거지. 짐은 그들에게도 똑같은 기회를 주고 싶었다네."

인제의 말은 옹정으로 하여금 또다시 소복이를 떠올리게 했다. 생각만 해도 소름이 끼치는 그 아픈 기억도 함께…… 옹정은 슬프고 암담한 표정으로 칠흑 같은 창밖을 멍하니 바라보며 한참동안 말이 없었다…….

그제야 자신의 실수를 깨달은 인제가 급급히 옹정의 발밑에 꿇어앉아 애교스레 옹정을 흔들며 말했다.

"폐하, 희소식을 전하는 걸 깜빡했사옵니다. 산서성 포정사 이름이……."

그러자 깊은 사색에서 돌아온 옹정이 부드러운 눈빛으로 인제를 바라보며 말했다.

"칼지산 말인가?"

"예, 폐하! 산서성 포정사 칼지산이 저의 모친이 있는 곳을 알아냈다고 하옵니다. 이제 곧 북경으로 데려다 줄 거라고 했사옵니다."

인제는 흥분하여 눈물까지 그렁그렁 맺혔다.

"하지만 소첩이 미처 돈을 얼마 저축하지도 못했사오니 폐하께서 좀더 하사해 주셨으면 하옵니다. 평생토록 뼈빠지게 고생만 하신 어머니로 하여금 지금부터라도 딸덕에 복을 누리게 하고 싶사옵니다."

"고작 돈 몇 푼이 문젠가!"

옹정이 웃으며 말을 이었다.

"원명원 동쪽에 좋은 집 한 채가 있으니, 자네 모친에게 상으로 내릴까 하네. 모녀 상봉의 기념으로 말일세."

그러나 인제의 가족을 찾는 일은 결코 그리 쉽지만은 않았다. 칼지산이 조사해 본 바로는 산서성 경내엔 정양(定襄)이 고향인 교씨네가 열 다섯 가구나 됐다. 북경 황실의 빈어(嬪御)가 가족을 찾는다는 칼지산의 말에 이들은 저마다 자기네들도 교인제라는 딸이 있었고, 비슷한 시기에 잃어버렸다고 하며 하소연했다. 세태의 염량(炎凉)에 탄식하면서도 교인제는 정체불명의 '친정'들을 꾸준히 도와왔다. 그러나 산서성 경내가 온통 '친정'으로 변해갈 지경이 되자 그녀도 더 이상 이들을 구제해 줄 여력이 없었다.

그사이 조정에서도 화불단행(禍不單行, 불행한 일은 항상 줄지어 발생한다는 뜻)의 나날이 이어졌다. 악종기가 보내온 첩보는 가짜였다는 사실이 밝혀지면서 조정은 발칵 뒤집히고 말았다. 이들은 준거얼 2만 대군의 불시의 습격을 받고 우왕좌왕하여 쫓겨다니며 숱한 사상자를 내고 수십 만 마리의 가축을 빼앗기는 치욕을 맛보고 말았던 것이다! 대신들의 간언을 무시하고 명조(明詔)를 내려 이들의 승전을 치하했던 옹정으로선 충격이 이만저만이 아니었다.

서남의 개토귀류도 어얼타이가 피까지 토해가며 뛰어들었으나 결과는 그리 여의치 않았다. 정부 시책에 반발하는 민변이 꼬리를 물었고, 그 수위는 갈수록 높아만 갔다. 수개월 째 침식을 전폐하다시피 한 옹정은 어얼타이의 백작 지위를 박탈하고 북경으로 돌아와 '병치료' 하라고 하명했다……

옹정의 고뇌를 지켜보아야만 하는 인제도 괴롭기 그지없었다. 모친의 행방도 묘연해지고 우울한 나날을 보내고 있던 인제에게 옹정 13년 6월, 드디어 희소식이 날아들었다. 그사이 산서순무로 승진한 칼지산의 끈질긴 노력 끝에 드디어 산서성의 어느 벽촌에서 인제의 모친이 확실한 흑씨(黑氏)를 찾아내고야 말았던 것이다.

그사이 부친 교본산(喬本山)은 죽은 지 5년 째 됐다고 했다. 칼지산은 혹여 지난번의 실수를 되풀이할까 우려되어 흑씨의 초상화와 흑씨가 자신의 딸 인제에게 보내는 신물(信物)을 함께 넣어 내무부를 통해 고무용에게 전달하도록 했다.

이젠 신분과 지위가 예전 같지가 않은 교인제인지라 고무용은 감히 태만할 수 없어 즉각 담녕거 서편전으로 달려갔다. 문에 들어서자마자 그는 싱글벙글하며 아뢰었다.

"의빈(宜嬪)마마, 칼지산 중승으로부터 희소식이 배달됐사옵니다. 이번엔 마님이 틀림없는 것 같사옵니다!"

"그게 과연 사실인가?"

지패(紙牌)를 펴 놓고 점괘를 보고 있던 인제가 급히 다가왔다. 칼지산이 보낸 편지를 읽어보고 난 인제가 물었다.

"폐하께오선 지금 어디 계신가? 2, 3일 동안 한 번도 모습을 뵐 수 없어 궁금해서 그러네."

그러자 고무용이 조심스레 웃어 보이며 말했다.

"이빈(李嬪)마마께서 편치 않다고 하시어 다니러 가셨다가 어젠 담녕거에서 침수드셨사옵니다. 방금 이위를 접견하시고 폐하의 용안엔 모처럼 희색이 만면하셨사옵니다. 이 총독이 산동성에서 백련교 두목을 붙잡아 북경으로 압송했다고 하옵니다. 강서쪽에서도 일명 '일지화(一枝花)'라는 산적(山賊)들이 이 총독에 의해 뿔뿔이 흩어져 도망갔다고 하옵니다……."

"일지화라…… 이름이 예쁘네!"

인제가 대수롭지 않게 편지를 내려놓더니 돌돌 말려 있던 그림을 펼쳤다. 그리고는 웃으며 물었다.

"일지화 두목이 여자인가 봐?"

그러자 고무용이 웃으며 대답했다.

"그렇사옵니다. 어디서 수행을 했는지 구름을 타고 날아예는 재주가 있다고 하옵니다. 보친왕께오선 생포하면 어떤 요정(妖精)인지 한 번 보고 싶다고 했사옵니다……."

시무룩하게 웃으며 그림을 펼쳐들어 머리부터 발끝까지 손으로 쓸어 내리며 찬찬히 훑어보던 그녀는 머리를 끄덕여 보이는가 하면 다시 고개를 살살 젓기도 했다. 고무용이 조심스레 웃으며 말했다.

"미간(眉間)이 의빈마마랑 좀 비슷한 것 같사옵니다! 관골이 너무 튀어나온 건 좀……."

"우리 엄마 턱 밑엔 점이 하나 있거든. 지금 고개를 숙이고 있어 안 보이네."

희비가 교차된 표정의 인제는 초상화를 뚫어지게 바라보며 눈을 뗄 줄 몰랐다.

"아! 이건 맞아…… 우리 엄마가 남의 집 삯빨래와 바느질을 하여 우릴 키워 오셨거든. 겨울에 빨래를 하다가 동상(凍傷)을 입어 중지(中指)를 곧게 펴지 못하거든……. 그림에도 중지는 굽

혀져 있네!"

이제 마음이 다급해진 인제가 급히 흑씨가 보냈다는 신물(信物)을 펴 보았다. 순간 그녀는 할말을 잃고 말았다. 허물어지듯 자리에 내려앉은 그녀는 넋이 나간 사람처럼 신물만을 뚫어지게 바라보았다!

바로 이때 옹정이 주렴을 걷고 들어섰다. 소식을 미리 들은 옹정이 서둘러 물으려 할 때 인제가 벌떡 일어나 덮치듯 달려들며 옹정의 팔을 꽉 부여잡고 흥분에 떨었다.

"엄마…… 엄마가 틀림없사옵니다! 폐하, 이년 엄마를 찾았사옵니다! 이것 좀 보시옵소서! 반 토막 짜리 비녀이옵니다……. 소첩이 떠나올 때 집에 돈이 한 푼도 없어 모친께서 비녀를 주셨사옵니다……."

인제의 눈에서는 눈물이 비 오듯 했다.

"……절 데려간다는 집에서 손재주도 배워주고, 밥도 먹여준다는데 이게 왜 필요하냐고 한사코 거절했었사옵니다……. 나중에 이년은 생각을 바꾸었사옵니다. 이러다 만에 하나 밖에서 죽거나 병이 들기라도 하면…… 모친의 체온이 느껴지는 신물이라도 곁에 있으면 훨씬 덜 서글플 것 같았사옵니다……."

그녀는 더 이상 말을 잇지 못했다.

책상 위에 놓여 있는 초상화며 편지, 그리고 신물…… 모든 상황으로 미루어 보아 이번엔 십중팔구는 틀림없다고 생각한 옹정도 대단히 기뻐하며 말했다.

"울지 말게, 좋은 일이 아닌가! 이번엔 분명한 것 같으니 산서순무더러 빨리 북경으로 보내라고 해야겠네. 길어야 보름이면 만날 수 있을 거네!"

그러나 인제는 하염없이 비녀를 들여다 보며 울고 또 울었다. 눈물이 비녀 위로 뚝뚝 떨어졌다.

문득 그 비녀에 호기심이 동한 옹정이 물었다.

"그럼 이 비녀는 자네 모친이 자네에게 주신 신물이네? 예사 물건은 아닌 것 같은데, 어디 좀 보세……."

그러자 인제가 비녀를 옹정에게 건네주며 말했다.

"자세히 들여다보면 꽃과 여의(如意) 무늬가 있사옵니다…… 부친께서 엄마한테 선물한 것이라 들었사옵니다……."

옹정이 반 토막 난 비녀를 들고 유심히 살펴보았다. 끝 부분은 닳아서 뾰족하고 반질반질해진 것이 마치 귀이개 같았다. 길고 긴 세월을 말해주듯 비녀에 입혔던 보색(寶色)은 벌써 퇴색했고, 까맣고 반지르르한 광채만 발했다.

손으로 살살 비녀를 쓰다듬고 있던 옹정이 문득 그 위에 희미하게 모습을 드러낸 용무늬를 발견했다. 돌연, 옹정은 마치 전기에 감전된 마냥 손을 부르르 떨더니 비녀를 바닥에 떨어뜨리고 말았다!

인제가 허리를 굽히기도 전에 옹정은 벌써 친히 비녀를 주워들었다. 그의 얼굴엔 더 이상 희색을 찾아볼 수 없었다. 놀라움과 이름 못할 당황함이 역력했다.

무슨 영문인지 몰라 인제가 멍하니 자신을 바라보자 옹정이 물었다.

"이 비녀는 대내(大內)에서 만들어진 것 같은데…… 자네 가문에서 자손 대대로 물려받은 건가?"

"그건 잘 모르겠사옵니다."

인제가 잠시 생각을 더듬는 듯하더니 이내 고개를 저으며 대답했다.

"부친께서 엄마한테 신물로 주셨다는 것밖엔 아는 것이 없사옵니다."

"자네 모친…… 성이 뭔가?"

"흑씨이옵니다."

그 순간 옹정은 더욱 크게 놀라며 하마터면 쓰러질 듯 휘청거렸다. 그리고는 다그쳐 물었다.

"모친 고향은 산서성인가?"

인제가 더욱 어리둥절하여 머리를 저었다.

"그건 아니옵니다. 다른 곳에서 살다가 산서로 피난왔다고 들었사옵니다."

"다른 곳이라니, 어디 말인가?"

"황공하오나 아는 바가 없사옵니다."

"모친께서 창가(唱歌)에도 능하고 가야금도 잘 뜯는 편인가?"

"소첩은 어머니께서 창가하는 모습도, 가야금 뜯는 모습도 본적이 없사옵니다."

인제가 이상하다는 듯이 옹정을 뚫어지게 바라보았다.

"폐하, 어찌하여 그런 걸 물으시는 것이옵니까?"

그러자 옹정이 가볍게 한숨을 내쉬며 말했다.

"그냥 물었네. 자네가 금기서화(琴棋書畵)에 모두 능하기에 혹시 모친으로부터 전수받았나 해서 물었네."

그제야 인제가 생긋 웃어 보였다. 흰 버섯죽 한 숟가락을 옹정의 입 안에 떠넣어주며 인제가 말했다.

"하오나 폐하께선 방금 신색(身色)이 너무 심각하셨사옵니다! 소첩은 창(唱)은 강남에서 며칠 배운 적이 있사옵고, 바둑과 가야금 같은 건⋯⋯."

순간 그녀는 갑자기 뚝하고 말을 멈추어버렸다. 나머지는 윤제와 함께 마릉욕에 있으면서 윤제로부터 배웠던 것이다. 그녀는 재빨리 옹정의 눈치를 살피며 말머리를 돌렸다.

"바둑은 혼자서 생각하고 고민한 끝에 저도 모르는 사이에 익히게 되었사옵니다. 언제라도 폐하께오서 한가하실 때 소첩을 불러주시면 기꺼이 시중들겠사옵니다⋯⋯."

"음, 좋지."

옹정은 버섯죽을 입 안에 넣은 채 우물거리고 있었다. 그러나여전히 마음 둘 데를 모르고 있었다. 인제가 무슨 말을 했는지도 모르고 그냥 대답하고 난 옹정은 마침내 일어서더니 웃으며 말했다.

"버섯죽이 맛있네. 자네도 신열이 있어 기침이 잦은 것 같던데, 많이 먹어두게⋯⋯."

인제를 향해 웃어 보이는 옹정의 미소가 어딘가 모르게 어색해 보였다.

"자네 모친이 도착하면 짐에게도 보여줘야지? 대체 어떤 대단한 어머니가 이토록 고운 딸을 낳았는지 궁금하거든."

말을 마친 옹정은 곧 궁전을 나섰다.

옹정이 경황없이 담녕거로 돌아와 보니 이위, 장정옥, 방포가 홍력과 뭔가 의논중이었다. 이를 본 옹정이 물었다.

"서남쪽 묘족 부락에 또 무슨 일이 생기기라도 한 건가?"

세 사람이 급히 무릎을 꿇은 가운데 홍력이 천천히 자리에서 일어서며 아뢰었다.

"어얼타이 대신 투입된 장조(張照)로부터 주장(奏章)이 도착했사옵니다. 가자마자 적들을 5, 6백 명 소탕한 자그마한 승리를 거두었다고 합니다. 미력이나마 폐하의 기분 전환에 도움이 될까 하여 이 소식을 전하는 바라고 했사옵니다. 이 밖에 악종기의 주장도 올라와 있습니다. 평군왕은 군기처에 보낸 정기(廷寄)에서 사제세가 군중에서 병이 깊어감에도 죄를 씻고자 열심히 일하는 모습이 안타깝다고 하며 이젠 죄를 면하여 군중으로부터 철수시키는 것이 어떻겠느냐며 아들더러 대신 주청 올려 주었으면 하였습니다……."

"사제세를 불러들이게. 어느 부서에 자리가 비었나 보고 먼저 원외랑(貝外郞)의 자격을 주도록 하게."

"예, 아바마마!"

홍력이 즉시 대답했다. 그리고는 조심스레 덧붙였다.

"악종기가 죄를 청하는 주장과 함께 열 여섯 가지 건의사항도 함께 올렸습니다. 신강(新疆) 투루판 쪽에서 둔전(屯田)을 실시하고, 역시 신강의 하밀과 투루판 사이에 초소를 설치하여 지구전에 들어가는 게 어떻겠느냐고……."

그러나, 옹정은 홍력이 내민 악종기의 상주문은 받아볼 생각도 하지 않고 한 쪽에 내던지듯 내려놓았다. 그리고는 분노에 차서 말했다.

"못 받아들인다고 하게! 거의 3만 명에 달하는 정예부대를 이끌고 나가 번번이 얻어맞기만 하는 주제에 입 쳐들고 무슨 할말이 있다고 그러나? '장구직진(長驅直進)'을 주장할 땐 언제고, 이제 와선 엉뚱하게 또 무슨 '지구전'인가? 얼마 되지도 않는 나부랭이들 때문에 앞으로 군향(軍餉)을 얼마나 더 허비하겠다는 얘긴가? 말도 안 돼!"

이같이 말하고 난 옹정은 곧 장조의 주장을 잡아 당겨 앞뒤로 뒤적여 보더니 붓을 날려 주비를 달기 시작했다.

짐의 기대에 부응하려는 노력이 가상하네. 운남성 묘족의 반란은 위험수위를 넘어서고 있네. 허나 우리 대청이 장기적으로 대적하기엔 모든 것이 역부족일 것이네. 성급하게 서두르지 말고 여유있게 군력을 다지고 각 부서와의 조화를 이뤄가며 은근히 목을 조여나가도록 하게. 군사(軍事)란 대소를 떠나 모두 베고 베이는 흉흉한 대결인 만큼 항상 경각심을 늦추지 말길 바라네. 부디 진력하여 짐의 후망(厚望)에 부응하는 희소식을 전해오는 그 날을 손꼽아 기다리겠네.

붓을 내려놓고 난 옹정은 곧 어비(御批)를 홍력에게 건네주며 말했다.

"장조는 문인 출신이라 그런지 총대 메고 싸우러 나가는 걸 달빛 아래서 시 읊조리듯 낭만적으로 생각하는 경향이 없지 않아 있는 것 같네. 군무에 대해 궁금한 것이 있으면 수시로 자네 십칠숙에게 조언을 구하도록 하게."

"예, 아바마마."

홍력이 급히 대답했다. 그러나 십칠숙 윤례도 실전경험이 없긴 마찬가지였다. 홍력은 이럴 때 십사숙 윤제가 곁에 있어 주었으면 하고 간절히 소망해 보았다. 그러나 인제가 빈(嬪)으로 승격됨에 따라 아예 두문불출을 선언해버린 윤제는 옹정과의 사이가 더욱 소원해졌다. 홍력은 옹정의 눈치를 살피면서도 감히 윤제를 만나게 해 달라는 청은 올리지 못했다.

이위가 물러가려는 듯 움찔거리자 옹정이 물었다.

"자네, 곧 북경을 떠날 건가?"

"날씨가 너무 더워 웬만하면 서둘러 길을 떠나지 않으려고 했사
옵니다."

이위가 급히 웃어 보이며 대답했다.

"하오나 윤계선이가 보내온 서신에 따르면 올해 장강(長江)의
수위가 그리 낙관할 순 없다 하옵니다. 장강 하류의 몇몇 지역에
위험신호가 보여 계선이 본인은 그곳 순찰을 떠나려는 모양이옵
니다. 그렇게 되면 총독아문이 비어있게 되오니 신이 서둘러 떠날
수밖에 없사옵니다. 아직 일정이 확실히 잡히지 않아 감히 폐하께
주하지 못했사옵니다!"

옹정은 뭔가 이위에게 따로 할말이 있는 것 같았다. 주위를 둘러
보니 태감들도 많고 밖엔 접견을 기다리는 대신들도 있었다. 옹정
은 곧 자리에서 일어나며 말했다.

"짐을 따라 뒷방으로 오게. 잠깐 할말이 있네."

"예, 폐하!"

이위가 응답과 함께 홍력에게 예를 갖춰 인사하고는 부랴부랴
옹정을 따라나섰다.

말로는 다만 뒷방이라 했지만 미궁 같은 뜰이며 복도를 한참
지나서야 겨우 목적지에 도착할 수 있었다. 담녕거엔 몇 번 와
보았지만 이런 곳이 있는 줄은 처음 알았다.

뜰 밖에는 궁녀들이 빨래를 널고 있었고, 물지게를 진 태감들의
모습이 부산스러웠다. 이위가 궁금증을 참지 못하고 물었다.

"폐하, 여긴 어디이옵니까?"

옹정이 미처 알려주기도 전에 꼬마태감 진미미가 얼음 속에 묻

어 두었던 수박을 한 쟁반 들고 들어왔다. 그 밖에도 두 명의 태감이 얼음이 담긴 대야를 두 개 가져다 옹정의 옆에 조용히 내려놓고 물러갔다.

그제야 옹정이 웃으며 말했다.

"의빈(교인제)의 거처로 만든 곳이지만 짐도 가끔씩 앞에서 일을 보다가 피곤할 땐 들어와 잠깐 쉬어가곤 한다네."

옹정이 이같이 말하며 수박 한 조각을 베어 물었다. 그리고는 쟁반 째로 이위에게 밀어주며 말했다.

"시원하고 좋네. 한 조각 먹어 보게."

그러자 이위가 급히 사은을 표하고는 수박 하나를 집어들고 한 입 베어 물었다. 그리고는 웃으며 말했다.

"과연 당도가 뛰어난 것 같사옵니다. 젊었을 때 같았으면 뱃가죽이 수박처럼 둥그렇게 늘어날 정도로 허겁지겁 먹었을 것이온데, 황공하옵게도 지금은 위가 부실하여 많이 먹을 수가 없사옵니다……."

"짐이 자네를 부른 건 한 가지 의혹을 함께 풀어볼까 해서 그러네. ……짐의 이 일은 강아지 자네만 알고 있지 않은가."

옹정히 쉬이 말이 떨어지지 않는 듯 천천히 입을 열었다.

"짐이 옹친왕 시절부터 쭉 지켜보아 온 바로는 자넨 명민하고 입이 무거운 사람이네. 짐의 말을 귀담아 듣고 같이 고민해 보세."

옹정은 깊은 탄식과 함께 교인제가 부담스러워지기 시작한 경위를 털어놓았다. 그는 말했다.

"세상에 어쩌면 이토록 묘한 우연이 있겠나? 궁중에서 귀이개가 달린 똑같은 비녀를 만들었을 리는 없지 않겠나? 그 모친도 하필이면 소복이와 똑같이 흑씨라고 하니 말일세! 더 두려운 것은 인제의 나이를 추산해 보면 기막히게 들어맞는다는 사실이네. 만에 하나⋯⋯."

그제야 옹정의 말뜻을 알아들은 이위가 깜짝 놀라 숨을 크게 들이마시며 숨죽여 말했다.

"하오나 폐하, 소복은 그 당시 분명히 분신(焚身)당하지 않았사옵니까?"

그러자 옹정이 깊은 우려가 담긴 표정을 보이며 말했다.

"소복이가 쌍둥이였다는 사실을 잊진 않았지? 소록이라는 언니가 있었는데, 둘이 너무 닮아서 나도 헷갈렸었지 않은가! 소록이가 임신중인 동생을 대신하여 장작더미에 올라갔을지도 모르는 일일세!"

이위가 흠칫하더니 한 입 베어 문 수박을 씨 째로 꿀꺽 삼켜버리고 말았다. 두 사람만이 알고 있는 철저한 비밀 이야기였다. 20년 동안 남모르는 비밀을 안고 은근히 불안해했던 이위는 이제 옹정이 커다란 난제를 자신에게 밀어주자 곤혹스럽기만 했다.

교인제의 모친이 과연 소복이라는 것이 밝혀진다면 인제는 곧 옹정의⋯⋯.

생각만 해도 기절초풍할 일이 아닐 수 없었다. 천하의 강심장 이위였지만 고동치는 가슴을 겨우 부여잡고 생각에 잠겼다. 이마엔 어느새 식은땀이 송골송골 맺혔다. 고개를 떨구고 한참 고민하던 이위가 갑자기 단호한 어투로 말했다.

"폐하, 아무리 생각해 봐도 방법은 한 가지뿐이옵니다. 옛말에, 모르는 게 약이라고 했사옵니다. 이 일은 더 이상 들추지 마시고 그대로 고이 덮어 두시옵소서. 결과가 어떻게 나오든지간에 궁금해 하시지도 마시고, 비녀를 발견하지 못했던 그 이전으로 돌아가시옵소서! 신은 죽을 때까지 입을 단단히 봉하고 있을 것이옵니다."

　이위의 말이 이치엔 맞지만 도의적으로는 도저히 따를 수 없다고 옹정은 생각했다. 어릴 적 주식(朱軾)에게서 가르침을 받을 때, 춘추전국시대에 어떤 왕이 자기 생모와 간통한 사실을 언급하며 주식은 침까지 내뱉으며 '짐승보다 못한 인간'이라고 통렬하게 비난했던 기억이 떠올랐다. 천자(天子)로서 자기 딸과 난륜(亂倫)을 저질러 왔다는 사실이 들통나는 날엔 자신이 심혈을 기울여 이룩한 모든 것은 순식간에 물거품이 될 것이고, 역사는 자신을 천추의 몰염치한 군주로 기록할 것이다. 여기까지 생각한 옹정은 죽어라 머리를 흔들었다. 마치 집요하게 파고드는 불안을 떨쳐버리려는 듯이…….

49. 하늘이시여!

　운명적으로 비켜갈 수 없는 일이라면 언젠가는 맞닥뜨리게 돼 있었다. 추석을 즈음하여 교인제의 어머니 흑씨는 드디어 무사히 북경에 도착했다. 내무부에서는 즉각 옹정과 교인제에게 이 사실을 주하는 한편 노인을 원명원 동쪽에 옹정이 하사한 방으로 들였다.

　비정한 현실에 맞닥뜨릴 자신도 없었거니와 다시 새로운 국면을 맞은 서부전선을 친히 원격조종하느라 눈코 뜰 새 없이 바빴던 옹정은 북경에 도착해 있는 인제의 모친을 서둘러 접견하지 못했다.

　그사이 옹정이 인제가 있는 서편전을 두어 번 찾아주었으나 전같은 애무와 친절함은 찾아볼 수 없었다. 그래도 인제는 모녀 상봉을 적극 주선해 준 옹정이 그저 눈물겹도록 고맙기만 할뿐이었다.

　그녀는 추석날에 먼저 모친에게 자금성 구경을 시켜주고 황후를 배알하고 나서 옹정의 접견을 기다리고자 했다. 황제가 모녀를 접견하여 덕담까지 하사한다면 모친이 얼마나 기뻐할 것이며, 자신의 얼굴도 광채로울 것이라고 생각하는 것만으로도 인제는 흥분에 겨워 전율했다.

그러나 8월 12일, 추석을 3일 앞두고 내무부에서 전해온 지의에 따르면 문무백관들은 추석 당일 황제를 따라 천단(天壇)으로 가서 제사를 지낼 것이며, 그 장중함을 더하기 위해 황후도 함께 할 것이라고 했다. 그리고 친정이 북경에 있는 궁비(宮妃)와 궁빈(宮嬪)들은 집으로 돌아가 대단원을 상징하는 추석명절을 쉬게끔 은총이 내려졌다.

궁궐 안은 긴긴 목마름 끝에 단비를 맞은 궁빈들의 환호성으로 떠나갈 듯했다. 그러나 추석날 황후를 알현하기로 했던 인제로선 다소 실망스러울 수밖에 없었다.

추석 전날 밤, 인제는 용기를 내어 옹정에게 추석날은 밤새도록 모친과 함께 있게끔 배려해 줄 것을 주청 올렸다. 그러나, 처음엔 난색을 표하던 옹정이 인제의 청을 들어주며 말했다.

"진미미더러 자네를 시중들라고 할 테니, 절대 비밀에 붙이도록 하게. 종래로 빈비들이 집으로 돌아가 명절을 쇠어도 날을 넘긴 적은 없네. 자넨 이십 년만에 첫 모녀상봉이니 예외라 할 수 있겠으나 다른 사람들이 알면 질투할 것이니 조심하게. 짐은 요즘 무척 바쁘니 명절 쇠고 이삼일 내에 자네를 보러 갈까 하네."

그러나 옹정은 16일에도, 17일에도 서편전을 찾지 않았다. 그사이 서남의 장조와 서부전선의 악종기 모두 또다시 참패를 당했다는 비보가 날아들었던 것이다. 옹정은 극도의 분노와 치욕을 주체할 수 없어 혼절을 했었고, 깊은 상심과 비애에 짓눌려 누워 있었다.

고무용으로부터 옹정이 자신을 부르는 지의를 접하고 장정옥이 경황없이 궁전 입구에 다다랐을 때 안에서 옹정의 무겁고 쉰 목소리가 들려왔다.

"악종기를 절대 용서할 수 없네! 고은(庫銀)을 자그마치 2천만 냥이나 퍼 쓰고 짐에게 보내온 건 크고 작은 패보(敗報)뿐이었어! 실로 그토록 어리석고 무능할 줄은 몰랐네! 즉각 지의를 발송하게. 자기도 짐을 볼 체면이 없고 살아있다고 하여 산목숨이 아닐 테니, 힘들게 오느라 하지 말고 군중에서 스스로 목숨을 끊어 마지막 체통이라도 지키라고 말일세!"

밖에서 잠시 서 있는 동안 마음을 진정시킨 장정옥은 결코 악종기의 잇따른 패배를 그 자신의 지휘불능으로만 치부해선 안 된다고 생각했다. 그 동안 옹정은 정무에만 치중했을 뿐 악종기에 대한 지나친 믿음으로 인하여 군무엔 소홀히 해 왔던 것이었다. 그러면서도 가끔씩 패보가 날아들 때마다 악종기를 궁지에 몰아넣는 힐책과 함께 자신이 직접 '원격조종'한다고 하여 현지 사정과는 전혀 맞지도 않은 작전을 강요하곤 한 것도 사실이었다.

그러나 옹정의 이런 약점은 장정옥으로선 그저 잠깐 생각만 해볼 뿐이었다. 괴팍할 정도로 자기 주장이 강한 옹정의 성격을 잘 아는 장정옥은 감히 진언할 생각은 엄두도 내지 못했다. 이런저런 생각에 잠겨 있던 장정옥이 목청을 가다듬어 아뢰었다.

"신 장정옥, 대령하였사옵니다!"

"들게."

장정옥이 엉거주춤한 자세로 들어가 대례를 올리고 보니 윤례, 홍력, 방포가 자리해 있었다. 한 쪽에는 어얼타이가 무릎을 꿇고 있었다. 보아 하니 서남의 개토귀류 문제를 논하고 있었던 것 같았다.

옹정의 신색은 지난번 가사방 사건 때 크게 앓고 났던 당시를 떠올리게 했다. 희고 창백한 볼 한 쪽에 검붉은 반점이 보였고, 찻잔을 들고 있는 손이 떨렸다. 크게 화를 내고 있는 중인 것 같았다.

장정옥을 힐끗 쳐다보던 옹정이 길게 탄식을 내뱉으며 어얼타이를 향해 말했다.

"그만 일어나게. 죄지은 몸이긴 하다만 아직 군기처대신의 직무를 박탈한 건 아니지 않은가!"

손사래를 치며 이같이 말하던 옹정이 갑자기 외마디 비명을 질렀다.

"욱!"

그와 동시에 가슴팍을 움켜쥐며 괴로워하더니 곧 옆으로 쓰러지고 말았다…….

"아바마마!"

"폐하!"

궁전 안은 삽시간에 아수라장이 되었고, 어의(御醫)를 불러야 한다는 주장과 도사(道士)를 불러야 한다는 주장이 엇갈렸다. 그러자 홍력이 고함을 질렀다.

"즉시 우리 왕부로 가서 온씨와 두 측복진을 불러오도록 하게. 그네들이 기공(氣功)으로 폐하의 병을 치료해 드릴 수 있을 거네!"

고무용과 몇몇 태감들이 옹정을 편히 눕혔다. 그리고 인중을 눌러주고 팔다리를 주물러 주는 사이 어렴풋이 정신이 든 옹정이 손을 내저었다.

"이보게, 홍력! 난 괜찮으니 요란스레 굴지 말게……."

안색이 누렇게 떠서 보기에도 흉흉한 옹정이 가쁜 숨을 몰아쉬며 말했다.

"루사원은 강서로 돌아갔으니 백운관에 있는 도사 아무나 와 보라고 하게. 여인네들을 오라 가라 하지 말고……."

홍력이 울먹이며 대답하고는 덧붙였다.

"언홍과 영영도 실력이 뛰어납니다. 도사들에게 맡기느니 아무래도 제집 식구에게 맡기는 것이 나을 듯합니다. 그네들은 선천적인 내공(內功)을 연마하여 사기(邪氣)가 전혀 없습니다. 아들이 그들의 기공치료를 받아보았습니다……."

아들의 말엔 아랑곳하지 않고 온돌 옆에서 수심에 잠겨 있는 장정옥을 발견한 옹정이 깡마르고 차가운 손을 내밀어 그 손을 꼭 잡았다. 그리고 눈은 방포와 어얼타이를 바라보며 나지막한 소리로 말했다.

"승패(勝敗)는 병가지상사(兵家之常事)라는 걸 아네. 짐이 장조와 악종기를 용서할 수 없는 건 단순히 적들과 겨뤄 패했기 때문인 것만은 아니네. 짐이 참을 수 없는 건 이네들이 처음부터 교전 상황을 사실대로 아뢰지 않고 거짓보고로 짐을 속여왔다는 거네. 종이로 불을 감쌀 수 없듯이 더 이상 숨길래야 숨길 수 없을 정도가 되니 그제야 짐에게 보고하여 짐으로 하여금 속수무책의 궁지에 빠지게 만들었네, 이것들이……."

장정옥이 급히 입을 열었다.

"폐하, 지금은 조용히 숙면을 취하시는 것이 무엇보다 요긴할 것 같사옵니다. 정무는 나중에 따로 논하는 것이 어떨까 하옵니다."

"그래……."

옹정이 천천히 눈을 감았다. 그리고는 중얼거리듯 말했다.

"악종기가 이렇게 무능할 줄은 정녕 몰랐네…… 군향도 적들의 몇 배나 더 쓰고서……."

옹정은 스르르 맥을 놓아버린 듯했다. 몇몇 대신들이 지켜보고 서 있는 가운데 태의(太醫)들이 들락날락하며 맥을 보고 상태를 주시했다.

시간이 얼마나 흘렀을까, 온씨와 두 딸이 들어섰다. 기공으로 병을 치료할 거라곤 하지만 공맹 외엔 전혀 믿지 않는 방포는 그리 달갑지 않은 눈치였다.

그러나 그들은 방포가 상상한 것처럼 부적을 태워 날리며 난리법석을 떠는 것과는 달리 그저 옹정의 침대 앞에 조용히 무릎을 꿇어 열 손가락을 부채 모양으로 펴서 옹정을 향하고 있을 뿐 그 어떤 요란한 움직임은 없었다.

잠시 후 보일 듯 말 듯한 현란한 빛이 옹정의 몸을 아래위로 쓸어 내리고 있는 게 보였다. 또한 얼핏 맡기에 사향냄새 같기도 하고 단향나무 향 같기도 한 향기가 궁전 안을 서서히 감돌기 시작했다.

숨을 들이마실 때마다 가슴이 시원해지는 황홀한 느낌에 옹정은 정신이 번쩍 들었다. 사람들이 어안이 벙벙하여 연신 코를 벌름거리고 있을 때 세 여인은 재빨리 손을 거둬들였다.

온씨가 나지막이 입을 열었다.

"용안(龍眼)을 떠 보시옵소서. 폐하…… 아직 머리가 약간 어지러우실 수 있사옵니다. 하지만 그건 아직 수라를 드시지 않으셨기

때문이옵니다. 저녁에 죽을 좀 드시면 금세 좋아지실 것이옵니
다……."

"음."

옹정이 천천히 눈을 떠보았다. 머리를 좌우로 흔들어 보던 옹정
의 얼굴에 미소가 번졌다. 자상한 눈매로 언홍과 영영을 바라보던
옹정이 말했다.

"자네들이 짐의 두 며느리인가? 좋군! 현숙하고 남다른 재주도
있으니, 이 또한 홍력의 조화가 아닐 수 없네. 자네들 혹시 한인(漢
人)인가?"

언홍과 영영이 다소 겁에 질린 듯한 표정으로 옹정을 바라보았
다. 그리고는 살포시 엎드려 머리를 조아리며 말했다.

"그렇사옵니다, 폐하."

기력을 많이 회복한 옹정이 일어나 앉더니 온씨를 향해 웃으며
말했다.

"정말 감쪽같이 눈이 맑아지고 머리가 홀가분해지네. 진짜 재주
꾼일수록 겸허하다더니 과연 그러하군! 짐이 자네에게 4품 고명
(四品誥命)을 하사하겠네. 고무용, 궤 위에 놓여 있는 짐의 여의
(如意)를 가져다 짐의 두 며느리에게 상으로 내리게."

"예, 폐하!"

"짐이 자네들을 기적(旗籍)에 들여주겠네."

옹정이 미소를 지으며 말을 이었다.

"큰애기는 고가씨(高佳氏), 작은애기는 금가씨(金佳氏)로 사
성(賜姓)하네……."

"성은이 망극하옵나이다, 폐하!"

옹정이 여전히 희색이 만면하여 말했다.

"고무용, 이네들을 며칠 동안은 운송헌에 머물게 하게. 수시로 짐에게 기공을 넣어주어야 하니 말일세."

옹정의 심신이 평화로워진 모습을 보며 방포를 비롯한 신하들은 적이 안도했다. 장정옥이 말했다.

"폐하께오서 오늘은 존체가 허하시오니 신들은 내일 다시 패찰을 건네고 뵙기를 청하겠사옵니다."

옹정의 허락을 받은 이들 넷은 곧 물러났다.

"아무리 생각해 봐도 폐하께오선 갈수록 성정이 이상해지는 것 같네."

쌍갑문을 나선 윤례가 고개를 들어 납덩이같은 구름을 바라보며 말했다.

"자신의 감정을 전혀 조절하지 못하는 것 같기도 하고……."

그러자 어얼타이가 말했다.

"존체가 불안하신 데다 전세(前世)의 제왕들보다 명예를 더 중요시하고 자존심이 강하시다 보니 성정이 종잡을 수 없게 변하시는 것 같습니다. 허나 심약하고 자상한 분이심에는 틀림없습니다."

"악종기와 장조에게 거신 기대가 워낙 크셨는지라 실망과 충격이 크셨던 것 같습니다."

방포가 말했다.

"서부전선에서 적들의 주력부대를 소탕하고, 서남 지방에서 개토귀류가 성공리에 끝나는 것이 성조께서 남기신 미완의 숙원이었지 않습니까!"

장정옥은 잠자코 듣기만 할뿐 이들의 말에 끼어 들지 않았다. 장정옥이 듣기에 이들은 모두 일리가 있는 말을 했으나 어느 누구도 옹정에 대해 제대로 된 평가를 못 내렸다고 생각했다. 옹정은 마치 이 세상이 존재하는 이유를 알 수가 없듯이 종잡을 수 없는 사람이라고 장정옥은 생각했다.

옹정은 간신히 하루만 쉬고 8월 18일, 19일, 20일 연 사흘 동안 장대비가 기승을 부리는 가운데 상서방과 군기처의 관원들을 소집하여 비상회의를 소집했다.

장광사(張廣泗)를 운남, 귀주, 사천, 호북, 호남을 통괄하는 경략대신(經略大臣)으로 위촉하여 장조 대신 서남의 개토귀류를 맡게 했다. 장조는 북경으로 압송되어 부의(部議)에 넘겨져 죄를 묻게 될 것이라고 했다.

또한 대장군 악종기는 정자와 화령을 박탈당하고 직무를 파면당한 채 북경으로 압송하게끔 했다.

그날 저녁, 장정옥은 또 홍력이 대신 내린 유지(諭旨)를 받았다.

주식은 군기처에 입문한 이래 맡은 바 정무에 소홀했고, 내어놓은 정견은 모두 황당하기 이를 데 없었으니 부의에 넘겨 엄히 처벌함이 마땅하다. 하지만 선제(先帝)의 유신(遺臣)이고 연로한 점을 감안하여 군기처대신, 상서방대신의 직함을 박탈하여 문화전대학사로 남는 것으로 벌한다!

장정옥은 한동안 충격을 금치 못했다. 곰곰이 생각해 보니 주식은 장조를 천거한 실수를 추궁당한 것 같았다. 그렇다면 악종기를 서정장군으로 극력 추천한 나도 책임을 피해갈 순 없지 않은가? 자발적으로 죄를 청하는 것이 옳을지도 모른다고 생각하여 옹정을 배알하려던 장정옥이 그러나 다시 망설였다. 군국요무(軍國要務)가 있는 것도 아닌데, 이처럼 장대비가 내리는 가운데 창춘원으로 들어가 자신의 죄를 '반성'한다는 것은 오히려 긁어 부스럼을 만드는 일일지도 모른다는 불안감이 작용했던 것이다.

이튿날 아침에도 비는 세력은 약해졌으나 그치지는 않았다. 굵기가 일정하여 채를 쳐 내려보내는 것 같은 가랑비가 안개와 함께 장안을 뽀얗게 뒤덮었다.

밤새도록 뒤척인 장정옥이 아침을 먹는 둥 마는 둥 하고 담녕거로 향했다.

"폐하께선 어젯밤 원명원 황후마마한테서 침수드셨네."

장정옥에 비해 한 발 앞서 담녕거에 도착한 홍력이 언 손을 호호 불며 들어서는 장정옥에게 자리를 내어주며 말했다.

"어제 또 온씨로부터 기공치료를 받으시고 한결 나아지셨다네. 오늘은 손가감 등을 접견하실 예정이라시던데, 좀 있으면 곧 오실 거네."

홍력도 간밤에 잠을 설친 듯 눈언저리가 어두웠다. 그러나 워낙 깔끔한지라 옷차림은 흠잡을 데 없었다.

홍력이 직접 장정옥에게 우유를 따라 건네주고 있을 때 옹정이 고무용의 부축을 받으며 들어섰다. 둘은 부랴부랴 엎드려 문후를 올렸다.

옹정은 보기에 초췌해 보이긴 했으나 신색이 전날보다는 나아 보였다. 온돌에 걸터앉아 따끈한 우유 한 모금을 마시고 난 옹정이 담담한 음성으로 입을 열었다.

"자네도 무쇠로 된 사람은 아니니 힘들 테지. 그만 일어나게, 형신! 앞으론 이렇게 이른 시간에 나오지 않아도 되네."

"신은 심사가 깊어 잠이 오지 않아 일찍 나왔사옵니다."

장정옥이 사은을 표하고 일어났다. 그리고는 잠시 생각한 끝에 밤새도록 고민한 사실을 실토했다.

"신은 아무리 생각해 봐도 이번 서부전선의 실리(失利)에 책임을 회피해갈 순 없는 것 같사옵니다. 사람을 잘못 천거한 죄를 필히 물어야 마땅하다고 생각하옵니다."

이에 옹정이 담담하게 웃어 보이더니 소리쳐 불렀다.

"이보게, 고무용! 방금 오는 길에 보니 손가감 등이 월동문 쪽에서 대기하고 있는 것 같던데, 들라하게."

이같이 명령하고 난 옹정은 그제야 장정옥을 향해 부드럽게 입을 열었다.

"짐도 어제 밤새도록 생각해 보았네. 서부의 군사와 서남의 개토귀류 모두 우리의 패배로 끝난 데는 짐의 과실도 있네. 주식 스승은 장조 같은 문인 출신더러 총대를 메고 전쟁터로 내보내기 위해 짐이 판단상의 오류를 범할 정도로 적극 천거하였기에 그 과실을 묻지 않을 수 없네. 밑에서 탄핵안이 빗발치기 전에 조치하는 것도 그의 체면을 위해 좋은 일이라고 봐야지."

"폐하!"

장정옥이 코가 시큰하고 목이 메어 말했다.

"폐하께서 이토록 넓은 아량으로 용사해 주시니 신은 더더욱 몸둘 바를 모르겠사옵니다……."

이같이 운을 떼던 장정옥이 그러나 손가감이 호부 시랑 한 사람을 데리고 들어서자 뚝 하고 입을 다물어버렸다.

두 사람이 예를 갖추고 지정해준 자리에 앉기를 기다려 신색이 우울한 옹정이 입을 열었다.

"이보게, 손가감! 자네는 처음부터 이번 준거얼 출병을 반대했었지. 결과 전사(戰事)는 알다시피 이렇게 됐네…… 이제 자네들의 의견을 듣고 싶어서 불렀네."

　옹정이 잠시 멈춘 뒤 다시 말을 이었다.

　"군대를 재정비하여 계속 칠 것인지, 아니면 깨끗이 철수하는 게 나을는지?"

　"이런 상황일수록 적들에게 약하게 보여선 안 된다고 생각하옵니다."

　손가감이 머리를 조아리며 대답했다.

　"하오나 원기가 크게 손상되어 있는 지금 계속 싸우는 것보다는 현지에서 둔병(屯兵)하며 군무를 정돈하여 원기를 충분히 회복한 후에 힘껏 때려주는 것이 바람직할 것 같사옵니다."

　그러자 같이 온 호부 시랑이 말했다.

　"신도 손 어른의 주장에 공감하옵니다. 신은 서남의 개토귀류나 서부전사나 모두 작은 좌절에 불과하다고 생각하옵니다. 실력을 비교할라치면 우린 적군을 훨씬 능가하옵니다. 엊그제 관보를 보니 처링 아라부탄이 다시 사절을 파견하여 강화를 구걸하였다고 하옵니다. 이는 그들도 더 이상 대군에 맞서 싸울 여력이 없다는 걸 단적으로 보여주고 있사옵니다. 군무를 재정비하여 교전하면 우리가 분명 승전고를 울리겠사오나 은지(恩旨)를 내리시어 저들의 구애를 받아주는 쪽이 더 유리할 것 같사옵니다."

　흡족한 표정으로 연신 머리를 끄덕이며 두 신하의 말을 듣고 난 옹정이 웃으며 말했다.

　"짐도 이쪽저쪽 저울질하며 주저하고 있었는데, 자네들의 견해를 듣고 보니 그게 바람직할 것 같네."

옹정이 다시 입을 열어 손가감을 향해 말하려 할 때 태감 진미미가 들어섰다. 옹정과 대신들의 대화를 방해할세라 진미미가 감히 옹정에게는 다가오지 못하고 고무용에게 뭐라고 귀엣말을 하고는 한 쪽에 물러나 시립했다.

고무용의 표정이 심상찮게 변해가는 모습을 힐끗 바라보며 뭔가 불길한 예감에 사로잡힌 옹정이 말했다.

"짐이 오늘은 벌써 피곤해지는군. 좀 쉬어야겠으니 미처 상의하지 못한 부분은 홍력 자네가 방포, 어얼타이를 운송헌으로 불러 마무리하도록 하게."

말을 마친 옹정은 곧 손사래를 쳤다. 홍력이 사람들을 데리고 물러가기를 기다려 옹정이 진미미와 고무용을 불렀다.

"자네들의 표정이 예사롭지 않아 보이는데, 무슨 사고라도 난 건가?"

"아뢰옵니다, 폐하!"

고무용이 침통한 표정으로 아뢰었다.

"교흑씨(喬黑氏)가 죽었사옵니다!"

"뭐라고?"

"사실이옵니다, 폐하!"

이번에는 진미미가 말을 했다.

"신이 어제 의빈을 시중들었사옵니다. 오늘 아침 의빈께서 기침이 평소보다 늦으시어 세수하시는 걸 시중들고 흑씨의 방으로 건너가 보니……."

"시끄러워!"

옹정은 대로했다. 진미미의 장황한 설명은 들을 생각조차 하지 않았다.

"멀쩡하던 사람이 갑자기 죽다니? 도대체 무슨 병이라고 하던가?"

진미미가 고개를 푹 떨구었다. 그리고는 기어 들어가는 목소리로 대답했다.

"노인네가 무슨 말못할 사연이 그리 많은지 목…… 목을 매어 자결했사옵니다!"

"아니?"

옹정이 극심한 충격에 털썩 의자에 주저앉고 말았다. 머리가 어지럽고 지탱하기 힘들어지자 옹정이 황급히 지시했다.

"어서 짐이 먹던 단약을 가져오게!"

홍력으로부터 절대 황제로 하여금 단약을 복용치 못하게끔 말리라고 지시를 받은 적이 있는 고무용이 재빨리 대답했다.

"몇 알 남지 않은 단약이 지금 의빈마마의 처소에 있사옵니다. 신이 달려가 가져오겠사옵니다."

그러자 고무용의 속내를 알 리 없는 진미미가 재빨리 법랑 쟁반에 한 알 남아 있던 단약을 집어들더니 아뢰었다.

"여기 한 알 남아 있사옵니다, 폐하!"

그리고는 반을 쪼개더니 자기가 먼저 꿀꺽 시험삼아 넘기고 나서야 나머지 반을 옹정에게 받쳐 올렸다.

고무용이 보기에 그럼에도 불구하고 그 약은 평소의 용량보다 배는 많은 것 같았다. 고무용이 서둘러 나서서 말리려 할 때 옹정은 벌써 약을 꿀꺽 삼킨 뒤였다. 그러자 고무용이 발을 동동 구르며 말했다.

"그 약은 약성이 지나치게 자극적이어서 보친왕마마께서 폐하께 복용을 자제시키라고 하셨사옵니다! 그런데 양도 너무 많이 드신 것 같사옵니다!"

이에 옹정이 대수롭지 않게 생각하며 말했다.

"안심하게, 무슨 일이야 있을라고. 짐이 어떨 때는 이보다 더 많이 먹을 때도 있는 걸!"

얼음같이 차갑고 약간 짭짤한 맛이 나는 단약은 깊은 사향 향이 두드러져 먹기에도 좋았다. 먹고 나니 그 신비로운 효험은 즉각 옹정으로 하여금 초조하고 불안한 기운이 차츰 사그라들게 만들었다.

"사람이 죽으면 만사가 끝난다고 했던가!"

옹정이 길게 숨을 내쉬더니 스르르 온돌마루에 몸을 뉘었다. 그는 속으로 생각했다.

'모든 것을 다 알게 된 이상 도무지 살아있을 수가 없었겠지……. 그런데, 인제는 이 비밀을 알고 있는 걸까……?'

옹정이 몸을 뒤척였다. 몸이 납덩이처럼 무거웠다. 맥을 놓은 채 이대로 누워 있는 건 더 없이 편했다. 서서히 수마(睡魔)의 손에 이끌려 가며 옹정이 중얼거리듯 말했다.

"짐은 이제 쉬어야겠네…… 방해하지 말게…… 짐에게 〈금강경 (金剛經)〉 한 대목을 읽어주도록 하게……."

고무용이 즉시 향을 사르고 옹정의 머리맡에 무릎을 꿇었다. 그리고는 목소리를 한껏 낮춰 경을 읽기 시작했다.

> 부처님께서 큰나무를 고독원(孤獨園)에 심으셨으니, 대
> 비구(大比丘) 250인과 더불어 함께 했지…….

〈금강경〉을 읽기 시작한 지 불과 1분도 안 되어 옹정은 어느새

고른 숨소리를 내며 깊은 잠에 골아 떨어지고 말았다.

 ……코까지 골아가며 깊이 잠들었던 옹정은 술시(戌時)가 끝나갈 무렵에야 깨어났다. 네 시간 동안 숙면을 취했으나 옹정의 우울한 기분은 전혀 해소될 기미를 보이지 않았다. 불가마 같은 햇볕에 바싹 마른 장작처럼 그 마음은 불꽃만 닿으면 그대로 불이 붙어 재가 되어버릴 것만 같았다.

 비까지 내려 으스스 추위가 느껴지는 날씨임에도 그는 냉수를 연신 두 사발이나 들이켰다. 머리가 지끈거리고 가슴이 세차게 널뛰었다. 생각해 보니 네 시간 동안 그는 잠을 잔 것이 아니라 끔찍한 악몽에 시달렸던 것이다.

 멍한 표정으로 한참동안이나 한 곳을 응시하던 옹정이 깊은 탄식과 함께 말했다.

 "짐이 의빈에게로 다녀올 것이네. 고무용, 진미미, 자네들이 짐을 따라 나서게."

 "폐하……."

 등불 밑에서 허리춤까지 오는 머리를 빗어 내리던 인제가 예고없이 들어선 옹정을 보더니 황공하고 불안한 기색을 보이며 일어섰다. 목소리도 가늘게 떨렸다.

 "앉아 계시옵소서. 소첩이 차를 내어오겠사옵니다."

 그녀의 안색은 이상하리만치 창백해 보였고, 몸을 가누기 힘이 든 듯 걸음걸이가 다소 위태로워 보였다. 뚜껑도 덮지 않고 차를 내어 올 정도로 그녀는 경황이 없어 보였다. 마찬가지로 정신이 황홀해 보이는 옹정을 힐끗 바라보며 그녀는 말없이 옆자리에 엉덩이를 살짝 붙이고 앉았다.

 한참 후에 옹정이 어색하게 웃어 보이며 말했다.

"군기처에 급히 처리해야 할 일도 많고, 연이은 패보에 괴로워서 그 동안 자네를 보러오지 못했네⋯⋯."

그러자 인제가 일부러 놀라는 표정을 지으며 물었다.

"패했다고 하셨사옵니까? 소첩은 그저⋯⋯ 전사(戰事)가 그리 순조롭지 못하다고만 들었사옵니다!"

그러자 옹정이 머리를 끄덕였다. 그리고는 말했다.

"마치 건장한 사내와 코흘리개 꼬마가 싸움이 붙어 비기고 말았다면 사내 쪽에서는 패했다고 밖에 볼 수 없지 않은가? 그래서 짐은 악종기와 장조의 죄를 묻기로 했네."

"무슨 죄를 어떻게 물으실 것이옵니까, 폐하?"

"살아있는 건 기대하기 힘들 것이네."

"좀 너그럽게 봐줄 순 없사옵니까?"

"무엇 때문에 짐이 그네들에게 너그러워야만 하는가?"

옹정이 차갑게 웃었다. 그리고는 단호한 어투로 말했다.

"짐은 거덜난 국고를 채우기 위해 지난 20년 동안 목숨 걸고 매달려 왔네. 오늘날의 6천만 냥을 확보하기까지 짐이 얼마나 노심초사했는지 아는가? 온갖 악명을 뒤집어쓰고 힘에 겨워 허덕이며 생명을 혹사해 왔으며, 이 속에 얼마나 많은 백성들의 피와 땀이 배어있는지 자네들은 아는가? 어떻게 채워 넣은 국고인데, 이자들이 짐의 믿음을 철저히 짓뭉개버리고 몇 년 사이에 반 이상을 거덜냈어. 대신 짐에겐 무능하고 한심한 황제라는 악명을 덮어씌워버리고 말이야!"

옹정은 또다시 자신의 감정을 제어하는데 실패하고 말았다. 벌떡 일어나 분노로 일그러진 얼굴로 방 안을 배회하는 그는 마치 갈기를 곧추세운 사자를 방불케 했다.

부산하게 방 안을 거닐다가 갑자기 멈춰 서서 고개를 휙 돌린 옹정의 얼굴엔 푸르스름한 빛이 감돌았다.

"보아 하니 짐은 꿈이 너무 거창했었던 것 같네. 성조의 위업을 이어 받아 천고에 길이 남는 일대영주로 남고 싶었는데, 운명은 어찌 짐을 이런 곤궁한 경지에 몰아넣을 수 있단 말인가? 어찌하여 짐으로 하여금 우스꽝스러운 군주로 후세들에게 손가락질 당하게끔 만들 수가 있단 말인가!"

옹정의 소름끼치는 눈빛을 애써 피하며 인제가 말했다.

"폐하, 그렇게 생각하는 사람은 없사옵니다……."

"아니!"

광기어린 반응을 보이며 강하게 부정하던 옹정이 문득 자신이 흐트러진 모습을 보이고 있다는 것을 깨달은 듯 인제에게서 시선을 거둬들였다.

그 순간 궤 위에 놓여 있던 단약(丹藥)을 발견한 옹정이 서슴없이 다가가 낚아채듯 한 알을 꺼내어 물과 함께 꿀꺽 넘겨버렸다. 그리고는 거친 숨을 몰아쉬며 말했다.

"성조 말년의 퇴풍(頹風)을 바로잡기 위해 짐은 그야말로 수많은 사람을 내칠 수밖에 없었어. 큰형, 둘째형, 셋째형, 여덟째아우, 아홉째아우, 열째아우, 그리고…… 열넷째, 연갱요, 눠민, 양명시, 악종기, 장조…… 이밖에도 천하의 선비들과 기득권층을 짐은 서슴없이 내버렸어. 그렇게 할 수밖엔 없었으니…… 오늘을 사는 사람들은 그래도 짐을 철완황제(鐵腕皇帝)라 평가하고 있지만 후세엔 필히 폭군(暴君)과 독부(獨夫)로 역사책을 얼룩지게 만들 것이니, 이 얼마나 통탄스러운 일인가! 백성들이, 천민들이 짐을 훌륭한 군주라고 칭송을 하면 뭘 하나? 그들에겐 역사를 옳게 쓸

만한 힘이 없고, 붓을 놀릴 만한 사람이 없는 걸."

옹정은 원래 단약을 먹고 나면 좀 진정을 취할 수 있을 줄 알았다. 그러나 약성이 강해서인지, 아니면 지나치게 과도하게 복용한 때문인지 그의 오장육부는 마치 활활 불타오르는 것만 같았다. 눈동자마저 빨갛게 충혈된 그는 마치 아사 직전에 처한 늑대 같았다.

무서운 광기를 보이며 인제에게로 다가선 옹정이 두 손으로 머리를 마구 집어 뜯었다. 그리고는 불똥이 뚝뚝 떨어지는 두 눈으로 인제를 뚫어지게 노려보며 포효하듯 말했다.

"세상 모든 사람들이 다 짐을 속였어. 그 누구보다 믿었던 인제 자네마저······."

"폐하!"

"입 닥쳐!"

크게 놀라 어찌할 바를 모르는 진미미와 고무용 두 태감을 향해 옹정이 고함을 질렀다.

"나가! 나가서 지키고 서 있게. 어느 누구도 안으로 들여보내선 안 돼!"

그렇게 말한 옹정은 교인제를 향해 돌아서며 뚫어져라 그녀의 두 눈동자를 쳐다보았다.

"자네가 짐을 기만하지 않았다고? 왜 자네 모친의 신상에 대해 짐에게 상세히 말해주지 않았나?"

"······."

죽음을 연상케 하는 인제의 창백한 얼굴에 처연한 웃음이 떠올랐다. 그녀는 섬뜩할 만큼 담담한 표정이었다.

"폐하께서 이 창호지를 뚫지 않으셔도 전 이 세상에서 살아 숨쉰다는 것이 죽기보다 싫은 사람이옵니다. 신이시여……! 자그마한 이 생명이 과연 무슨 죄를 지었기에 이토록 큰 벌을 내리시옵니까? ……먼저 강남에 팔려가게 하고, 얼떨떨하게 경사(京師)로 굴러들어와 친삼촌과 살을 섞게 만드시고…… 그것도 모자라서 다시……."

마치 이승을 떠도는 유혼(幽魂)처럼 그녀는 눈물도 없이, 광기 어린 반응도 없이 휑뎅그렁한 궁전 안을 배회했다. 뭔가를 찾으려는 듯, 누군가의 부름을 받기라도 한 듯 황홀한 시선을 여기저기에 돌리며 떠돌아다니던 그녀가 돌연 수(繡)를 놓을 때 사용해 왔던 것으로 보이는 가위를 덮치듯 집어들었다. 날이 날카로운 가위를 내려보며 껄껄 웃던 교인제는 옹정이 미처 반응을 보이기도 전에 자신의 가슴팍을 향해 힘껏 찔러 넣고 말았다…….

그 모습을 보고 완전히 이성을 잃고 만 옹정이 엎어질세라 허둥지둥 달려가 교인제의 가슴에서 피가 묻은 가위를 뽑았다. 그리고는 추호의 주저함도 없이 자신의 가슴을 겨냥하여 깊숙이 찔러 박았다!

그러나, 정곡을 명중시키지 못한 듯 옹정은 괴롭기만 할뿐 숨이 멎질 않았다. 땅바닥에 웅크리고 있는 인제를 보니 아직 숨이 붙어 있는 것 같았다. 옹정이 힘겹게 기어가 인제의 몸을 흔들며 말했다.

"인제야…… 우리의 인연은…… 참으로…… 기가 막히는구나……. 같이 저승에 가선…… 우리…… 부녀간으로 거듭 태어나 사이좋게 살아보자꾸나……."

그러나 인제의 몸은 서서히 굳어가고 있었다. 혼신의 힘을 다해 옹정은 피가 질펀한 인제를 꼭 껴안았다. 그리고는 피묻은 손가락으로 청옥(靑玉)으로 된 서안(書案) 위에 이같은 몇 글자를 남겼다.

절대 교인제를 욕되게 하는 일은 없도록 하라!

자는 듯한 인제의 얼굴을 잠자코 들여다보고 있던 옹정이 다시금 가위를 높이 치켜들었다. 그리고는 울분과 고통, 비애와 슬픔으로 가득한 자신의 가슴팍을 향해 다시 한 번 힘껏 찔렀다…….
밤은 깊어만 갔다.
늦가을의 광풍에 창 밖의 대나무들이 진저리를 쳤다. 문틈으로 스며든 한 줄기 회오리바람에 슬피 울던 촛불이 끝내 기절하고 말았다…….

〈끝〉